外国文学
经典阅读丛书

法国文学经典

乡村医生

xiangcun yisheng

[法] 巴尔扎克 / 著

李金波 / 黄慧珍 / 译

百花洲文艺出版社
BAIHUAZHOU LITERATURE AND ART PRESS

内 容 提 要

　　《乡村医生》是《人间喜剧》中的一部，属"乡村生活场景"。在这部作品中，巴尔扎克塑造了"一些最纯洁的人物"，并着力刻画了一个全心全意为公众服务的医生倍纳西。在偏僻山区落户的倍纳西，当上市镇市长之后，为了改变该区贫困落后的面貌，制订了一个全面规划：因地制宜发展生产，扩大交换，增加市民收入，并切实加以贯彻。后因积劳成疾，以身殉职。小说通过对几个人物在爱情婚姻问题上的过失和不幸、生活上所经受的磨难的描写，多方面地表现了当时社会生活和人物性格。小说中那个青年女子拉·福绥斯的不幸遭遇，读来催人泪下，被作者称为"差不多就是全体女子的遭遇"。小说还通过众多人物的谈话，表达了作家对于政治、宗教、风俗等的见解。

　　《乡村医生》是《人间喜剧》中一部独具特色的名著，已成为研究巴尔扎克的创作和世界观的一部必读作品。

献给在阴影和寂静中
伤痛的心儿

献给我的母亲

目 录

xiangcunyisheng

斯土和斯人

　　一八二九年春天的一个明媚的早晨，一位年纪五十左右的人，骑了马，沿着一条山路，朝着位于大修道院①附近的一个大山镇进发。那山镇是个人烟稠密、以一道长长的山谷为界的区的治所。一条常常干涸的石子河床，如今注满了雪融后的水，在这山谷里奔流着。山谷紧紧夹在两个平行的山脉中间，两边，是萨瓦山和杜菲纳山，峰峦叠起，高入云霄。虽然两个山脉之间的风景仿佛都一模一样，可是这个外乡人从中间穿过的这个区域，地势却起伏不平，光线明暗多变，在别处就休想看到这样的景色。有时候，山谷突然开阔，呈现出一张绿色的不规则状的地毯，由于山泉经常的灌溉，一年四季，看上去总是那么新鲜，那么柔和。有时候，出现一幢锯木厂的简陋的建筑物（占着一个风景如画的去处），它的一旁堆放着还未剥去树皮的长长的冷杉，从激流里用劈得方方的大木管引进来的水流，管子上的裂缝让水流了出来，湿了一大片土地。这儿那儿，都是些茅草房屋，四面围着园子，里面种满了花儿盛开的果树，令人想起劳动的艰难困苦。再远一点，就是一些红色屋顶的房屋，盖着方方正正的瓦片，像鱼鳞一样，它们告诉人们，由于长年累月的劳动，这儿的人已经过上了小康的生活。总的说来，在每一扇门上，都看得见有一只篮子挂在那儿，里面晒着

----

　　① 圣布律诺于1084年在阿尔卑斯山区中央创建的一所修道院。

干酪。处处地方，门口、窗洞、围墙，都爬满了葡萄藤，看上去令人神清气爽，像在意大利那样，还夹种了矮矮的榆树，叶子拿来给牲口做饲料。由于大自然的任性，有几处地方，一些丘陵拢得很紧，既容不下作坊，也容不下田野和茅舍。两排高高的花岗石高墙，中间只隔着那条从瀑布那儿吼叫而来的激流，墙上到处耸立着黑叶的冷杉，还有山毛榉，足足有一百尺高。这些树木，全是笔挺挺的，全是被斑斑点点的青苔染成稀奇古怪的颜色，全长着各不相同的叶儿，它们就构成了雄伟壮丽的墙垛。墙边沿，在路的上面和下面，是一些野草莓、绣球、黄杨、有刺的蔷薇的不定型的篱笆。这些小灌木的浓郁的香味，这时候混合着落叶松的幼苗、杨树、松脂树的刺鼻的气息，那股山区大自然中的荒野的芬芳。几朵云在峭壁之间浮动，峭壁被遮住了，又逐个逐个地显露出它们淡灰色的巅顶，当大块的浓云撕裂成团团轻絮的时候，它们往往又变得模糊不清了。每时每刻，天空变换着光线，这乡土也就变换着它的外貌；山变换着它们的颜色，山坡变换着它们的色调，小山谷变换着它们的形状：蓦然之间，气象万千，无论是照进树干之间的一缕阳光，还是一块天然的林间空地或是几处成堆的瓦砾，在寂静无声之中，在一切都显得年轻的季节里，在阳光点燃了澄澈的天空的当儿，放眼看去，全都变得美妙无比。总而言之，这是一块美丽的乡土，这就是法兰西哪！

这位旅客身材魁梧，穿一套蓝呢衣服，衣服刷得干干净净，正像他每天早晨要把他的马刷得溜光一样。他直挺挺地骑在马上，身子拧紧在马背上，像一个老骑兵军官。如果他的黑色领带和麂皮手套，如果鼓鼓地装在马鞍两旁的手枪袋和牢牢地捆在马屁股上的大皮包还不足以显示出他的军人模样，那么他的有些儿麻点、但五官端正的脸孔，一副俨然无忧无虑的神气，他的果断坚决的态度，他的谨慎小心的眼神，他的脑袋的姿势，都可以透露出部队里的那些习惯，对一个士兵来说，这些都是无法摆脱的，甚至在他退伍家居的日子里。任何人看到了这种阿尔卑斯山的大自然的美丽景色，在法国的大盆地里，它缔造得又是如此地逗人喜爱，都是会惊叹不止的；可是这个军官呢，却贪赏着这样的景致，而对它的千变万化，一点也不显出惊讶。毫无疑问，当法国军队被帝国主义的战争逼得南征北战的时候，他已经跑遍所有的地方了。惊讶这一种感觉，似乎拿破仑在他兵士的心灵里已经把它摧毁得一干二净：他脸上泰然自若的表情就是一个确切的标志，一个察言观色的人从中可以辨认出当年集结在大皇帝的昙花一现然而永生不灭的鹰①下面的那班健儿。

这个人，事实上就是这么一个军人，当今已经为数不多，炮弹对他们敬重有加，退避三舍，虽然他们在拿破仑指挥的所有战场上都立下了汗马功劳。他的生活也没有什么特别的地方。他只是像一个朴实和忠心的士兵那样出生入死，黑夜和白天一样，远离指挥员的身边和近在指挥员的身边一样，恪尽他的职责，他刀无妄挥，挥则必中。他在纽扣孔里佩着的颁给荣誉团军官们的那个玫瑰徽章，就是在莫斯科一仗之后，他的团里交口一致地选赠给他的，认为在这次伟大的战役中他最有资格受之无愧。他正是那班极少数人中间的一个，他们心情淡泊，谦谦如也，胸中经常安然自得，只要一想到要开口恳求什么，心里就觉得愧怍起来，不管所恳求的究竟是什么性质，而他的军阶就是根据资历的按部就班的规则授给他的。

一八〇二年升了少尉，一八二九年仅仅当了骑兵连的首领，

———————————

① 指拿破仑的军旗。

虽然他的胡髭已经花白了，可是他的生活却是这样的纯正。军队里的人一接触他，即使是将军也罢，没有一个不对他油然产生一种敬仰之情，这种无可争辩的优势可能只有他的上司绝不会加以宽恕。但是有失必有得，那班淳朴的兵士们却都向他献上一份对慈母那样的感情；因为，对待他们，他懂得宽严相济。当年像他们一样，自己也出身行伍，他了解兵士们的倒霉的伤心事和快活的开心事，了解他们的可以饶赦的或者应当处罚的不端事情，他通常把他们唤作他的孩子们，放任他们到田里去弄一点粮食或者到中产阶级的家里去搞一点草料。

关于他个人的历史，他一直守口如瓶。正像那个时代的几乎所有的军人一样，他只是透过大炮的硝烟或是在皇帝支撑着的欧洲战争的屈指可数的和平间隙里见到了世面的。他是否想到过结婚呢？虽然没有人怀疑，指挥官叶纳斯塔从一个城市到另一个城市，从一个地方到另一个地方稍驻征程的时候，在出席联队发起并招待的联欢会上，也得到过一些倘来之福，但是谁也没有一个准儿。被问到他的爱情的时候，这一个从不假作正经、从不拒绝参加联欢会、从不违反军纪的人，不是默不作声，便是笑而不答。有一个军官灌下了几口酒，问他："你呢，我的指挥官？"他回答：

"诸公，咱们喝酒吧！"

皮埃儿·约瑟夫·叶纳斯塔先生是不事奢华的巴雅①一流人物，因此，在他身上根本找不到什么诗意，什么浪漫的东西，他是显得那么地平凡。他的外表是一个有钱人的外表。纵然他的财产仅仅是他的饷银，他的退役金是他全部的冀望，然而，正像那些商界的老狼那样（他们的不幸就在于有了一个经验，

---

① 巴雅（1470—1542），法国杰出的统帅，生于格勒诺布尔附近。他作战勇敢，军功显赫，有"一身是胆的骑士"之称。

便死也不肯放手, 几乎到了顽固不化的地步), 这位骑兵连的头头总是在身边放开两年的军饷, 决不乱花他的俸金。他不是一个赌棍, 有时候和大家逢场作戏, 有人也要来插手一下, 或者要加上一点赌注, 这当儿, 他把他的皮靴尽是瞧啊瞧的。但是他从不狂妄, 而且力求从俗。由于细心照料, 他的制服比联队的其他军官们的要耐穿得多, 这种省吃俭用的习惯使他积下了一点钱, 而且在他身上已经变得根深蒂固的了。也许人们会怀疑他是吝啬吧, 如果不知道他的令人钦佩的慷慨大度, 如果不知道他的仁义为怀的话。他曾经碰到过那么一个没有头脑的小伙子, 在一次赌局里或是在其他的蠢事里把钱搞得精光, 这时候他的钱袋就向他敞开着大口。他处理他的助人为乐的事儿, 自有他的妙法, 他只当作他自己往日输去了一笔大钱; 他从来不想以债主自居, 不对他债务人的行动横加干涉, 他借给人家的钱款, 他总是绝口不提。

身为部队的儿子, 天地间光棍一条, 他以军队为故乡, 以他的联队为家庭。所以, 人们对他令人起敬的节约的动机也不想去研究一下, 总是喜欢把它归因于那种自然的欲望, 就是说, 他要多积些钱, 在他的风烛之年能够享一点清福。在他提升为骑兵部队陆军中校的当天晚上, 大家又推测起来, 他的野心是想带了他的退役金和上校的肩章, 退隐居乡。操练之后, 那班年轻军官们谈到叶纳斯塔的时候, 总是把他归到这么一类人里, 他们在中学里得到过优等生奖, 终他们的余生, 将永远是正直的, 没有热情的, 有用处但是淡而无味, 像白面包那样; 可是正经的人们评价他时就完全不同了。这个人往往眼睛一瞪, 脸儿一沉, 像野蛮人说话的时候那样, 这表明他的心灵里正起着阵阵的风暴。仔细研究之后, 他的冷静的脑门却显示出一种能力, 它可以使激动的感情不致冒头, 可以把它们压抑在他心房的深处，这种能力，是花了很大的代价，得之于在战争的危险和不测的灾祸中所养成的习惯的。一个法国贵族院议员的儿子，新到联队，有一天谈起叶纳斯塔时这么说，他做起神甫来倒能最有良心，做起食品杂货店老板来倒最能老少无欺：

"你再加上一条，最没有资格跟在侯爵大人们后面做一个马屁鬼！"他一面回答，一面打量着这个不知天高地厚的小伙子，他想不到他的话恰恰被他的指挥官听到了。

听的人都哄堂大笑起来：这个陆军少尉的父亲对所有的政权都吹吹拍拍，是一个弹性人物，他惯于脚抵革命，身躜八丈。这位郎君居然是他父亲的孝子。在法国的军队里，是有这种性格的人的，他们在情况紧急的时候，英勇出众，一仗打过，又变得普普通通，对荣誉毫不介意，把艰危置之度外，如果不是由于我们本性上的种种缺陷，这种人也许比我们所设想的要多得多呢。可是，如果我们以为叶纳斯塔是个十全十美的人，那我们就不免大上其当了。多疑、善怒、争辩的时候喜欢挖苦人，尤其是他明明错了，还硬以为是对的，满脑子的民族偏见。在他当小兵的时候，染上了好喝酒的习惯。在符合他军阶的隆重礼节中退出宴席的时候，他显得一脸庄重，满腹经纶，再也不肯把他的心底话说给人家听了。最后，虽然他很懂得社会的习惯，礼貌的法则（这些他都信守不渝，好像它们是军规一样），虽然他有先天和后天的才智，虽然他有策略，有计谋，有马上剑术的理论和兽医技术的秘诀，他对学习却是十分漠视的。他也懂得一点恺撒和亚历山大的事儿，但是恺撒究竟是罗马的一个执政官还是一个皇帝呢，亚历山大究竟是一个希腊人还是一个马其顿人呢，那就有点儿稀里糊涂了。这个出身也好，那个出身也好，这个身份也好，那个身份也好，他都表示赞同，不加争论。此外，一谈到科学和历史，他就变得严肃起来，仅止于略略颔首而已,以示并非置身事外,仿佛一个高深的人已经达到了万事怀疑论的地步。

拿破仑于一八〇九年五月十三日在申布龙①给大军部维也纳的主脑送去了一份通牒,里面说道:"像美狄亚②那样,奥地利的王公们亲手杀害了他们的孩子。"当时叶纳斯塔刚刚被任命为上尉,恐有失他军阶的尊严,不想去问一问美狄亚到底是一个怎样的人。他信赖拿破仑的天才,肯定这位皇帝给大军部和奥地利王室讲的话不会不根据本本的,他推测美狄亚是一个行为暧昧的大公夫人。然而,好像这件事儿会牵涉到军事艺术那样,他对通牒里的美狄亚总觉得放心不下。一天,劳古儿小姐③重新上演《美狄亚》了。看到海报以后,上尉决定到法兰西剧院去消磨它一个晚上,看看这位著名的女演员在这出神话剧里的表演,他向他的邻座们问长问短,了解了一点剧情。他当小兵的时候,曾经精力充沛地学习过读、写、算,现在懂得,身为上尉,他应该受一点教育。因此,从此以后,他热心地阅读小说和新书,获得了一些一知半解的知识,倒也能够学以致用。出于对他的老师们的感激之情,他居然替毕高·莱勃伦④也来辩护一番,说他觉得这个人是有教育意义的,老是极其深刻的。

这位军官素来脚踏实地,贸贸然并不是他的风格。他昨晚从上校那里获准了八天假期,这时候刚刚离开格勒诺布尔,奔向大修道院来了。

他估计路程不会太远,可是一里复一里,他向农民们问

---

① 在奥地利。
② 美狄亚是古代希腊传说中一个国王的女儿,因妒其丈夫伊阿宋另有所欢,杀死了她亲生的两个孩子。
③ 劳古儿(1756-1815),法国悲剧女演员。
④ 毕高·莱勃伦(1753-1835),法国作家,专写风俗小说。

路，他们都没有说准，路因此走错了。他想还是以小心为是，不能肚子空空的再这么走下去了。虽然这个时候，谁都在田里忙碌，要碰上一个站在门口的主妇，机会是不多的，但是他还是在几所茅屋前面停了下来。这些茅屋近边就是公地，是随便划出的一块方场，向任何人都开放。

这块各家的公共辖地，泥土很结实，打扫得也干净，但是纵横都是贮放厩肥的沟沟。沿着有裂缝的墙壁，长着蔷薇、常春藤和高高的野草。在十字路口，有一棵恼人的醋栗，上面晾着几件褴褛的衣衫。叶纳斯塔遇到的第一个老乡是一头在一堆麦秆里打滚的猪儿，它一听到马蹄的声音，便大叫起来，昂起了头，把一只大黑猫吓得一溜烟似的逃跑了。一个农家姑娘，头上顶着一个草筐，一下子出现在面前，远处跟着四个小男孩，都穿得破破烂烂，但是天不怕地不怕，吵吵嚷嚷，见了人不害臊，惹人喜爱，茶褐色的皮肤，真正像天使般的小捣蛋。阳光闪烁，无限纯洁地照耀着天空，照耀着茅屋，照耀着肥料，照耀着这异乎寻常的一群生灵。

军人问她可不可以得到一杯牛奶。听到这句话，那姑娘报以一声哑叫。一位大娘突然在一间小屋的门口露面了。农家姑娘用手势指给她看正朝着她走来的叶纳斯塔，他呢，正把马拉得紧紧的，好让在它的肚子下面奔来奔去的孩子们不至于受到意外伤害。然后，她走进了家畜棚去。他又请求了一次，那主妇干脆地拒绝了。她说，她不愿把牛奶锅里的牛奶舀去，这是规定做奶油的。军官见请求遭到拒绝，便答应这项损失尽量由他来偿付。他把马拴在门柱上，踏进了茅屋。大娘的四个孩子看上去年龄差不多，这种古怪的情形使指挥官大为惊奇。大娘还有一个老五，几乎吊在她的裙角上，这孩子虚弱多病，脸色苍白，无疑需要悉心的照顾。正因为这样，他是一个偏怜子，是宠儿。

叶纳斯塔坐在一只高高的、没有生火的壁炉旁边，在壁炉架上，他看见有一个圣母的彩色石膏像，怀里抱着幼年的耶稣。崇高的象征啊！泥土充当了屋子的地板。年深月久，原来捶得结实的泥土已经变得凹凸不平，不管怎样干净，看上去仿佛是放大了的橘子皮上的粒粒。壁炉里挂着一只装满了盐巴的木鞋，一只煎锅，一只小镣子。一张有柱子的并有一块齿形边缘的斜板作装饰的床占满了房间的那一头。这儿那儿，随便地摆着用一块粗糙的山毛榉木板装上三只脚的方凳，一个面粉桶，一只舀水的大木勺，一个桶和盛牛奶的陶器，叠在面粉桶上的纺纱机，几只放干酪的篮子，黑色的墙壁，虫蛀的门上开着一扇气窗：这些就是这间陋室的装饰和家具了。

现在，一出活剧上演了，军官一面观看，一面用他的马鞭鞭打着地面，作为消遣，他一点也不怀疑，这儿演出的正是一出活剧。当那位大娘，后面跟着那个瘌痢头的宠儿，走进牛奶房的门口，那四个孩子，把军人看了一个饱，然后动手去释放那头猪儿。这头猪他们是耍惯了的，它踏上了门槛，男孩们一拥而上，拳打脚踢，它不得不急急退了回去。大敌远去，孩子们便向一扇门进攻来了，在他们的拼命之下，门上用旧了的插销从臼里脱了出来，于是他们冲进了一个放果子的房间，在那儿，一直被这个场面逗得乐不可支的指挥官瞧见他们一心一意地吃着李子。脸儿像羊皮纸、身上穿着肮脏破衣的大娘这时踏进门来，手里拿了一罐牛奶，是给客人吃的。

"啊！这些坏蛋！"她说道。

她走到孩子们身边，拉住他们的手，把他们一个一个抓了过来，推到房间里，但是并不抢去他们的李子。她小心地关上了她的杂物仓的门。

"好啦好啦，我的宝贝儿们，乖一点。"她瞧着叶纳斯塔，说道，"如果不好好看着他们，他们会把一大堆李子都吃光的，这班疯子！"

于是她坐在一张方凳上，把癞痢头孩子夹在两腿中间，给他洗头，一面给他梳头，女人那样的熟练，母亲那样的细心。那四个小偷待在那儿，有的笔直立着，有的靠在床上或是倚在面粉桶上，全都拖着鼻涕，肮里肮脏，吃着偷来的李子，不出一声，用一种阴沉和调皮的神气瞧着这个陌生人。

"他们都是你的孩子吗？"军人问大娘。

"不瞒你说，他们都是收容所的孩子，每人每月给我三个法郎和一磅肥皂。"

"但是，好大娘，他们准会花费你两倍的开销呢。"

"先生，倍纳西先生就是对我们这么说的，不过，如果要别的人拿了这么一笔钱收养他们，那就得用强迫的手段了。没有人愿意，这班孩子啊，把他们接到家里，还得拿十字架、肩旗打伞呢！我们的牛奶也卖不了多少钱，所以拿给他们吃，我们也不花费什么。再说，先生，三个法郎，那是一笔不小的数目呢，我们总算有十五个法郎到手了，且不说那五磅肥皂哩。在我们这些区里，每天挣十个苏，身上的力气都得用尽呢！"

"你自己有地吗？"指挥官问道。

"没有，先生。我男人活着的时候，我们是有的，但他过世以后，我走投无路，不得不把它们卖了。"

"那么，"叶纳斯塔又说，"你怎么能够到了年底不欠债呢，每天用两个苏，给这班孩子吃，给他们洗，抚养他们？"

"可不是嘛，"她一面继续说，一面给她的小癞子不停地梳着头，"我们到了大年夜①总是负债的，老先生。你还求点什

---

① 原文为圣絮尔凡斯特节，时在十二月三十一日。

么呢？老天爷总搭救我们。我有两头牛。收割的季节我女儿和我去拾麦穗；冬天，我们去捡柴；晚上，我们纺纱。噢！打个比方，像去年那样的冬天，总不会常常有的。为了磨面，我欠了磨坊里七十五个法郎。幸亏这是倍纳西先生的磨坊。倍纳西先生，他是穷人的朋友啊！不管是谁，欠他的钱他从来不讨，他总不会从我们的身上开个头的吧。再说，我们那头牛生了一头小牛，我们常常靠这个了清一点债务。"

这位乡下大娘对这四个孤儿的爱心，真是概括了人类所有的细心监护了。他们这时候已经吃完了他们手头的李子，乘着他们的妈妈一心和军官谈着话的机会，排成纵队，大家挤得紧紧的，再一次想冲开那扇把他们和一大堆李子隔开的门的插销。他们不像法国军队那样地发起进攻，而是像德国军队那样地鬼鬼祟祟，他们的推动力就是出乎天然的如野兽般的贪欲。

"啊！小坏蛋！你们想吃个精光吗？"

大娘站起身来，抓住了四个孩子中力气最大的一个，在他的屁股上轻轻打了一记，把他推出门外。他也不哭，其余的都目瞪口呆地待在那儿。

"他们给了你不少麻烦……"

"噢！不，先生，不过他们闻得出我的李子，这班宝贝。如果我不管他们，不消一刻，他们就会吃得胀死的。"

"你喜欢他们？"

听到这么一问，大娘抬起头，带着一种微微自嘲的神气，回答道：

"喜欢他们，真是！"她一面叹气，一面又说，"我已经交还了三个，我只照顾他们到六岁。"

"那么你的孩子在哪儿呢？"

"他死了。"

"你多大岁数？"叶纳斯塔问道，为了想消除他刚才这个问话的影响。

"三十八，先生。到下一个圣约翰节，我的家里人就过世两年了。"

她替那个虚弱多病的小孩穿好了衣服，他用他无神和温柔的眼睛看了她一眼，似乎表示着他的感激。

"这是一种怎样忘我、怎样劳苦的生活啊！"骑兵思忖着。

这间屋子，这间可以和耶稣在里面出生的马棚相比的屋子，大娘在它的顶下，快乐地，没有骄傲地，恪尽着一个做母亲的最艰苦的职责。在被人忘却了的深渊里面，埋藏着怎样的心啊！多么的富足又是多么的贫困！当兵的比别的人更能懂得赞赏穿木鞋人的高行和穿破衣人的福音，它们都是何等的辉煌壮丽啊。随便什么地方都可以看到《全书》，这个加上花边、刺绣、切得光光、裹以绫罗绸缎的本本，但是只有在这儿，才真正存在着《全书》的精神。当看到这位妇人尽着一个母亲的责任，有如耶稣尽着一个男子的责任，拾着落穗，受着苦，为了弃儿们负上了债，从来不计较，也不愿想想为了当一个母亲，她把自己弄得千疮百孔，这时候不可能不相信这里面是有着一点上天的诚心的。一看到这位妇人，不得不承认在地上的善行和天上的智慧之间，有着一些交感的地方。就这样，指挥官叶纳斯塔一面注视着她，一面点着头。

"倍纳西医生是一位好医生吗？"最后他问了。

"我也不知道，老先生，但是他替穷人看病，是不要钱的。"

"看来，"他自言自语地说，"这个人肯定是一个男子汉大丈夫。"

"噢，是啊，先生，而且是一位正直的人呢！这里没有一个人不早晚把他放在祷告里的！"

"这是给你的，妈妈，"军人说，一边递给她几块钱，"这是给孩子们的，"他接着说，添上了一个埃居。"这儿离倍纳西先生的家很远吗？"他骑上马，问道。

"噢，不远，好先生，至多短短的一里路。"

军官出发了，他相信他还得有两里路要走。然而不久，透过几棵树木，他首先望见了一簇房屋，接着是蜷伏在一座钟楼周围的市镇的一些屋顶，钟楼是圆锥形的，高高耸立在空中，上面的石板瓦用马口铁的薄片钉在木框架的角角上，马口铁在阳光下闪闪发光。这种实在很古怪的屋顶，说明这儿已经是在萨瓦①的边上了，因为那儿的屋顶素来就是这样的格式。在这个地方，山谷很开阔，好些房屋舒舒服服地坐落在一块小小的平原上或是筑在激流的边沿，使这个耕种得很好、四面都被高山堵住、没有明显出路的乡土显得生气盎然。中午时分，在离开乡镇几步路远的地方，叶纳斯塔在半山腰坐了下来，把马系在一排榆树下面。在他面前集合了一群孩子，他便向他们打听倍纳西先生的屋子。孩子们起先你望望我，我望望你，然后把这位陌生人端详了一会儿，他们第一次看到什么，就是用这样的神情来观看的：不同的脸孔，不同的好奇心，不同的想法。于是这一群孩子中最不怕生、最爱笑、眼睛灵活的一个小鬼，赤着一双满是污泥的脚，依照孩子们的习惯，把他的话重复了一遍：

"倍纳西先生的屋子吗，先生？"

---

① 在法国的东南部和意大利接壤。

他还加上一句：

"我领你去。"

他走在马儿前面，一则出于这样的想法：和一个陌生人走在一起，可以显显他的威风；二则出于他的儿童的殷勤，或者由于他急需要活动一下，像那样的年纪，精神上和肉体上时刻都有这样的需要的。军官一直走着那个乡镇的大街，这是一条石子路，七弯八曲的，两边都是屋主人随心所欲地建筑的房屋。那儿，一只烘面包的烤炉突出在公共道路的中央；这儿，一堵山墙露出了它的侧面，挡住了路的一部分；接着，一条从山那儿来的小溪在地沟里横穿过街道。叶纳斯塔望见许多用黑色的木板覆盖的屋顶，更多的是用茅草，有几间用瓦片，七八间用石板，无疑这些房屋是本堂神甫、治安法官和地方上的有钱人的。在这个远处天涯的乡村里，一切东西都是粗制滥造的，它仿佛和任何地方都不搭界，和任何地方都没关系；这儿的居民似乎处在社会的活动之外，组成了一个共同的家族，除了通过收税员或者细不可见的枝节以外，就没有任何的联系了。叶纳斯塔又向前走了几步，他瞧见在山的高处有一条街道，居高临下，俯视着这个庄子。没有疑问，这儿有一个老镇和一个新镇。确实，指挥官在他缓辔徐行的地方，可以一眼看出几幢建筑得很好的房屋，崭新的屋顶使这个古老的庄子看上去令人心旷神怡。新居上边，新种着一排树木，从那儿传来操作着的劳动者所特有的歌声，一些作坊里的嗡嗡嘤嘤声，锉刀的叽叽咕咕声，铁锤的打击声，各样工业混杂在一起的喧闹声。他看到住家烟囱里升起的轻烟和大车修理匠、铜匠、马蹄铁匠的锻炉里冒出来的浓烟。最后，在他的向导领他前去的那个村庄的尽头，叶纳斯塔望见一些分散的农庄，一些耕种得很好的田地，一些管理得十分内行的种植场。它有如失落在大地褶裥里的布里埃①的一个小小的角落，乍一看，你不会怀疑在这个乡镇和耸峙在这块乡土一旁的山岭之间，是有生命存在着的啊。

一会儿，那孩子立定了。

"这就是他屋子的门。"他说。

军官跨下马，用手臂挽住缰绳；接着，想到他劳累了一阵子，应该给他一点酬谢，于是从背心口袋里摸出几个苏给孩子，孩子带着惊愕的神情拿下了，睁着大眼睛，也不道一声谢，只是立在那儿看着他。

"这地方，文化还不够发达，劳动热情是高涨的，乞丐倒还没有插足进来。"叶纳斯塔心里想着。

倒并非出于好玩，而是由于好奇，军人的向导在一垛一肘高、围住了房屋院子的墙上一靠，墙上，在门柱的两边，装着一排漆黑了的木栅。门的下面部分是整块的木板，往日是漆成灰色的，头上，是削成铁矛般的黄色木杆。这些已经褪了色的装饰品，在两扇门的上端，各自形成一个新月，门一关上，就合成了一枚大松球，出现在门框子的高头。这两扇门，虫蛀蚁咬，苔藓斑驳，由于雨淋日晒，几乎破烂不堪。门柱子上，长着几根不知是生给谁看的芦苇和墙头草。柱子后面，躲藏着种在院子里的两棵无刺的金合欢，花梗上高高耸起的绿球，像粉扑一样。大门的模样儿透露了屋主人满不在乎的脾气，这使军官心里很不快，像一个幻想破灭、无可奈何的人那样，皱起了眉头。咱们是习惯于按照咱们自己的样子来评价人的，他们身上有咱们的缺点，咱们对他们就待之以宽；如果他们身上没有咱们的长处，咱们对他们就责之以严了。指挥官心想倍纳西先生是一个细心的、井井有条的人，可是确确实实，他的屋门明白告诉

---

① 巴黎的一块盆地，界于玛纳河和塞纳河之间。

人家，对待自己的产业，他是漠不关心的。因此，像叶纳斯塔那种讲究家务组织的军人，就迅速从生活的大门上推断出这位不相识者的性格了：在这一点上，不管他是一个怎样考虑周详的人，他是决不会有什么迟疑的。门半开半掩着，又是一个满不在乎！乡村里对人总是信赖的，根据这样的信念，他不客气地径自闯进了院子，把马儿系在栅栏的细木条上。他给缰绳打着结子的当儿，一阵马嘶声从马棚里传过来，马儿和骑兵都不由自主地转过脸，朝那儿看去。一个老仆人开了门，探出头来，他头上戴着一顶这地方时兴的红色羊毛便帽，模样活像人们给自由女神好玩地套上的那顶弗里奇①式的便帽。由于还有安放好几匹马的位置，这个老好人向叶纳斯塔问了一下，是不是他要看倍纳西先生，然后殷勤备至地自愿把他的马儿牵到马棚里，同时脸上露出对牲口的温柔和赞赏的表情，把它打量了一番，的确，它是一匹很漂亮的马哪。指挥官跟在马儿后面，想去瞧瞧那儿到底是怎么一个情况。马棚很干净，厩藁也厚实，倍纳西的两匹马神态轩昂，活蹦乱跳的，相比之下，哪一匹是本堂神甫的马儿，可以万无一失地辨认出来。一个女仆从屋子里走出来，立在台阶上，好像在正正式式地等待着陌生人的发问，他呢，早已从马夫的口里，得知倍纳西先生已经出了门。

"我们东家到磨坊里去了，"他说道，"如果您要找他，您只要走这条小路，路一直通到牧场，磨坊就在牧场的尽头。"

叶纳斯塔很想去看看这个地方，不想无限期地坐等着倍纳西回来，于是他踏上了通到磨坊去的那条路。当他越过山侧这个乡镇画出的弯弯曲曲的界线的时候，他望见了山谷、磨坊和生平从未见过的美丽的风景。

---

① 古代小亚细亚中部的一个国家。

被山麓一挡，那条河形成了一个小湖，湖的高头，层峦叠嶂，高入云霄，从光线的不同色度，或是从长满了黑枞树的山脊的或多或少的清晰程度上，可以猜测到山峰间的无数的山谷。磨坊建筑在激流落入小湖的近旁，水中央孑然一屋，隐藏在高高的水生植物的中间，风致清幽。在河的那边，一个山岭被落日的红晖照耀着，山脚下面，叶纳斯塔隐隐约约地看见有十几间无人居住的茅屋，没有窗，也没有门；屋顶破烂，巨大的窟窿宛然可见，周围的土地倒是块块耕种得很好的田；昔日的菜园，已经改成牧场，溉渠纵横，技术和利穆赞省里的不相上下。指挥官不由自主地立定下来，想凭吊一下这个村子的废墟。

每当人们注视着废墟，甚至是最微不足道的废墟的时候，为什么不能不有一种深情呢？无疑，在他们看来，它们就是一个不幸的形象，所感觉到的重压往往视人而异。墓地使人想起死亡，一个被遗弃的村庄使人想起生活之艰难；死亡是一种可以预见到的不幸，而生活的艰难却是绵绵无绝的。难道大忧伤的秘密，不就是在这个绵绵无绝之中吗？军官走到了磨坊的石驳岸，还是想不通这个村子被抛弃的理由，他向一个坐在屋门口麦子袋上的磨坊伙计询问倍纳西在不在这儿。

"倍纳西先生到那儿去了。"磨坊工人说道，一边指着一间颓败的茅屋。

"那个村子遭过火灾的吗？"指挥官说。

"不，先生。"

"那么为什么成了这个模样呢？"叶纳斯塔问。

"噢，为什么？"磨坊工人答道，耸一耸肩，一边径自向屋子走去，"倍纳西先生会对你说的。"

军官跨过了一条用大石块搭成的桥，石块就是从激流里面

17

搞来的。不多久，他走到了刚才被指给他看的那间屋子。这间住屋的茅草还算完整，上面覆盖着青苔，但没有窟窿，居然门是门，闩是闩。踏进屋子，叶纳斯塔看见壁炉里生着火，壁炉角上，一个老妇人跪在一个坐在椅子上的病人的身边，还有一个人站在那儿，他的脸朝着炉火。

屋子只有一个房间，从粗劣的窗框子里透进来一点亮光，窗用麻布遮着，泥地是夯过的。一张椅子，一张桌子和一张破床就是全部的家具。指挥官从来没有见过这样的简陋，这样的光秃，即使在俄罗斯吧，也没有见过，那儿，农民的棚屋真像是一个个的兽穴。没有什么生活的用具，甚至找不到最必需的、烧煮最粗劣的食物的器皿。你当真可以说那是连一只吃食盆也没有的狗窠。如果没有那张破床，一件挂在钉上的粗布长袍和几只塞满了稻草的木鞋，这些病人仅有的衣着用具，这间茅屋仿佛和别的屋子一样的荒凉。那个跪着的上了年纪的农妇，用尽力气，扶住病人浸在盛满了一种褐水的小木桶里的双脚。那个站着的人，他的耳朵听惯了乡下人的单调的步伐声，现在一听见不寻常的带着马刺的脚步声，便向叶纳斯塔转过身来，而且表示出惊讶的模样，老妇人也是这样。

"你好，"军人说，"问一下你是倍纳西先生吧。你是不认识我的，我急于想看看你，先生，请原谅我到你的战场上来找你，而不是在你的府上等你。我不打扰你，你忙吧。等你的事情办完了，我来告诉你我来的目的。"

叶纳斯塔就侧着身子坐在桌子边上，默默无言。炉火把茅屋照得亮堂堂的，它比阳光还强烈一点，因为太阳光被群山的山峰挡住了，难以照射到山谷的这一带。火是用几根有脂的松树枝生的，火焰腾腾，凭借炉火的亮光，军人看出了这个人的外形，由于一种秘藏在心头的兴趣，他对这个人要探索一下，研究一下，彻底熟悉一下。倍纳西先生，区里的这位医生，刚才一直抱着手，冷冷地听着叶纳斯塔说话，这时他还一个礼，就向病人转过身去，没觉察到他在认真地诊察着他的对象，军人却也同样认真地在侦察着他的对象。

倍纳西是一个普通身材的人，但是肩阔，胸挺。一件宽大的青绿色礼服一直扣到脖子上面，使军人无法看出他身上或是举止上的特有的细节；可是，由于他的身子站在阴暗的地方，又是一动也不动的，如今给火焰的反光强烈地一照，他的脸孔就给烘托得清清楚楚了。这个人的脸容有如一个森林之神的脸容：同样微微如弓形的前额，但是丰满得很，多少能够说明他的性格；同样翘起的鼻子，鼻尖上轻盈地开着一条裂缝；同样突出的颧骨。嘴弯弯的，嘴唇很厚，颜色血红；下巴突然间耸得高高；褐色的双目灵活有神，稍一顾盼，眼白上射出螺钿似的亮晶的光芒，显出一种已经变得淡薄了的热烈的感情。从前是黑的现在已经变成灰色的头发，脸上深深的皱纹，已经变白了的粗眉，他的变成球状的鼻子，上面的血管，他的黄黄的、中间夹着红色斑点像大理石那样的脸色，所有这些都说明他的年龄已经有五十岁，他的本职工作是非常辛苦的。军官估计不出这个头颅的容量，它如今戴着一顶鸭舌帽；但是，虽然隐藏在这顶帽子的下面，这个头颅看来就是这样的一个头颅，俗话所谓倔头倔脑的就是这样。他以前和拿破仑所搜求的坚毅不拔之士一直过从甚密，很能识别这班命定做大事业的人们的种种特点，所以叶纳斯塔在这位默默无闻的生命中也看出了某种奥秘的东西，他一边瞧着这个奇特的脸孔，一边自言自语道：

"为什么他一直在做乡村医生呢？"

这个脸庞，尽管和其他的面孔没有什么两样，然而却透露出一种和它的明显的粗俗相不相一致的内在的生命，他把它认真端详了一会以后，少不得和医生一起，也注意起这位病人来了，眼睛一接触到病人，他的思路就完全改变了一个方向。

老骑兵在他的军人生涯中，虽然看到过无数的景象，但是一看到这张脸儿，心里不免吃了一惊，还夹杂着一种厌恶的心情。在这张脸上，思想决不能散发出它的光芒，颜色苍白，显露出真正的、默默的痛苦，正像在一个不会讲、不会喊的孩子的脸上显出的那样，一句话，这是一个将死的老克汀病患者①的野兽似的脸孔。像克汀病人这么一个人类仅有的变种，骑兵连连长以前是从来没有看见过的。额上的皮肤结成了又深又圆的褶皱，两只眼睛仿佛是烧熟了的鱼的眼睛，头上长着稀稀的短发，一点光泽也没有，脸孔凹陷，失去了所有的感觉器官。看到这么一个人，既没有动物的风致，又没有人类的天赋，既没有理性，也没有本能，什么种类的语言他都不能听，不能讲，不论是谁，都会像叶纳斯塔那样，对他产生一种无法控制的厌恶。看到这个可怜人走到了他的根本不能称其为生命的尽头，要给予他一点惋惜之情，似乎是很困难的；可是那个老妇人却带着一种感人肺腑的焦急注视着他，用双手擦着那褐色的水达不到的两腿部分，亲亲切切的，好像他就是她的丈夫。倍纳西呢，把那个垂死人的脸儿和没有光泽的眼睛熟视一番之后，轻轻地拿起克汀病人的一只手，替他把起脉息来。

"洗脚没什么用处，"他摇摇头说，"让我们把他重新放到床上去吧。"

他亲自抱起了坐在椅子里的这个躯体，把它移放到床上，无疑，刚才也是他把它从床上抱到椅子上的。他小小心心地让他平躺在那儿，把差不多已经冰冷的两腿弄一弄直，使一只手

---

① 克汀病是一种甲状腺功能低下的疾病，幼年起病表现为呆滞、矮小和发育停顿。

和头安放妥帖，关心得像一个母亲对待她的孩子一样。

"完了，他快死了。"倍纳西又说，他一直站在床边，一步也没有离开。

老妇人双手搭在腰部，注视着那个垂死的人，洒下了几滴热泪。叶纳斯塔也不出一声地待在那儿，他没法解释为什么这么一个跟他没什么关系的人，他的死竟然在他心里留下了这般深刻的印象。他本能地也一同感到了对那班不幸之人心里所激发出的无限的怜悯，这班人是给大自然安放在这个被剥夺了阳光的山谷里的。这样的感情，在克汀病人所属的家庭中间，已经蜕变成宗教的迷信了；然而，它难道不是来自基督教的最美好的道德，就是那种仁慈心，来自断然最有益于社会秩序的信仰，就是未来会得到报偿这个唯一能使我们承受不幸的思想的吗？将来理应得到永恒幸福的希望帮助那班可怜人的父母以及他们身边的人们对一个嗷嗷待哺的生物给予崇高的保护，无休无止地给予母亲般的照顾，而这种生物，初生的时候对此无法理解，过后却把它忘记得干干净净了。奇妙的宗教啊！它以一种盲目的恩德救助一种盲目的不幸。在克汀病人存在的地方，那儿的居民相信有了这么一种人出现，可以给那个家庭带来一种幸福。这一个信仰使生活就有了一点甜味，如果给一个假的慈善机关弄到城市里去，在收容所的清规戒律之下，受到严酷的管理，那真是活受罪了。在伊泽尔的上部山谷里，克汀病人很多，他们就同家畜一起跑到户外去，教他们去管理牲口。他们至少有了自由，而且也得到了对一个不幸人的应有的尊重。

片刻之后，村上的钟在远处均匀地敲起来了，告诉信徒们他们中间有人死了。哀音在空中飘荡，微弱地传到了茅屋里面，挑起人们暗暗的悲伤。路上发出无数的脚步声，说明是一大群人，一大群默默的人。接着，教会的唱诗声突然打破了静寂，使盘踞在最不信教的心儿里的混乱的思想清醒过来，不得不屈服于人类声音中那种感人肺腑的和声。教会前来援助这个它素不相识的人了。本堂神甫出现了，前面由一个唱诗班儿童举着十字架开道，后面跟着一个端着圣水盘的教会职员和约莫五十个老人、小孩，他们前来和教会一起祷告。医生和军官默默相视了一下，便退到角落上，给这一群人让出地方。这群人有的跪在茅屋里面，有的跪在茅屋外边。替这个从来没有犯过罪，可现今基督教徒们不得不向他告别的人儿举行了临终圣体安慰仪式，这当儿，大多数人的脸上都诚诚恳恳地显出一副感动的表情。多少的泪水从被阳光晒裂、被户外劳动搞成紫褐色的粗糙的面颊上流下来。这种亲属般的出自衷心的感情是十分纯朴的。村社里没有一个人不为这个可怜人表示惋惜，他们以前就是把他们每天的口粮分给他的；不是吗，他在每一个孩子的身上找到了一位父亲，在一个最爱开玩笑的小姑娘身上找到了一位母亲？

"他死了。"本堂神甫说。

这句话引起了真正的伤感。大蜡烛点了起来。不少人愿意守灵。倍纳西和军官走了出来。在门口，有几个农民拦住了医生，对他说道：

"啊！市长先生，如果你没有救活他的话，一定是天主要把他召回到自己身边去啊。"

"我已经尽了我的力量，我的孩子们。"医生答道。"你是不会相信的，先生。"当他们走了几步，离开这个最后的一个居民刚刚死去、没有人居住的村子时，他对叶纳斯塔说："对我来说，在这班农民的这些话里，包含着多少的安慰啊。十年以前，我险些儿在这个村子里被人用石子砸死，这村子现在是没人住了，可是当时却有三十家人家住在这儿。"

叶纳斯塔的脸上和举止上，明显地表示出要发问的样子。因此，医生一面走，一面就向他讲述他刚才已经开了一个头的历史。

"先生，当我初来在这儿定居的时候，我发现在区的这一带地方有十二个克汀病人。"医生一面说，一面转身指一指那些已经坍毁了的房屋给军官看。"这个小村子，它的地理位置正在山坳坳里，空气不流通，河就在近边，雪一融化，河水滔滔，奔腾直下，阳光不入，它只照到山顶上面，这就使这种可恶的疾病蔓延起来十分容易。法律不禁止病人之间通婚，而且这儿还受到一种迷信的保护呢，这种迷信力量之大，我是无法理解的，开始我对它不以为然，后来居然也赞赏起来了。克汀病从这个地方一直蔓延到整个村庄。阻止这种肉体上和智力上的传染病，对这个乡土来说，岂不是做了一件大好事吗？事情虽然刻不容缓，要着手实行起来，这样的好事可能还得以自己的生命作代价呢。在这儿，像在其他的社会领域一样，为了完成一件好事，不但要触犯一些利益，而且还得触犯一件对付起来更为危险的东西，那就是转化成迷信的宗教思想，它是人类思想中最牢不可破的积习。可是我无所畏惧。我首先申请区里一个市长的职位，这个我居然弄到了，接着，在我获得县长的口头同意之后，我给了他们一点钱，在夜间把埃居贝尔方面几个不幸的病人转移到萨瓦去，在那儿，这样的病人很多，他们会得到很好的治疗的。这件人道的行为被人们知道以后，我在居民的眼里却成了洪水猛兽。本堂神甫大肆宣传，反对我攻击我。不管我舌敝唇焦，向这些镇上的花岗岩脑袋解释清楚把这班克汀病人清除出去是多么的重要，不管我不取分文，对这个地方上的病人悉心医治，有一次在树林边却有人向我开了一枪。

我去见了格勒诺布尔主教，要求他把那个本堂神甫撤换下来。主教大人倒也很好，允许我选择一个可以助我一臂之力的司铎。我运气不错，碰见了这么一个像从天上掉下来的人。我继续进行我的事业。经过一段思想工作之后，我在夜里又撤离了另外六个克汀病人。在这第二次试验时，曾经受过我好处的几个人和村社理事会的人员支持了我，我向村社委员会成员证明，供养这班可怜的人儿要花费多少钱啊，把他们占有的村社的土地（他们是没有资格的）收回来，对市镇来说是多么的有利啊，市镇对此真是求之不得啊，他们听了倒也正中下怀。有钱人都赞同我；可是穷苦人，老妇人，小孩子和几个顽固分子一直对我采取敌视的态度。不幸的是，我最后一次撤离病人没有做得彻底。你刚才看到的那个克汀病人没有回到家里，所以无法将他转移，第二天他回来了。他在这个村子里是唯一一个克汀病人，这儿还住着几户人家，这些人家，虽然几乎都是白痴，但还够不上克汀病的程度。为了完成我的工作，我准备在白天大模大样地把这个不幸的人从他的屋子里搞出来。一等我踏出我的家门，我的打算人家早都知道了。那克汀病人的朋友们比我早到一步，我发现在茅屋前面聚集了一大群女人、小孩、老人。他们辱骂我，还拿石块像冰雹似的向我投来。这时候群情激奋，喊声震天，一片混乱，眼看我这条命有点儿保不住了，然而这个克汀病人却救了我！这个可怜人从他的棚屋里走出来，他提高了嗓子，叽叽咕咕地叫了一阵，俨然是这班狂人的大头目。他一出现，鸦雀无声。一个念头在我的脑子里一闪而过，我何不提出一个妥协的办法，乘这个千钧一发、寂然无声的机会，向他们把它说明一下。支持我的人，在这种情况之下，无疑是不敢左袒我的，他们的帮助纯然是被动消极的，而那班迷信的家伙却活跃非凡，一心要把他们最后一个偶像保存起来。看来我不可能把他从他们身边夺走呢。因此我答应让这个克汀病人安居在他的屋里，条件是不能有人接近他，而且这个村子里的其余人家要迁到河的那边，住在镇上，房子给他们造新的，还加上一些土地，我自己承担造房的任务，代价由村社日后偿还给我。真是妙极了，我的老先生，虽然这项交易对全村的所有家庭都有百利而无一弊，把它们付诸实施，却花了我六个月的时间，克服了种种的阻力。乡下人对他们破房子的感情，真是一件无法解释的事情。不管一个农民的茅屋是怎样的不卫生，他对它的依恋之情，正像一个银行老板死命抓住他的高楼大厦一样。为什么？我不知道。也许感情的力量是出于感情的缺少吧。也许越是缺乏精神生活的人就越是看重物质生活，而且，他们越是身无长物，他们对于他们手头的一点东西就越是珍惜。也许农民的情况和囚徒的情况是一样的……他们根本不分散他们的精神力量，他们把它集中在一个唯一的念头上，形成了一种巨大的感情能量。我这个人是不大和人家交换意见的，请原谅我这么一些想法吧。再说，先生，请不要以为我脑子里老是在盘算这些空空洞洞的东西。在这儿，就是要实践，要干。唉唉！这班可怜虫越是缺乏头脑，要使他们懂得他们真正的利益，就越是困难。因此事无大小，我必亲躬。他们每个人都回答我这么一句理由十足的话，将我一军：

'啊！先生，你的房子还没有造呢！'我对他们说：'那么好吧，等房屋一落成，你们是一定要住进去的。'幸亏，先生，我获准把那整座的山划归给我们这个乡镇，就是山脚下你看到那个现在已经废弃了的村落的那座山。卖去山上的树木，钱足够付清地价和答应建造的房屋的价钱了。房子造起来了。起初，在这些固执的家庭里面，只有一户住进去了。但等他一搬进去，别的几户人家都抢着跟了上来。由搬家得到的好处使那班对此一直不感兴趣的人醒悟过来了，这班人最是迷信，他们死赖在那个不见阳光的村子里——地既不杰，人亦无灵①。完成了这件事情，替村社获得了产业，加上这个所有权又经国家委员会证明了的，使我在这儿得到了很大的威信。但是，先生，麻烦却不小呢！"医生一面说，一面站定身子，举起一只手，一下又垂了下来，这一个举动里却包含着千言万语呢。"只有我才知道乡镇和省里的距离，它是滴水不漏，以及省里和国家委员会之间的距离，它是滴水不入……总而言之，"他继续说道，"祝这班地上的权势们太平无事吧，他们倒也让步了，我尽跟他们磨叽，那磨叽的劲儿总算到了家了。你懂得嘛，漫不经心地签一个字，会产生何等的效果啊！……先生，我试着干了这些伟大的事情，而且一干到底，两个月后，我村社里的所有人家至少有了两头牛，还把它们牵到山里放牧。在这儿，不等国家委员会的批准，我实施了格子化的灌溉系统，有如在瑞士、奥弗涅、利穆赞的那样。镇上的人一看到出现了绝好的牧场，而且由于牧场的质量最好，获得了更多的牛奶，无不大为惊奇。这个胜利的果实是十分巨大的。每个人都仿效我的灌溉法。牧场，牲口，所有的物产都增加了。从此以后，我就毫无畏惧地着手改进那一角还没有开垦的土地，使这儿的直到那时还缺乏智慧的居民们有文化。总而言之，先生，我们这班孤独的人都喜欢嚼舌头：如果有人问了我们一个问题，我们回答起来就没有个完。当我初进这个山谷的时候，人口是七百；现在，估计有两千。那最后一个克汀病人的事件使我得到了大家的尊重。我处理事情，一直是宽厚和果断相结合，这样，我一变而成为区里的权威人士了。我获得人家的信任，一不恳请，二不追求；我只

---

① 原文是：à Leur Viuage Sans Soleil, autant dire sans à me. 王勃赋云："人杰地灵"，现反其意而用之。

是在尽我一切义务的时候，诚心诚意，信念十足，以求引起人家对我这个人的最大的尊敬，即使在做一件微不足道的事情的当儿。在我答应护理好那个可怜人，就是你刚才看见他死去的那个人以后，我把他照管得比上几个看护人都要认真。我喂他吃饭，服侍他好像他是村社的一个收养的孩子。日子一久，居民们终于了解我不管他们怎样，我径自为他们服务了一场的性质了。然而，那班保守的人还有他们残余的年深日久的迷信思想；我决不对此加以责难，他们对那个克汀病人的崇拜不是常常作为我的教材，去劝说那班尚有一点理智的人对不幸者要助以一臂之力吗？"停了一下，倍纳西继续说道，"闲话少说，我们已经到了。"这时候他宅子的屋顶已经在望了。

他决不是希望听到人家一句赞美话或是感谢话的那种人，他所以讲述他行政生活中的这一个插曲，看来是由于他真正需要把心头话倒一倒出来，那班退居穷乡僻壤的人们往往就是这模样的。

"先生，"指挥官对他说，"我冒昧地把我的马放在你的马棚里了，如果你知道我此行的目的，你是会原谅我的。"

"噢！有什么贵干？"倍纳西问他，好像忽有所悟，刚刚想到他的同伴是一个陌生的人。

由于叶纳斯塔率直和爱好说话的性格，他一直是像一个老朋友那样地接待着他的。

"先生，"军官答道，"我听说从格勒诺布尔来的格拉维埃先生的病几乎像奇迹般地给治好了，你是让他住在你的家里的。我希望也能得到同样的治疗。我没有他那样的资格，能得到你的关怀；可是，也许我还值得你关怀一下吧！我是一个老军人，旧伤一直使我坐卧不安。你把我的病情诊察清楚，至少需要八天的时间，因为我的病痛是时发时愈的，而且……"

"好吧，先生，"倍纳西打断他的话，"格拉维埃先生的房间一直是敞开着的，请吧……"

他们走进屋子，医生轻快地推开了门，叶纳斯塔认为他因为接到了一个寄宿的病人，心里觉得快活。

"约各蒂，"倍纳西喊着，"有位先生在这里吃饭啊。"

"可是，先生，"军官反对起来，"我们方便不方便把钱讲定？"

"什么钱？"

"膳宿费。你总不能不给我饭吃，我，再加上我的马，如果不……"

"如果你钱多，"倍纳西答道，"你就把钱付足；否则的话，我一个子儿也不要。"

"不论付多少钱，"叶纳斯塔说，"我都不会嫌贵的。但是，有钱也好，没钱也好，一天十个法郎，你的医疗费不计在内，同意了吧？"

"我乐意招待人家，不论收什么钱，我是最讨厌的。"医生答道，皱起了眉头。"至于治疗呢，如果你叫我喜欢，我就给你治病。有钱人是不会买到我的时间的。我的光阴只属于这山里的人。我不要荣誉，也不要财富，我不要我的病人称赞我，也不要他们感激我。你给我的钱，将来拿到格勒诺布尔的药剂房去，区里的穷人需要配什么药，就拿这笔钱来偿付。"

这些话，冲口而出，不带一点苦味，言出于衷，谁听到了都会像叶纳斯塔那样："这真是一个好人哪。"

"先生，"军官接着说，他素来有一股牛劲，"那么我就每天给你十个法郎吧，你要把它们怎么使就怎么使。这么一说定，我们就会相知更深了。"他继续说下去，握住了医生的手，感动地、恳切地把它捏得紧紧的。"虽然我付了十个法郎，但是你会看得清楚，我不是一个阿拉伯人①。"

在打这个交道的当儿，倍纳西这一边一点也没有要显出慷慨或慈善的想法。打过交道以后，这个自称的病人就走进他的医生的屋子里，他在这儿所看到的，完全符合那扇大门和屋主人衣着的糟糕模样。几件小东西，极随便地丢在那儿，已经使用得不能再使用了。倍纳西让叶纳斯塔从厨房里穿过去，从这儿到吃饭间，路最近。厨房给烟熏得黑黑的，像一家小客栈的厨房，器皿用具倒摆了不少，这一副阔气相全是约各蒂的丰功伟绩，她是那个本堂神甫的旧仆，她一开口就是"我们"，她君临一宅，统管着医生的家务。壁炉台上居中放着一只闪亮的汤婆子，想必约各蒂喜欢在冬天睡得暖和，顺带把她东家的褥单烘得火热。她常常说她东家什么事儿都不考虑；可是倍纳西却恰恰是因为了她的缺点，才把她留在身边的，这缺点对别人来说，是受不了的。约各蒂一心要把这个宅子放在她的掌握之中，而医生却巴不得碰上一个能够独揽他的家务的女人。约各蒂买这卖那，调剂一下啊，交换一下啊，放上去啊，拿下来啊，布置一下啊，再把它搞一个乱啊，什么都依她自己高兴；而她的东家呢，却不屑看上一眼。约各蒂还独断专行地管理着院子、马棚、马夫、厨房、住屋、花园，还有那个东家。换台布，洗衣服，储备食品，她一概操有大权。她决定猪什么时候进门，什么时候杀掉，把花匠臭骂一顿，规定早餐和晚餐的菜单，从地窖爬到顶楼，从顶楼奔到地窖，一时兴起，把什么地方都打扫一遍，没有人对她说一个"不字"。倍纳西只约法两章：六点钟吃晚饭，再有就是每月只能花一定的钱。

一个谁都对她唯命是从的女人总是唱着歌儿的，所以约

---

① 意为食量大。

各蒂老是笑眯眯的, 在楼梯上学着夜莺叫, 不唱歌的时候就哼哼, 不哼哼的时候就唱歌。天性爱洁净, 她把屋子搞得干干净净的。她说, 如果她的味觉出了毛病, 倍纳西就得苦了, 因为这个可怜虫总是心不在焉, 人家可以把卷心菜冒充山鹑端给他吃; 没有她, 他八天可以不换衬衣。约各蒂折起台布来, 从来不知道疲倦, 形成一种喜欢擦洗家具、像圣职人员那样爱好清洁的性格, 要做到一尘不染, 闪闪发亮, 芳香扑鼻。她视尘土如寇仇, 她掸啊, 洗啊, 漂啊, 无休无止的。关于那扇大门的情况, 她已经洗得"唇干舌焦"了。十年来, 每到月初, 她总是缠着她东家让他不得不答应做一扇新门, 把屋子的墙壁粉一粉, 把什么东西都整理得"幽幽雅雅"的, 可是先生总是不能信守他的诺言。因此, 当她不得已要对倍纳西漫不经心的积习责备一下的时候, 她总是先对她的东家赞扬一通, 然后一本正经地把这句话作为结束:

"说他是一个傻瓜, 这怎么成, 因为他在地方上做下了这么些简直是奇迹般的事情; 但有时候却还是一个傻瓜, 傻就傻在什么东西都得放到他的手里, 像个小孩!"

约各蒂喜欢这座房子, 好像是她自己的一样。再说, 在这儿已经住了二十二个年头, 为什么她没有权利抱一点幻想呢? 倍纳西初到此处的时候, 他看到了这座房子, 因为本堂神甫死了, 准备卖掉, 他就把它一股脑儿买了下来, 包括整座房子和地皮、家具、餐具、酒、家禽, 一只老的日晷, 一匹马和这个仆人。约各蒂是厨娘这一类人物中的典型, 总是穿一件厚厚的棕色上衣, 上面印着红色豌豆的花样, 用带子拦腰一束, 把身子包得紧紧的, 看上去只要身子稍微动弹一下, 衣服就要绷裂开来。她戴一顶打裥的圆便帽, 帽子下面的脸蛋有点儿苍白, 双下巴显得比原来的更白了。约各蒂矮小、灵活, 讲话声音响亮,像连珠炮一样。如果她片刻儿默不作声，拿住她围裙的一角折叠成一个三角形状，这举动就预示她要对她的东家或是哪个男仆数落一通了。在这个王国里的所有厨娘当中，约各蒂不消说是最幸福的。为了让她享尽天下的幸福，她总是想到什么便做到什么，市镇上的人都把她当做一个权威人物看待，其地位在市长和田园监护人二者之间。

一踏进厨房，东家一个人也没有看到。

"见鬼，他们都到哪儿去了？"他说。"请原谅我，"他回头看着叶纳斯塔，继续说，"把你领到这儿来了。正门是在花园那一面，可是我平时不大接待客人，所以……约各蒂！"

一听见大声地、几乎威风凛凛地叫着这个名字，一个女人的声音在屋子的里边答应了。一会儿后，轮着约各蒂向倍纳西采取一种进攻的架势说话了，这时候他正急匆匆地向餐室走去。

"看你啊，先生！"她说。"你总是比别人另有一功。你请客人来吃饭，总不肯预先对我讲一讲，你以为只要喊一声'约各蒂！'便什么事情都准备好了。你打算在厨房里招待这位先生吗？把会客室的门一开，火生一生，不行吗？尼考尔在那儿，什么事情都叫他做好了。现在带你的这位先生到花园里去，玩一刻儿，他会喜欢那个地方的；如果他喜欢小玩意儿，你领他去看看老东家的花草也好；事情多着呢，要烧菜，做饭，摆刀叉，还有那间会客室呢。"

"是啊。不过，约各蒂，"倍纳西接着说，"这位先生要住在这儿呢。别忘记去瞧一瞧格拉维埃先生的房间，瞧一瞧床单和所有的东西，瞧……"

"床单，现在你居然也想来管一管了？"约各蒂回答，"如果他睡在这儿，要替他准备些什么，我全都知道。十个月来，你连格拉维埃先生的房间踏也没有踏进过一次。那儿是好好的，像我的眼睛一样的干净……这么说他要住在这儿了，这位先生？"她柔声柔气地添上了一句。

"是啊。"

"住多久呢？"

"天地良心，我也不知道。但这跟你有什么关系呢？"

"啊！这跟我有什么关系，先生？呀呀，这跟我有什么关系？真是另有一功！吃的，还有别的，还有……"

在过去，如果她这样地失去了她东家的信任，她一定会对他劈头盖脸地数落一通，但这一次她一面唠唠叨叨说个不休，一面却在厨房里跟在他的后面。她知道这个人要住在这儿，吃在这儿，就一直盯着叶纳斯塔一瞧，向他深深地施了一个礼，对他从头到脚上下打量了一遍。军官本来对那位东家坚持不懈地把这个地方从克汀病的灾祸中拯救出来，非常地敬仰，现在听到了主仆之间的对话，看来主人好像是个屌头，虽然感到遗憾，在他的眼睛里却不免矮了一截，因此，他的脸上当时显出一副抑郁和茫然的表情，模样儿板滞滞的。

"他一点也不讨人喜欢，这个家伙！"约各蒂暗自说。

"如果你不觉得疲劳，先生，"医生对他这个自称为病人的客人说，"趁还没吃饭，我们到花园里去走一走吧。"

"好的。"指挥官答道。

他们穿过餐室，从会客室和餐室之间一座楼梯脚边，像前厅模样的那个地方走到花园里。这个地方有一扇落地大玻璃窗门隔着，连着一排石阶，装点着花园的正面。两条十字路，旁边种着黄杨，把花园划成一样大小的四大方块，尽头处有一条厚实的绿篱，这是从前屋主人的得意之作。军官在一张虫蛀的板凳上坐下来，他既看不到葡萄棚，看不到沿墙的果树行列，也看不到约各蒂辛苦种植的蔬菜。这个珍贵的花园是那个贪嘴的教士一手经营的，约各蒂墨守他的成规，但倍纳西却根本不把它放在心上。

谈了一会家常之后，指挥官对医生说：

"先生，你说在这个山谷里，原来只有七百个人，现在估计有两千多，你怎样在十年之间把人口增加了三倍的呢？"

"你是第一个提出这个问题的人，"医生答道，"虽然我把充分发展这块小小地方的生产作为我的目标，但是我忙忙碌碌，东奔西走，一直没有空闲让我好好地想一想，究竟我用的是什么方法，像募捐修士所说的，大规模地'从石子里榨出油来'。就是格拉维埃先生吧，他也是我们的一位恩人，我呢，总算也替他做了一件好事，把他的病看好了，他同我跑遍了我们的山头，想看一看我们实践的结果的时候，也从来没有去考虑一下那个理论呢。"

大家沉默了片刻，在这个当儿，倍纳西沉思起来，根本没有注意到他的客人正一眼不眨地瞧着他，似乎想把他看一个透似的。

"你问这是怎么搞的吗，我的好先生？"他接着说，"但事情也是自然不过的，它只是根据一个吸引人们的社会规律，就是我们创造出需要，再设法使他们得到满足。如此而已。无所需求的人民总是贫穷的。当我初来此镇落户的时候，这里共有一百三十户农民，在山谷里，约莫有两百户。这地方的当局，和饥寒交迫的老百姓倒也相当，是由这班人组成的，一个市长，他不会写字，一个助手，他是佃农，家住在离开村社很远的地方；一个治安法官，他穷得怎么似的，全靠工资过活，火烧到眉毛，才不得不把出生证、结婚证、死亡证交给他的书记官，书记官也是个倒霉鬼，对他这门行当，勉强懂一个皮毛。老的本堂神甫在七十岁时死去了，副的本堂神甫接替了他，是一个没有文化的人。这批人就是这个地方上的知识分子，管理着一切。在这么美好的自然环境里，居民们却陷入水深火热之中，吃的是土豆和乳制品；干酪是他们仅有的产品。他们中间大部分人，用篮子把它带到格勒诺布尔或是附近一带地方，卖一点钱。富裕一点或是勤快一点的人，种一点荞麦，供镇上的居民食用，有时候种大麦或燕麦，但没有种小麦的。这儿唯一的实业家就是那个市长，他有一个锯木厂，用低价买进木材，锯开了再零星卖出去。由于没有道路，在晴季，他只能把树一棵一棵地运来，用尽心思，把一根链条系在马匹的笼头上，一头再用铁钩钉到树身里面。要到格勒诺布尔去，骑马也好，步行也好，必须取道山高头的一条大路，山谷里是走不通的。在这儿和第一个村子之间，这村子你一踏进这个区里一定是看到了的，有一条美丽如画的路，你刚才准是打这条路走来的，一年四季，难走得很。什么国家大事，什么革命运动，都到不了这个地方，它与世隔绝，完全处于社会活动之外。只有拿破仑一个人，他把他的名字送进了这个地方；多谢有那么两三个从这儿出去的老兵，回到了本乡，一到晚上，他们就对这班质朴的人们传奇式地讲讲这位人物和他军队的奇事，大家都把他奉若神明。他们为什么要回来，那是一个无可解释的现象。在我到来之前，有一班年轻人离家投军，从此就一直留在那儿。这个事实足以说明这地方的穷困了，我也不必对你多做描述。先生，我初到这个区来，当时的情形是，在山的那边，有几个属于这个区的村社，土地种得都很好，也很幸福，几乎是很富足的。我不想对你细讲镇上的那些茅屋了，它们实实在在是马棚，人畜杂居在一块。我从大修道院出来，路经这个地方。我找不到客栈，不得不睡在副本堂神甫的家里，他是暂住在这座房子里的，当时房子已经决定出售了，向他提出了一个一个问题之后，我初步得知关于这个可悲地方的情况，它的良好的气候，绝妙的泥土和天然的出产物使我惊叹不止。先生，重重的忧患使我身心交困，竭力想重新过一个新的生活。上帝为了使我们在不幸之中振作起来，给予我们各种各样的思想，有一个思想深深盘旋在我的心头。我决定把这块乡土培养起来，像一个家庭教师培养一个儿童一样。请不要赞许我的善举吧，我所关切的只是我觉得有必要把我的心转移到别处去。我当时竭力要把我的有生之年消耗在某种艰苦的事业上面。大自然把这个区创造得这么富足，然而这儿的人却落得这么贫穷，要把它来一个天翻地覆，少不得要占去整整的一生；实行起来是有困难的，但是吸引着我的，正就是这个困难本身。这座房子卖得不贵，荒地也要不了多少钱，我决定把这屋子买下来，还买了许多生荒地，我要全心全意地做一个乡村医生，这是人们最不愿意从事的一个职业。我愿意做个穷人的朋友，不要他们一点报酬。唉！无论对于乡下人的性格，或者对于在尝试改进人和事的过程中所遇到的障碍，我都不抱任何的幻想。我不替我的人儿唱田园诗，我实事求是地看待他们这班穷苦的农民；既不是好得不得了，也不是坏得不得了，长年累月的劳动不会使他们成为柔情脉脉的人，但是有时候他们的感觉也是很敏锐的。总之，我特别理解到只有为他们的利益打算，为他们直接的福利打算，我才能在他们的身上起作用。所有的农民都是圣托马斯，这位不轻易相信的使徒的后裔，他们常常要求言必信，行必果。"

"你也许会笑我迈出的第一步吧，先生，"停了片刻，他继续说道，"我把编织篮筐作为这个艰难事业的开始。这班穷苦的老百姓以前从格勒诺布尔买来晒干酪的筐子和做小生意用的必需的柳条编织品。我对一个机灵的年轻人出了一个主意，去租一大块河边上的地。每年的冲积土把这儿的土地搞得很肥，种上柳条，长得极好。我把区里消耗的柳条编织品计算了一下数量，于是去格勒诺布尔找到了一个青年工人，他没有钱，但却是一个熟练工人。当我发现了他，我立刻决定叫他到这儿来开业，答应把为编篮子购买柳条的钱预借给他，直到我那个种柳条的人能够供应他为止。我劝他篮子的价钱要卖得比格勒诺布尔的便宜一些，还要编得好一些。他完全同意。直到四年以后，种柳条和编柳条筐子才成为一种事业，它的效果方被人们所赏识。你是一定知道的，柳条种了三年才能收割。在上马的最初一个阶段，这个编柳条筐子的工人，膳宿都是免费的。不久他娶了一个圣·劳伦·杜·蓬的女人，她有一点儿钱。他于是造了一间房子，环境卫生，空气流通，宅基是我替他选定的，一切布置，他都听从我的意见。先生，一个大胜仗呢! 我在镇上创建了一个行业，我引进了一个生产者和几个工人。你对我孩子气似的高兴劲怎么看啊? ……在我的柳条编织工人成家立业以后，最初几天，我一走过他的铺子，我的心就怦怦地跳得快起来。当我走过那座新的房子，百叶窗漆得绿绿的，屋门口摆着一张板凳，种着一棵葡萄树，放着几捆柳条，看到里面一个干干净净的女人，穿得整整齐齐，给一个又红又白的婴孩喂着奶，旁边的工人都高高兴兴的，一面哼着歌儿，一面灵巧地编着篮子，一个男子在旁边指挥，他不久前又穷困又消瘦，现在是神清气爽的，这时候，先生，我老实对你说吧，我真是心里高兴，少不得踏进铺子，做一会儿柳条编织工人的活，问问他们工作的情况，我心里的愉快实在无法形容。我为了这班人的喜悦和为了我自己的喜悦而感到快乐。我所有的希望都集中在这座屋子上面，这儿住着第一个把坚定的信心安放在我身上的人。难道不是这样吗，先生，我心头怀着的这个穷乡僻壤的前途，正如这个柳条工人的妻子胸口怀着的她的吃奶的婴儿？……我在同一个时候必须做好许多的事情，我惹来了好多的意见。那个无知的市长煽风点火，强烈反对我，但是他的势力敌不过我的影响，我取代了他的职位；我有心让他做我的副职，在我的慈善事业中当一个帮手。是啊，先生，我想用这个办法，初步启发一下这个最最冷酷的头脑。通过他的自负和贪心，我把这个人紧紧控制在我的手里。六个月里，我们都在一起吃饭，我赢得了他对于我的改进计划的信任。不少人认为我结下这种必要的友谊，是我工作中一件痛苦非凡的事情；但是这个人难道不是一个最最珍贵的工具吗？瞧不起他手里的斧头或者甚至毫不在意地把它丢掉的人是不幸的！而且，如果我要改进这个乡土，而我在改进一个人的这种思想面前却退缩不前，这不是十分矛盾的吗？致富之道，最迫切的就是筑一条路。如果我们获得议会的批准，从这儿造一条结实的路，接通伸向格勒诺布尔的大路，我的助手将是第一个受惠者；因为到时候他不必把他的树木，花大量的钱，从崎岖的小路上拉过来了，他可以利用区里的一条平坦的大道毫不费力地把它们运回来，不论什么木材，都可以大规模地做个买卖，每年赚的钱不是什么可怜巴巴的六百法郎，有朝一日，一定可以获得可观的财富。最后总算把这个人说服了，他成了我的拥护人。整个冬天，我这个前任市长和他的朋友们一起到小酒店里喝酒，对我的市民们现身说法，如果筑了一条可通车辆的好路，对这个地方定是个生财之道，因为每个人都可以和格勒诺布尔做生意了。一旦市议会对筑路的计划投票表决，我从州长那儿领到了州里慈善基金的一笔钱，拿来支付运输费用，因为筑路需要各种材料，村社没有大车来运输，而支付这笔费用，村社又没有力量。一些不明事理的人，对我发出怨言，说什么我想要恢复徭役制了，因此，为了使这项巨大的工程早日完成，让这班人即刻评一评它的结果，我在第一年的每个星期天，不管他们愿意不愿意，把全市的居民，女人，小孩，甚至老人，带到山上去，这条大道从我们的村子直通格勒诺布尔的公路，下面的路基很结实，路线是我自己选定的。很幸运，路基两旁，材料非常丰富。这项旷日持久的工程需要我付出极大的耐心。有些人不懂得规则，有时候不肯出工；有些人没有饭吃，负担不起一天没有收入的劳动；对后一种人必须发放麦子，对前一种人要用好言抚慰。然而，当我们把路完成了全长约两里的三分之二，居民们已经清清楚楚地看出了它的好处，因此最后的三分之一干得热火朝天，令人吃惊。为了增加村社将来的财富，我们在路两旁的沟道里，种植了两排白杨。现在，这些树差不多都成材了，我们的路看上去真像一条御道，因为地位好，终年干燥，造得又讲究，每年的养路费几乎不到两百法郎；我一定要领你去看看，因为你是不会看到它的：你来的时候，走的一定是下面那条风景如画的路，这条路是居民们三年前自发建筑的，是为了使当时在山谷里建造起来的一些居民点四通八达。就这样，先生，以前镇上的人是糊里糊涂的，三年以前，他们的心里才有了为公的理智，如果在五年以前，一个来这儿的旅客也许断不会相信它能够深入人心。让我们再谈下去吧。我那个柳条工人的开业，给这班贫苦居民们提供了一个很有用处的榜样。如果路是镇上来日繁荣的最直接的原因，此外还应该鼓励做些初具规模的实业，使那两件好事的胚芽发展壮大起来。我把我全副的精力都放在帮助种柳条的人和编篮筐的人的上面，放在建筑我那条路的上面，我自己的事情倒不大在意了。我有两匹马，那个木材商即我的助手，有三匹。他钉马蹄铁，只能利用顺便到格勒诺布尔去的机会。我因此雇了一个钉马蹄铁的工人到这儿来，他还懂得一点兽医的技术，我保证他会有很多的工作。我有一天碰上了一个退役的兵士，他走投无路，手头只有他的一百法郎的退役金，他会读会写；我给了他市长秘书的职务；很幸运，我给他找到了一个妻子，他所梦想的幸福生活总算得以实现了。先生，都需要房屋啊，我的柳条工人和放弃了克汀病人村庄的二十二户家庭也需要房屋。另外还有十二户人家，户主都是工人，既是生产者又是消费者，都到这儿来安家落户了：泥水匠，木匠，瓦匠，细木匠，锁匠，玻璃匠，他们要干好长日子的活；他们造了别人的住房以后，难道不要建造他们自己的住房吗？在我任职的第二年，七十间房屋在村社里造起来了。有了这一种生产，便需要另外一种生产。移居到镇上的人口一多起来，便有了新的需求，以前对于这班穷苦的人民，这些都是不熟悉的。需要产生了实业，实业产生了商业，商业产生了利润，利润产生了福利，福利产生了有益的思想。各种职业的工人都要买烘好的面包，我们就有了一个面包师傅。全体居民摆脱了他们不光彩的毫无生气的生活，本质上变得活跃以后，荞麦不能再作为食粮了；当我发现他们吃的是黑麦，我发愿首先应该改食裸麦或是小麦掺裸麦，然后有一天能够看到最穷的人吃上一口白面包。依我看来，智力的进步全在于卫生的进步。一个地方的人们能够吃上肉，这说明这地方的人生活富裕，智力充足。劳动者得食，得食者能思。我预见到有朝一日必须生产小麦，我于是留心察看土质；我一定要发动全镇，投入一个农业大发展运动，一经发动，人口必然会增加一倍。时机到了。格勒诺布尔的格拉维埃先生，在村社里有他的土地，收益全无，可是他可以在这些土地上改种小麦。你是知道的，他是省里某个部门的头头。出于他的乡土之情，并经不起我

再三的纠缠,他欣然接受了我的恳求;我向他解释清楚,这么
做,实际上对他也是有利的。花了好几天的工夫,劝说啊,商谈
啊,反复计算啊;我把我的财产做担保,保证他的企业不至于
冒什么风险,可是他的妻子呢,头脑狭隘,却一直想方设法吓
唬他;终于,他同意在这儿建四个农庄,每个农庄有一百阿尔
邦①,还答应预支必要的钱款,从事垦荒,购买种子、耕具、耕
畜,造专用路。我呢,建造两个农庄,一方面开辟生荒,一方面
树立一个榜样,引进有益的现代化农业技术,以教育人们。六
个星期的时间,镇上增加了三百个居民。六个农庄上要安顿许
多住户,大量的土地要开垦,劳动需要工人。大车制造工人、挖
土工人、帮工、短工潮涌而至。到格勒诺布尔的路上挤满了来
来往往的大车。这地方整个儿都动起来了。钱币的流通使人们
产生了挣钱的欲望,麻木的状态结束了,市镇苏醒了。

　　"我用三言两语把格拉维埃先生的这段历史结束掉吧。
他是本区的造福人之一。他虽然疑虑重重,作为一个省里的
人,局里的人,这是十分自然的事情,他却相信了我的诺言,预
先拿出了四万多法郎,不问这笔钱他能够收得回来还是收不回
来。目前,每个农庄的租金是一千法郎;他的佃农们都搞得很
好,每人至少有一百阿尔邦土地,三百只羊,二十头母牛,十头
公牛,雇用了二十多个人。我再说下去。在第四个年头,我们的
农庄开始有了一个头绪。处女地上小麦丰收,对地方上的人们
来说,这简直是一个奇迹。这一年,我老是为了我的工作担心
得发抖呢!旱涝都可以把我的工作毁得干干净净,把人们对我
的信赖吹得踪影全无。种了小麦,便需要磨坊,这个你是已经
看到了的,它每年给了我约莫五百法郎的收入。因此农民们奔

――――――――

　　① 法国旧时土地面积单位,每阿尔邦约二十至五十公亩。

走相告，用他们的话说，就是'我运气好'，他们相信我，像相信他们的圣物一样。新的建筑，农庄，磨坊，种植园道路，为被我招到这儿来的所有的手艺工人提供了工作的机会。虽然我们的房屋足足用了六万法郎，这笔钱我们归还了地方，但买主所创造的收益却远远超出了这个数目。我不断努力使新兴的实业活跃起来。听从了我的劝告，一个苗圃工人到镇上落户来了，我向较为贫苦的人们宣传种植果树的好处，目的是为了有一天我们能够打破格勒诺布尔出售水果的垄断局面。'你们把干酪带到那儿，'我对他们说，'为什么不能把家禽、蛋、蔬菜、野味、干草、麦秆等物带去呢？'我的每一个劝告都是一条财路，问题在于人们能否照着这么做。于是许许多多的小企业组织起来了，开始进展得很慢，后来逐渐快起来。现在，每星期一，一共有六十辆大车，满载我们各色各样的产品，从镇上赶到格勒诺布尔去。人们收了荞麦，只是给家禽作饲料，而不像从前那样，种荞麦是为了给人们当口粮。木材生意的规模越来越大，于是分起工来，从我们实业时代的第四个年头开始，我们有了柴火木材商、方木商、木板商、树皮商，后来有木炭商。最后建起了四家新的锯木厂，加工木板和梁木。当那个前任的市长有了一点商业头脑的时候，他感觉到必须学习阅读和书写。他和各地的木材价格比较了一下，注意到他必须有一个有利于他的营业的差额，因此，近悦远来，顾客盈门，目前州里三分之一的货源是由他提供的。我们的运输也猛增起来，我们现在有三个制造大车的工人，两个制造马具的工人，他们每人至少有三个伙计。我们铁的消费也大，结果一个铁匠移业到镇上生意兴隆。利润的欲念发展成为一种雄心，自从那时以来，它一直推动着我这儿的各行各业从市扩大到区，从区扩大到州，多卖才能多得嘛。我只是替他们出出主意，指点一下销售的新途径，其余的事情就靠他们自己动脑筋了。不过四年时间，乡镇的面貌为之一变。当年我路经这儿的时候，我听不到一点点儿的声息，可是，在第五年的年初，一切都是活泼的、生气勃勃的。愉快的歌声，作坊里发出的声音，沉重的或是尖厉的工具声惬意地在我的耳边轰响。居民们来来往往，熙熙攘攘，他们聚集在这个新的镇上，它又清洁，又卫生，广植着树木。每个居民都意识到他的幸福，所有人的脸上都散发出满意的神情，这是致力于有益工作的生活所带来的啊。

"这五年，在我看来，组成了我们乡镇繁荣的第一个时期。"停了一下，医生继续说，"在此期间，我一直在开垦，把种子撒在头脑里，也把种子撒在泥土里。此后，人口和实业的发展运动是不能停止不前的。第二个时期于是酝酿起来了。没过多久，这个小地方上的人希望穿戴得好一些啦。一个服饰用品商来到了我们这儿，跟着而来的是一个鞋匠，一个成衣匠，一个制帽工人。我们的生活一宽裕，一个肉店老板，一个食品杂货商便来了；接着是一个助产士，我是很需要她的，因为我大量的时间都花在接生上面。生荒地长出了上好的庄稼。人众肥多，肥多粮美。我的事业走上了一条阳关大道。住房搞得干干净净的，居民逐步吃得饱饱的，穿得好好的，我还要让牲畜也能感觉到文明的曙光。要牲口的种好，个头好，畜产品好，全在于照料好，我因此鼓动人们把牲畜棚弄得整洁。一头家畜，棚搞得干净，洗刷得勤，这样得来的好处，我把它和从一头照管得马马虎虎的牲畜身上所得到的微薄的收益作了一个比较，这样一来，村社里管理家畜的制度就慢慢地改变了过来：没有一头牲口活受罪了。母牛和公牛洗刷得油光滴滑，像在瑞士和奥弗涅一样。羊圈、马棚、奶牛棚、乳品工场、谷仓，都照着我和格拉维埃先生的建筑物的模样造起来，宽敞，通风，因而有益于健康。我们的佃农都成了我的宣传员，他们以迅速获得的效果证明了我的规诫的好处，立时把不相信的人们改变过来。至于缺钱的人们，我就把钱提供给他们，特别照顾手脚勤快的穷人：榜样在前嘛。遵照我的劝告，有毛病的、瘦弱的、平平常常的牲畜即刻卖掉，用好的补足。因此，隔了一段时间，我们的畜产品在市场上的销路，冠于其他的村社。我们牛畜成群，因而皮革成堆。这个发展具有很大的重要性。原因嘛，在农村经济中，没有什么东西是没有价值的。从前，我们这儿的毛皮卖得很便宜，我们做的皮革质量也不行；可是我们这儿的毛皮和皮革一旦改进以后，我们就在河边造起一家制革厂，我们有了鞣革工人，生意猛增。过去镇上的人是不知道酒味的，他们只喝一点儿酸葡萄汁，现在自然而然变得需要起来了：几家酒店开起来了。那家最老的酒店扩建了一下，改成一个客栈，为旅客供应骡子，他们前往大修道院，往往是走我们这儿的那条路的。两年之后，我们的商业活动非常兴旺，使两个客栈老板应接不暇。在我们繁荣的第二个时期开始的时候，治安法官死了。我们很幸运，他的继任者是一个在格勒诺布尔曾经做过公证人的人，由于一次投机失误，破了产，但手头尚有余钱，在农村里还算得上是一个财主。格拉维埃先生劝他到这儿来；他造了一间漂亮的房子，帮我一起出力办事；他建了一个农庄，伐树垦荒，现今他在山里还有三间小屋呢。他家里人丁兴旺。他辞退了从前的书记，从前的执达员，任用了比他们的前任更有教育，特别是更为勤快的新人。这两个新来的家庭，一家开了一所土豆蒸馏厂，一家开了一所洗羊毛厂，这两家的户主一面干他们的正业，一面经营这两个很有用处的行业。因为村社有了它自己的收入，用公款建造一座市政大楼，就没有人起来反对了，在大楼里我设了一所免费学校和一位初等小学教师的住所。我选了一个穷苦的神甫来担任这个重要的职务，他是宣过誓的，所以被州里赶了出来，他在我们这儿总算找到了一块安静乐土，以度他的余年。学校的女教师是一位可尊敬的妇人，她身无长物，走投无路，我们给她安排了微薄的生活之资，她刚刚开办了一所女孩子的寄宿学校，附近的富裕佃农已经开始把他们的女儿送来了。先生，如果到此为止，我还有权利用我个人的名义向你讲述这小小一角土地的历史，那么，后来在这个革新工作中担起了一半重任的，就是那位新的本堂神甫杨维埃先生了，他是一个真正的费纳龙①，只是范围缩小了一点，限于一个教区罢了。他倒有一套办法，使相亲相爱的精神成为市民的风尚，把全体居民团结得像一个大家庭。治安法官杜芳先生，他虽然来得晚些，却同样值得居民们的感激。我把我们整个的情况用数字来向你摆一摆吧，这要比我的话更能够说明问题，眼下村社拥有两百阿尔邦树木，一百六十阿尔邦牧场。它不附征一分一厘，给了本堂神甫一百埃居的补贴工资，给田园监护人两百法郎，给学校的男教师和女教师同样的数目。它拨出五百法郎的养路费，市政大楼、本堂神甫的住所、教堂的维修费以及一些其他开支也是这个数目。十五年后，它采伐树木，现在的一百法郎可变成一千法郎，居民可以不交一个铜子的税；它保证是法国最富裕的村社之一。但是，先生，我也许使你感到厌烦了吧？"倍纳西说，他于无意之中，发觉听他说话的人若有所思，有点儿心不在焉的样子。

"噢！不。"军官答道。

"先生，"医生继续说，"商业、实业、农业和我们的消费仅仅限于本地一处。到了某一个阶段，我们的繁荣就停止不前

————————
① 费纳龙（1651—1751），法国古典主义作家，曾任冈布雷大主教。他在小说《忒勒马科斯历险记》（1699）中，描绘了一个宗法家长式的理想社会。

了。我急需一个邮政局，一个卖烟草、火药和文具的零售店；我竭力劝说那个税收员从他一直居住的村社搬到区政府所在地的这个村社里来，我对他说，这儿的居处舒服，我们这儿又是一个新的社会。当我把需要激发起来之后，我大力号召在适当的时间和适当的地点生产各色各样的东西；我吸引来了许多住户和许多劳动者，教导他们头脑里要有一个产业的观念：这样，等他们手头有了一点钱，他们就开垦起土地来了；一传十，十传百，大家都从事于小规模的耕耘，自己有一块小小的土地，山地逐渐变得稀罕起来。以前我在这儿看到，那班穷苦人总是带一点干酪，徒步走到格勒诺布尔去，现在却舒舒服服地坐着大车，运去了鲜果、蛋、家禽、吐绶鸡。他们的底子都在不知不觉中厚了起来。最起码的也有了自己的园子，自己的蔬菜，自己的水果，自己种出的时鲜。总而言之，繁荣的征候可以从这儿看得出来：为了节省时间，没有哪个人愿意自己做面包了，孩童都出外去放牧。但是，先生，要使实业的炉火烧旺，必须投入新的柴薪。镇上还没有一种再生的工业，足以保持商品的生产导致大规模的交易，还没有一个仓库，一个集市。一个国家有了一大堆钱，有了资本，只是把它捏在手里，那是不够的；你即使用上一些多少有点儿巧妙的方法，通过生产和消费这个玩意，把这笔数目尽量流过许多人的手，也不能增加它一点点儿的福利。问题不在这儿。当一个国家兴旺发达，生产和消费保持平衡的时候，为了创造新的物力，增加公众的财富，它必须和国外实行交换，这让它在商业决算上经常带来盈余。这一种思想常常导致一些海上国家像都尔[①]、迦太基、威尼斯、荷兰和英国去夺取海外商业的霸权。对于我们这个小小的地

---

① 古代腓尼基的一个港口。

方，我颇有这种类似的想法，以便创造一个第三商业时期。我们的繁荣在一个过往人的眼里，几乎是看不出来的，因为我们这个区治和其他地方没有什么两样，而只有我一个人才感到惊奇。居民们都是陆陆续续聚集起来的，他们参加了这个运动，却不能从头到尾地对它下一个判断。七年将尽的时候，我碰到了两个外乡佬，他们倒是这个乡镇的真正的恩人，他们也许会把它变成一个城市的。一个是蒂罗尔①人，非常灵巧，他一直替乡下人做鞋子，替格勒诺布尔的时髦人做靴子，就是巴黎的靴匠也比不上他。他还是一个流浪的穷音乐家呢，是一个勤劳的德国人，做活的工具自己造，弹奏的乐器自己做。他一面唱歌，一面做活，走遍了整个意大利，在这个镇上歇下脚来。他询问有没有人需要鞋子的。人家把他领到我的家里，我定做了两双靴子，样子是他搞的。这个外乡人的手艺使我吃惊。我问了他许多问题，他对答如流；他的态度和他的容貌使我打定了主意，我一定要把他留在这儿；我向他建议落户在这个镇上，答应他尽一切办法帮他做生意，事实上，我拿出了一笔可观的钱由他自己支配。他接受了我的建议。我有我的想法。我们的皮革已经改进，经过一段时间，我们可以自己用它制造鞋子，价钱卖得便宜一些。我要把编篮子的事业在更大的规模上再来一次。我有这么一个好机会，招到了一个无比熟练和勤劳的人，使这个乡镇有一个源源不绝、稳固可靠的商业。鞋子是一种经常的消费品，卖得便宜一些，会立刻得到消费者的欢迎。先生，我总算没有想错。现在，我们有五家皮革厂，他们使用了省里全部的毛皮，有时候还到普罗旺斯去寻找货源。而且，每一家厂都有自己鞣革用的树皮的作坊。先生，真够瞧的，这几家厂制造

----

① 属奥地利。

的皮革，还不够那个蒂罗尔人做鞋子呢，他现在少说有四十个工人！……另外一个人，他的来历也是够有趣的，但是你听起来也许要觉得厌烦吧，他有一个窍门，能够把这地方上流行的阔边帽做得比任何别的地方都便宜；他把帽子运到所有的邻省，一直远销到瑞士和萨瓦。这两种实业，如果在区里能够保持它们的质量和低价，就是繁荣的不竭的源泉，因此我盘算在这儿每年举行三次交易会；省长也为我们这个区的实业的发展大为吃惊，他帮助我们请得了国王的法令，准予创办。去年，我们举行了三次交易会，闻名遐迩，连萨瓦也知道了我们的鞋子交易会和帽子交易会。格勒诺布尔一个公证人的首席书记听到了我们镇上的这些变化。他是个穷青年，但受过教育，做事勤奋，格拉维埃小姐已经和他订了婚。他到巴黎请求到这儿来设立一个公证人事务处；他的要求获得了允准。这件差事没有花费他一分钱，他设法造了一间房子，就在治安法官屋子的对面，在新镇上。现在我们每星期有一次集市，牲口和麦子的成交额十分可观。到明年，我们无疑会有一个药剂师，然后是一个钟表匠，一个木器家具商和一个书报商，以至生活中必需的高级物品。说不定我们总有一天，搞得像一个小小的城市那样，造起高楼大厦吧。我们这儿的人思想已经十分开通，因此当我建议把教堂修理装饰一下，替本堂神甫造一个住所，为交易会划出一个适当的地方，种上树木，定出一个市镇的规划，以便日后把街道造得既卫生又宽敞，市政会议都毫不反对。先生，这就是为什么我们现在会从一百三十七户人家增加到一千九百户，从八百头牲口增加到三千头，镇上从七百人增加到两千人，如果把山谷里的居民计算在内，达到三千。村社里现有十二家富户，一百户小康之家，两百户人家欣欣向荣。其余都以劳动为生。人人都会读会写。我们订了十七份各色各样的

乡村医生
法国文学经典

报纸。在我们这个区里，你还会看到穷人，实际上他们的数目也不小，但没有一个要饭的，因为人人都有工作做。我现在有许多病人要照看，把两匹马搞得疲于奔命；随便什么时候，我骑马出行，在方圆五里以内，可以保证无虞，如果有人想向我开枪，他的命一定挨不上十分钟。就我个人来说，我在这些变化中所获得的全部东西，就是居民们藏在肚里的对我的感情，再有就是那种高兴啊，当我经过的时候，听到所有的人欢欢喜喜地对我说：'您好，倍纳西先生！'你是很清楚的，我在模范农庄里无意中所获得的财富，只是我的一种手段而决不是我的目的。"

"如果每个地方都效法了你，法兰西那就了不起，欧罗巴何足道哉！"叶纳斯塔兴奋地喊起来。

"我已经把你纠缠了半个钟头啦，"倍纳西说，"天黑了，我们进去吃饭吧。"

医生的屋子，在朝向花园的一面，每一层有五扇窗子。它一共有两层，瓦屋顶上还有一个气楼。绿色的百叶窗映衬着灰色的墙壁。一棵葡萄藤从底层爬到二层，把整座屋子都攀满了，构成了一个檐壁。墙脚边种着几棵孟加拉蔷薇，凄惨惨的，被屋顶上流下来的水淹得半死，因为水落管是没有的。一个宽阔的楼梯平台构成了前厅，从这儿进去，靠右手是一间会客室，有四扇窗，两扇对着院子，两扇对着花园。那个可怜的故屋主人为了这间会客室，无疑花了不少的钱，费去了不少的心思，他铺了地板，下面装了护壁板，还挂上了17世纪的壁毯。宽大的安乐椅上放着织锦坐垫，壁炉架上的多枝烛台和垂着重重实实的流苏的窗帏，说明那个本堂神甫是一个有钱的人。倍纳西还添上了一些可以看出他的个性的家具：两个雕花的靠墙木桌，面对面地放在两扇窗子的中间，壁炉上面，挂着一只嵌铜的玳瑁自鸣钟。医生难得坐在这儿。它有一股潮湿的气味，老是关着的房间总是这样的。那位已故的本堂神甫似乎还活在这儿，他烟草的特别香味好像还从他惯坐的壁炉边上喷射出来。两张大沙发对称地放在火炉的两边，自从格拉维埃先生借宿在这儿以来，火没有生过，可是现在炉子里的枞树却腾起了熠熠的火焰，照亮了一室。

"晚上还冷，"倍纳西说道，"看到火心里就觉得快活。"

叶纳斯塔沉吟不语，他开始明白了为什么医生对他的日常生活琐事总是漠不关心。

"先生，"他对医生说，"你有一种真正关心公益的精神，可是我奇怪，为什么你完成了这么许多事情之后，不想给政府点一个火呢？"

倍纳西笑起来，但是轻轻地，并没有一点忧郁的神情。

"打一个什么报告吗，条陈方法，好使法兰西文明起来，是不是？在你之前，格拉维埃先生已经向我谈起过这件事了，先生。唉！政府是点不上火的，因为散发着光明的政府，最不能接受人家的点火。毫无疑问，我们替这个区做下的事情，就是所有的市长应该替他们的区做的事情，就是市政长官应该替他的城市做的事情，就是专区区长应该替行政区做的事情，就是省长应该替省做的事情，就是部长应该替法兰西做的事情，每个人都有他所属的范围。为了两里长的小路，我说服了人家，做起来了，别的人也可以筑一条大路，开一条运河嘛；我鼓励编织农民的帽子，部长也可以使法兰西从外国人的工业桎梏下解脱出来，鼓励开办几所钟表工场，出一把力，使我们的铁，我们的钢，我们的锉刀或是我们的坩埚完善起来，劝织丝绸，倡植菘蓝。在商业方面，鼓励并不意味着保护。一个国家的根本政策不应该求助于关税和禁令这些可耻办法，去抵制外国人的全部货物。工业只能由它自己来挽救，竞争就是它的生命。受到保护的工业会沉沉入睡；垄断，譬如用税率的办法，会把它杀死。一个国家，要叫所有的其他国家都得依赖它的话，非大喊大叫商业自由不可，它只有把它产品的价格维持在它的竞争者的产品的水平之下，才能显出它的工业的威力。法兰西比英国更能够达到这个目标，因为只有它领土广大，农产品价格便宜，足以保持低廉的工业工资。法兰西的政府部门走的应该就是这条路，因为当代的问题全在这儿。我的亲爱的朋友，研究这个问题并不是我生平的目的，我献身于这个工作是后来的事情，而且又是偶然的。一切事情都十分简单，很难组织成为一门学问，它们在理论上又没有什么奇特的地方，它们不幸只是老老实实地有用罢了。干起来又不能立竿见影。为了获得这类工作的成功，必须每天早晨，鼓起最大的勇气，等于一个教师把同样的一些东西反复不已，是一种报酬很少的勇气。如果我们以敬仰的心情向像你们这样的把他的鲜血洒在战场上的人致敬，那么对于那班对同样年龄的孩童说着同样的话、把他的生命之火逐渐逐渐地耗掉的人们，就不免要嘲笑一通了。没有人要做默默无闻的工作。我们主要是缺少那种公民道德，古时候的伟大人物，当他们不再当政，栖身于底层的时候，就是凭了这种道德来为祖国服务的。我们时代的毛病就是老子天下第一。圣人多于神龛。这就是为什么随着君主政体，我们也失掉了荣誉；随着我们祖先的宗教，我们也失掉了基督教道德；随着政府徒劳的尝试，我们也失掉了爱国主义。这些原则只剩了一部分，虽然不再能够把群众激发起来了，但是思想是决不会灭绝的。现在，为了把社会支撑起来，除了利己主义，再没有什么其他的支柱了。每个人只相信他自己。这就是社会人的前途；再远一点，我们就什么也看不见了。我们现在正冒着覆舟的危险，那位将把我们拯救出来的伟大人物，毫无疑问，要利用个人主义来重整我们的国家；但是在达到这种再生之前，我们只能长时期地过着物质的生活，实利的生活。实利，这是所有的人得出的最后结论。我们都成了数字，测定我们的时候，不是依照我们的价值，而是依照我们的重量。如果一个干才，穿了一件短衫，那么他很难得到人家的青睐。政府里就是充塞着这样的思想。一个部长把一块起码的奖章送给一个冒了他自己生命的危险救出了十二个人的水手，但是对一个把选票卖给他的议员，却颁发一枚十字勋章。这样组成的国家，岂不糟糕！民族也好，个人也好，他们的效能应该得之于伟大的情操。人民的情操就是他们的信仰。现今我们没有信仰了，我们只有私利。如果每个人只想到他自己，信赖他自己，那么你怎么会找得到文官的勇气呢，因为这种道德的勇气就在于自我克制？文官的勇气和武人的勇气来自同一个原则。你们被号召去一下子献出你们的生命，我们的生命是一滴一滴地献出来的。每一方面，同样都是战斗，不过通过不同的方式罢了。一个人要开化一个最闭塞的地方，有了钱还不行，他还得有知识；而且有知识，爱国心，正直，如果没有坚定的意志，把个人的利益丢掉，献身于一种社会的理想，那也是白费。其实，在每一个村社里，法兰西何止只有一个有知识的人，何止只有一个爱国的人；但是我可以肯定，在每一个区里，法兰西却没有这么一个人：除了这些可贵的品质以外，他还有那种不懈的意志，像一个马蹄铁匠打铁那样的顽强性。破坏的人和建设的人，两者都是意志的现象：一个是准备工作，另一个是完成工作；前者好像是一个恶的天才，后者似乎是一个善的天才；对这一个给予光荣，对另一个给予忘却。恶者哇啦哇啦，把庸俗的人们从梦里惊醒，对他钦佩得五体投地，可是善者却一直默不作声。自以为了不起的那种思想总是使人们选择做一个最显赫的角色。完成一件和平的事业，不杂有一点个人的打算，只是偶然而又偶然的事情罢了，除非等到那种日子，教育把法兰西的风尚完全改观。等到风尚完全改观了，等到我们都是伟大的公民了，即使人们都庸庸碌碌地过着舒适的生活，我们的土地上难道不会再有最使人讨厌的人，最无聊的人，没一点艺术家风度的人，最不幸的人吗？这些大问题都不是我所能决定的，我不是国家的首脑。除了这些考虑之外，其他的困难就是政府部门如何采取一些确切的原则。在文化方面，先生，是没有什么绝对的东西。适合这个国家的思想，在另一个国家里却是致命的，因为智力的不同有如土壤的千殊万别。如果我们有这么多不行的行政官，那是因为管理的能力，好像审美观一样，是来自十分高尚、十分纯正的情操。在这一点上，才华出自心灵的倾向，而不是出自科学。没有人能够评价一个行政官的行动和思想，他们真正的判断人是在他们的身后，而见效则更遥远。因此每一个人都可以自命为行政官而不冒一点风险。在法兰西，我们对抱有理想的人是非常尊重的，因为他们的精神产生一种魅力；但是他还需要有意志，否则理想也就成了一句空话。总而言之，管理不在于把一些或多或少的理想和方法强加给群众，而是将群众坏的或是好的理想，因势利导，使它们和普遍的福利一致起来。如果一个国家的臆断和成规引到了歧路上去，居民是会主动抛弃他们的错误的。农村中经济上的、政治上的或是内政上的任何错误不是会造成一些损失的吗？群众的关心不是日久总把它们纠正过来了吗？非常幸运，我在这儿碰到了一张白纸。听从了我的劝告，土地深耕了；因为农业上以前没有什么习惯的做法，加上土地肥沃，我不费吹灰之力引进了五茬轮作制、人工牧场和土豆。我的农艺制度没有和成见发生任何的冲突。在法国某些地方使用的蹩脚犁头，这儿以前还没有看到过，因为那一点点儿的活用锄头已经绰绰有余。那个大车修理匠一直热衷于吹嘘我的装轮子的犁，为的是可以多做一些生意，因此他就成了我的帮手。但是我这么做，正像做其他事情一样，不仅为某些人谋利益，也是为其他的人谋利益啊。接着我就把我的注意力从直接和穷人有关的生产上转到增加他们福利的生产上去。我没有从外面带什么东西到里面来，我只是促使他们把东西运出去，这样可以使他们富足起来，而且所带来的利益会立刻感觉得到。这件事他们倒没有想到，但是决心用他们的行动充当我的信徒。又是一件需要动脑筋的事情！我们这儿离格勒诺布尔只有五里路，而且一个大城市对所有的产品都是胃口顶大的。不是每一个村社都在大城市的门边。在类似这样的每件事情上面，应该考虑考虑地方的特性、它的地位、它的资源，研究研究土壤、人和事，因而在诺曼底是没有人愿意种葡萄的。所以，管理是不能一刀切的，它没有一般的原则。法律是不变的，但是风尚、土地、智力却并不是如此；管理既然是一种实施法律但不伤害利益的艺术，做什么事都要因地制宜。在山的那一边，我们已经废弃了的那个村子就是在它的脚下，种田是不可能使用装轮子的犁的，因为泥土还不够厚；那么好吧，如果那村社的市长想仿效我们的做法，他一定会把他管理的地方弄得焦头烂额。我劝他种葡萄；第二年，这个小地方居然大丰收，它用它的酒交换我们的小麦。

　　"总之，人们对我总是言听计从，我们的关系从不间断。我给农民们治病，病好得都快；实际上，只要给他们吃一点富有营养的食品，他们的体力就恢复过来了。因为节约，因为没钱，乡下人总是营养不良，他们的疾病就是从穷困来的，一般说来，他们的体质都很好。当我决定全心全意地投身于一种默默无闻、乐天安命的工作时，我犹豫了好长一段时间，还是当本堂神甫呢，还是做一个乡村医生或者治安法官。俗语说得好，神甫、法官、医生，三件黑袍，一种身形。第一种人包扎灵魂的创口，第二种人包扎钱包的创口，最后一种人包扎肉体的创口；他们代表社会上三种主要的生存条件：良心，产业，健康。在过去，先是第一种人，继后是第二种人，就是整个的国家。在这块土地上的我们的先辈，也许不无理由，认为神甫既然是处理思想的，他应该就是整个的政体：当时，他是国王，是教主，是法官；然而那个时候，统治一切的却是信仰和良心。今天，一切都改变了，我们要实事求是地看待我们的时代。是嘛，我认为文明的进步和群众的福利都有赖于这三种人，他们是使人民直接感觉到事实、利益和原则的作用的三种权能，他们是一个国家中事变、财产、观念的三种伟大的产物。时移世迁，财产增损，根据各种不同的变动，什么事情都得调节一下，这就有了社会秩序的原则。为了促进文明，为了发展生产，应该使群众明白，个人的利益要和国家的利益相一致，通过事实、利益和原则，它们就融为一体了。

"这三种职业必然涉及人类的结局，因此依我看来，它们今天应该是文明的最伟大的杠杆；只有它们才能向有财富的人不断地提供有效的方法，去改善经常和他发生关系的穷苦阶级的命运。可是农民对一个医生和一个神甫，他更愿意听从医生的话，因为医生替他开药方，挽救他的肉体，而神甫却向他高谈阔论，尽讲些拯救灵魂的事情：一个向他讲地上，他耕耘的土地，一个只能向他讲天上，可惜的是天上的事情，他今天已经漠不关心了；我之所以说可惜，因为关于来生的教条不但是一种安慰，而且是治理的一个适当的工具。难道宗教不是一个核准社会法则的唯一权威吗？我们只是最近证实了上帝的存在。缺乏了宗教，政府只能发明恐怖，使它的法则得以实施，但是它是人们见而生畏的东西，它已经一去不复返了。不是吗，先生，当一个农民卧病在床或是逐渐康复的时候，向他不断地讲讲道理，他没法不听进去，如果道理讲得清楚，最能开他的心窍。由于这一个思想，我就做起医生来了。我同我的农民们一起筹划问题，为他们筹划问题；我有了十分把握之后，才向他们提出建议，让他们知道我的意见并非是瞎胡闹。老百姓总要求没有错误。拿破仑之所以为拿破仑，就是由于没有错误。如果天下没有听见他在滑铁卢啪哒一声跌一跤，他真会成为一位上帝呢。穆罕默德所以能在征服三分之一的地球后创立了一个宗教，也因为他把他谢世的景象秘不示人。对于一个乡下市长和一个南征北讨的人，原理是一样的：一个国家和一个村社是同样的一伙。群众是到处一样的。我用钱帮助人家，但同时对他们也严格要求。没有这种果断，什么人都会把我当成傻瓜。农民也像一班世俗之徒，对他们能够骗得过的人，总是瞧不起的。受了骗不算，还说你是懦弱无能。只有威力才能支配一切。我替人家治病，从来不要他们一分钱，除了那班分明是有钱的人；但是我也不让人家不体会我辛勤的代价。药钱我决不奉送，除非病人一无所有。如果农民没有付钱给我，他们心里有数，他们是欠了我一点什么的；有时候，为了了却一段心事，他们给我的马送来了燕麦，如果小麦的价格不贵，就带一点小麦来。可是如果那磨坊主人只送了我几条鳗鲤，作为我治病的代价，我还是对他说道，为了这么一点小事，他真是太慷慨了；我对他那么客气，不是没有结果的：到冬天，我会从他那儿得到几袋施舍给穷人的面粉。要晓得，先生，这班人，如果不把他们弄得声名扫地，还是有一点儿良心的。现在我比过去要多想到他们的好处，少想到他们的坏处了。"

"你真是伤尽了脑筋！"叶纳斯塔说道。

"一点也不，"倍纳西接着说，"讲正经事不难，要我讲废话那才吃力呢。我一面走，一面笑着谈些有关他们的事情。起先，人家不愿听我的话，他们看见我就讨厌，我花了好大的力气，才克服了他们的这种感情：我是一个资产者，对他们来说，资产者就是他们的敌人。这是一场斗争，我乐于投入这样的斗争。干好事或是干坏事，其间的区别只在于心安与否，辛苦却是一样的，一个做百万富翁，一个上绞刑架，如此而已。"

"先生，"约各蒂一面进来，一面喊道，"晚饭要凉了！"

"先生，"叶纳斯塔说道，挽住了医生的胳膊，"听了你刚才讲的话，我只想向你提出这么一个意见。穆罕默德打仗的情形，我没听人家说过，所以我无法判断他的军事才能；但是，如果你亲眼看见过皇帝在法国作战时的战略，你一定会把他当做一位天神呢；他在滑铁卢吃了败仗，那是因为他不是一个凡人，他分量太重，立在地上，地在他的脚下蹦起来了，就是这样。在其他的事情上我完全赞同你的意见，咱说一句不怕雷打的话，你的老娘总算没白养你这个儿子。"

"去吧，"倍纳西边笑边嚷道，"我们去吃饭吧。"

餐室全部装着护壁板，漆成了灰色。里面放着这么一些家具：几张塞着稻草的坐椅，一口碗橱，几架衣橱，一只火炉和已故本堂神甫的那只出色的挂钟，再有就是白色的窗帷。盖着白色桌布的台子，一点也不显出豪华。餐具是瓷的。汤还是依照本堂神甫的遗法，是最厚味的肉汤，用文火炖煮，浓得不得了。医生和他的客人还没有把浓汤喝完，有一个人突然走进了厨房，不向约各蒂打个招呼，朝餐室直闯进去。

"喂，什么事啊？"医生问。

"先生，是这样，我们的老板娘，维涅太太，脸孔煞白，把我们都吓死了。"

"好啊，"倍纳西快活地喊道，"我得去走一遭了。"

他站起身来。叶纳斯塔不管医生的恳求，把餐巾扔在一边，发誓说主人不在一起，他决不进餐。他真的回到了客厅里，一面烤火，一面思忖，尘世上的人不管从事什么职业，各人都有各人的苦恼啊。

倍纳西不多一会就回来了，两个未来的友人又就座吃饭。

"泰波罗刚才来过，要同你谈话。"约各蒂对她的主人说，她带来了一盘菜，热气腾腾的。

"那么他家里谁生病啊？"他问。

"没有人生病，先生，照他说，他有一件私人的事情要问问你，他还要来的。"

"好啊。"他对叶纳斯塔继续说道，"这个泰波罗，对我来说，倒是一篇很完整的哲学论文呢。他来的时候，你要好好地研究研究他，他一定会叫你乐一乐的。他是一个打短工的，老实人，省吃俭用，做活卖力。这个坏蛋手头有了几个埃居，就动起脑筋来了；我在这个穷区里搞运动，他一直冷眼窥测着，千方百计地利用它来捞一笔钱。八年里面，他发了大财，在这个区里，是算得上大财主了。说不定他眼下有四万法郎呢。他用什么方法弄来这一笔可观数目的，你怎么猜也猜不出来。他是放高利贷的，心思远，手段又妙，好像他完全是为了全区居民的利益似的，他们认为和泰波罗打打交道，还是有好处的，我向他们讲明道理，好叫他们头脑放清醒些，却是白搭。这个混蛋看到每个人都耕好了土地，他就东奔西窜，买进麦子，穷苦人家缺少种子的时候，他就供给他们。在这儿，像别处一样，农民，甚至是佃农，都没有足够的钱去买种子。对有些人，泰波罗师傅把一袋大麦借给他们，收获以后，他们把一袋黑麦还给他；对另外一些人，半公升的小麦就换一袋面粉。现在，这个好家伙已经把他的特殊交易扩展到整个省了。如果他顺顺当当地沿着这条路走下去，他可能会变成一个百万富翁的。是嘛，我的亲爱的先生，泰波罗做短工的时候，他是个老实小伙子，殷勤，随和，什么人需要，他就帮他一把；可是，等到泰波罗先生的收益多了，他就变得爱打官司，目空一切，傲慢无礼。他钱越多，人越坏。一个庄稼人一旦不必过纯粹勤劳的生活，可以过悠闲自在的生活了，或者有了土地了，他就变得令人讨厌起来。世上是有这么一类人的，他们一半是君子，一半是小人，一半是博学之士，一半是无知之徒，政府对他们常常无可奈何。等会儿你就可以看到在泰波罗的身上，有那么一点儿这类人的性质，表面上人很朴实，甚至是笨头笨脑的，但一涉及到他的私利，他真有他的一套神机妙算呢。"

这时候听到沉重的脚步声，分明是这个放麦子的人驾到了。

"进来，泰波罗！"倍纳西喊道。

事先给医生这么一关照，指挥官就朝这个庄稼人打量了一下，瞧见泰波罗是一个瘦瘦的人，背有点儿驼，脑门突出，布满了皱纹。凹陷的面庞上好像给两只黑眼珠的灰色大眼睛打了两个孔。这个放高利贷的，嘴巴闭得紧紧的，下巴又细又长又翘，触到了他的钩得令人好笑的鼻子。他两块突出的面颊上都是斑斑点点，布满皱纹，表明他一直过着风尘仆仆的生活，而且像马贩子一样的狡猾。他的头发已经花白。他穿一件蓝色上衣，还算干净，方方的衣袋在他的腰上鼓得高高的。豁开的下摆后面，露出一件有花朵的白背心。他站在那儿，挂着一根棒头，棒头上端长着一个大疙瘩。不管约各蒂怎样驱赶，一只小小的狮子狗跟着这个做麦子生意的人溜了进来，躺在他的身旁。

"喂，什么事啊？"倍纳西问。

泰波罗带着疑虑的神情，朝和医生同桌坐着的这个陌生人瞟了一眼。

"不是看病的事情，市长先生；可是你会看人家身体上的毛病，也会看人家钱袋上的毛病，我和圣劳郎的一个家伙发生了一件小小的纠纷，想同你商量一下。"

"为什么你不去找治安法官或者他的书记官呢？"

"唉！先生，你最能干，如果我得到了你的同意，我的事情就更妥当了。"

"我亲爱的泰波罗，我心甘情愿地免费替穷人看病，但是我却不能替像你这样的有钱人免费包打官司。学好这门学问，倒要花一番心血的呢。"

泰波罗扭弄着他的帽子。

"如果你要我出出主意，把一笔拿给格勒诺布尔讼师的钱节省下来，你得拿一袋黑麦送给马丁大娘，就是那个抚养着收容所的孩子们的妇人。"

"那还用说，先生，如果你认为必要的话，我一定乐意做。"他指了指叶纳斯塔，接着说，"我把我的事情讲给你听听，会不会打扰这位先生呢？"

医生点点头，同意他讲，他于是继续说道："是这样的，先生，两个月前，有一个住在圣劳郎的人走来找我，对我说，'泰波罗，你能不能卖给我六十公升的大麦？''为什么不卖呢？'我对他说，'这是我的行业。你马上就要吗？''不，'他对我说，'开了春，到五月里。''行！'于是我们讲起价钱来了。我们喝了一杯，照格勒诺布尔最近的市价结价，他到时候付给我大麦钱，我在五月里给他大麦，放在仓库里有什么损耗，我当然不管。但是，我的好先生，大麦的价钱一直上涨，结果麦子涨得像锅子里烧开的牛奶。我急于用钱，我把我的大麦卖了。这是很自然的，不是吗，先生？"

"不，"倍纳西说，"你的大麦不是归你所有的了，你只是代为保管罢了。再说，如果大麦跌了价，你不是也要你的买主照讲定的价格收进的吗？"

"但是先生，他说不定到时候一个钱也不肯付了，那个家伙。这就是生意经嘛！机会来临，生意人哪个不要赚钱？一件商品，你付清了钱，它才算是你的东西，不是吗，军官先生？因为只消一看，就知道这位先生是军队里来的。"

"泰波罗，"倍纳西板着脸说，"你要倒霉的。干了坏事，迟早会受到上天的责罚。你是一个能干人，也懂得道理，是一个规规矩矩做生意的人，怎么可以在这个区里做出一个不老实的榜样呢？如果你打这样的官司，那么你休想穷人做老老实实的人，他们不把你抢劫一空才是怪事呢。你的工人要磨他们的洋工，这儿每个人都会变得道德全无。你是错的。你的大麦等于交了出去。如果那个圣劳郎的人运走了麦子，请问你可以从他那儿把麦子拿回来吗？你只是把已经不属于你的东西保管一下罢了，你的麦子一经商定价格，就变成了现钱了……不过你说下去吧。"

叶纳斯塔向医生使了一个眼色，要他注意泰波罗木然不动的神态。当那高利贷者受谴责的时候，脸上连一块肌肉也不牵动，脸上一点也不红，两只小眼睛泰然自若。

"那么，先生，我要按照去年冬天的价格把麦子拿出去；但是我呢，我认为我是不应该这么做的。"

"听着，先生，把你的麦子马上交出去吧，否则你不能指望有一个人会看得起你。即使你打赢了这样的官司，人家也会把你看做一个既无信用，也无国法，说话不算数，面皮什么都不要的人了……"

"你尽管说吧，我是不怕的，你说我是一个骗子也行，一个无赖也行，一个小偷也行。市长先生，这是买卖嘛，你这么说，是不会得罪人的。你要晓得，做买卖，有哪个人不是为了自己的。"

"那么，为什么你倒愿意把这几顶帽子往你的头上套呢？"

"不过，先生，如果国法是在我的一边呢……"

"不过国法根本不在你的一边啊。"

"先生，你有十分把握说这个话吗，有十分把握，十分把握？因为，你要晓得，这事关重要呢。"

"当然，我有把握。如果我现在不在吃饭，我要让你读一读法规。可是，如果官司打起来了，你输了，你别想再上我的门，我瞧不起的人，我是绝对不愿意接待的。你听着，官司你准会打输的。"

"哈！不会，先生，我绝对不会打输。"泰波罗说，"你要晓得，市长先生，是那个圣劳郎的家伙欠了我的大麦；是我向他买了大麦，是他不肯把麦子拿来给我。在我去找执行吏花费开销之前，我要有十分的把握打赢这场官司。"

叶纳斯塔和医生四目相视，大家都感到吃惊，这个家伙居然想得出这样的妙计，来摸打官司的底。

"那么，泰波罗，你的对手没有守信，同这样的人你绝对不要再打交道了。"

"唉，先生，这种人对生意经真是精极啦。"

"再会吧，泰波罗。"

"市长先生，这位朋友先生，告辞了。"

"好家伙，"等那个高利贷者一离开，倍纳西就说，"你相信不相信，这个人如果在巴黎的话，他马上会成为一个百万富翁的？"

吃完晚饭，医生和他的客人走到客厅里，在灯下闲谈着战争和政治，以消磨上床之前的这段时辰，谈话之间，叶纳斯塔对英国表示了强烈的反感。

"先生，"医生说道，"请教尊姓大名。"

"我叫皮埃尔·勃罗多，"叶纳斯塔答道，"我是驻在格勒诺布尔的一个上尉。"

"好，先生。你喜欢依照格拉维埃先生的规则生活吗？清晨，吃完早饭，他和我一道到附近溜达溜达。我不确定你对于我忙着的工作会不会感兴趣，那都是平平凡凡的。你在这儿毕竟没有产业，也不担任市长的职务，你在别处看不到的东西，在这个区里也是看不到的，都是一模一样的茅屋；不过你终究可以出去散散步，透透空气。"

"你这个建议使我再高兴不过了，可是我不敢遵命，怕会打扰你。"

指挥官叶纳斯塔（虽然他造了一个假名，现在还是叫他这个名字吧），由他的东道主领着，进了客厅楼上的一间卧室。

"很好，"倍纳西说，"约各蒂已经替你生了火。如果你需要什么，你床头有一根绳子，可以拉一拉铃。"

"我相信什么东西都不会缺的了。"叶纳斯塔高声说道，"这儿竟还有一个脱靴器哩。只有一个老兵才懂得这东西的价值！——在战时，先生，有的时候为了要弄到一个脱靴器，会烧掉一座房子呢……长途行军以后，特别是打了一仗以后，脚在湿漉漉的靴子里胀得厉害，随你怎么拉，总是拉不下来；好几回我都穿着靴子睡觉。只有一个人睡的时候，还可以打发过去。"

指挥官挤一挤眼睛，让他最后的一句话带上一点狡猾的深意；他随后放眼一望，心里不无吃惊，发现这间卧室既舒适又干净，简直是富丽堂皇的。

"多豪华！"他说，"你的房间一定更漂亮吧。"

"你来瞧瞧吧，"医生说，"我是你的邻居，我们中间只隔开一座楼梯。"

一踏进医生的房间，指挥官目瞪口呆，他看到的是一个空荡荡的房间，墙壁上的全部装饰，就是浅黄颜色的糊纸；上面印有棕色的蔷薇花，有几处已经褪了颜色。一张漆得很马虎的铁床，从上边的一个木架上垂下两幅灰布的帐子，床脚边放着一方狭狭的蹩脚地毯，筋都露了出来，活像医院里的一张病床。一个四脚的床头柜，柜门是关不紧的，老是发出响板似的声音。三张椅子，两把坐垫里塞着棉花的扶手椅，一架胡桃木的五屉橱，上面放着一只脸盆和一个古老的水壶，盖是用铅镶边的，全部的家具就是这些。壁炉是冷的。刮胡子用的全部东西一字儿摆在壁炉的油漆石框上，后面是一块旧镜子，吊在一根绳子梢上。石板地扫得干干净净，好几个地方已经磨损了，破碎了，有洞洞了。两扇窗子上挂着绿色穗子的灰布窗帷。这一幅简单朴素的画面，被约各蒂一直保持得十分整洁，因而看上去倒也楚楚可观，可是每一样东西，包括那只上面散置着几张纸、一只文具盒和几支钢笔的圆桌子，却给人一种几乎是修道士生活的印象，把俗事置之度外，埋头修身养性。房门开着，指挥官在门外看到一个小房间，分明医生是很难得才到那儿去的。这个地方一点也不像这间卧室。几本积满灰尘的书杂乱地堆放在满是尘埃的搁板上。几个架子上搁着一些贴着标签的细颈瓶，说明这儿是一个药房而不是一个书房。

"你会问我吗，为什么你的房间和我的房间不一样？"倍纳西说道。"听着，我一直替那班人感到惭愧，他们把客人安顿在顶楼里面，还给他们备好一块哈哈镜，照起来以为自己比原来瘦了或者比原来胖了，以为自己生了病或者中了风。一个人难道不应该想尽办法，替他们的朋友找一间最惬意的客房吗？由我看来，好客是一宗美德，一宗幸福，也是一个排场；不论从哪个方面来看，甚至你认为这是一宗投机吧，难道不应该为了他的客人，为了他的朋友尽情表示一下人生中的脉脉的温情和如水的柔情吗？因此，上好的家具、暖和的地毯、帷幔、挂钟、大烛台和一支夜里点的小蜡烛都放在你的房间里；蜡烛尽你用，约各蒂细心照料着你，她没问题已经给你带来了一双新的拖鞋、牛奶和她的汤婆子。我希望你坐在那只柔软的扶手椅里，觉得再舒服也没有了，它是已故的本堂神甫不知从什么地方找来的；不过说一句实话，要碰到这么好的、漂亮的、舒适的东西，非得到教堂里去走一遭不可。总而言之，我希望在你的房间里，什么东西都叫你喜欢。你在这儿可以找到锋利的剃刀，上好的肥皂，杂用物件，一样不缺，称心称意。但是，我亲爱的朋友勃罗多先生，如果好客的理由还不能说明我和你的房间所以不同，那么到明天你看到了在我的家里出出进进的人群，你一定可以很好地了解为什么我的房间这样地空空洞洞，我的小房间那样地杂乱无章。首先，我的生活并不是闭门家里坐的生活，我老是出门到外面去。如果我耽在家里，居民会川流不息地找上门来，和我拉话，我的身心和房间都交给了他们啦。我怎能顾得上什么体面和那班好人儿无意中给我造成的不可避免的损失呢？豪华只属于高楼大厦，属于城堡，属于贵妇人的小客厅和属于朋友的房间。总而言之，我在这儿只是睡睡觉罢了，富丽堂皇的劳什子对我有什么关系呢？再说，你也不会懂得为什么我把尘世间的一切都已经忘在脑后了！"

他们一面热烈地握着手，一面亲切地道了晚安，两个人就上床睡觉了。指挥官辗转反侧，不能入眠，他想呀想的，在他的心里面，这个人一刻一刻地变得高大起来。

乡村医生 法国文学经典

踏遍山乡

每一个骑兵对他的坐骑总怀着深情。一清早,叶纳斯塔就走到马棚里去,尼考尔已把他的马梳洗得清清爽爽,他感到十分满意。

"这么早就起身了,勃罗多指挥官?"倍纳西碰见他的客人的时候,就喊起来。"你是一位真正的军人,在军队里是听鼓而兴,在乡村里是闻鸡起舞!"

"你身体好吗?"叶纳斯塔回了一句,一面友好地向他伸出手去。

"我的身体永远不是顶好的。"倍纳西答道,口气半是忧伤,半是快活。

"先生睡得好吗?"约各蒂对叶纳斯塔说。

"好极了!美人儿,你把床铺得像给新嫁娘睡的。"

约各蒂得意地跟在她主人和军官的身后。看到他们在桌子边坐了下来:

"这位长官先生到底是一个好人儿。"她对尼考尔说。

"没错,他给了我四个苏呢!"

"我们等会儿去看一看两家做丧事的人家,"从餐室里走出的时候,倍纳西对他的客人说,"尽管做医生的对自己的回天乏术觉得内疚,总不大愿意去亲临吊唁,我可准备领你去走访两个家庭,研究一下人性,增加一点见识。你在那儿可以看到两种景象,显出山区的人民和平原的居民在感情的表达上多么不同。我们区处在山顶上的那个地方,还保存着带有古老色彩的一些风俗习惯，使人依稀回想起《圣经》里的情景。沿着我们这儿的山脉，大自然画出了一条界线，从那儿开始，什么东西都变了样：高处是力量，低处却是机智；高处是豁达大度，低处只知道关心物质的生活。在阿育山谷，靠北面的一边居住着低能儿，靠南面的一边住着聪明人，仅仅隔着一条小河，却什么都不一样，身材、举止、面貌、风俗、职业；除了这个地方以外，像这儿的明显的差别，我在别处却从没有见到过。这一个事实少不得使一个国家的管理人员对群众实施法律的时候，对当地的情况须好好研究一番……闲话少说，马已经备好了，我们走吧！"

两个骑马的人没多久就驰抵一间屋舍旁边，它的位置是在可以望到大修道院的镇的那个地方。房子收拾得相当整洁，他们瞧见屋门口停着一具棺木，上面盖着黑色的被单。棺木搁在两只椅子上面，四支蜡烛把它团团围住。板凳上放着一只铜盆，一根黄杨丫枝浸在圣水里面。每一个过路人都拐到院子里，在遗体前面跪下来，口里念着经，向棺木上洒儿滴圣水。大门边种着一棵茉莉花，它的绿色的丛条正好悬在黑色被单上边，一棵已经长出了叶儿的葡萄藤，它的弯弯曲曲的嫩枝爬到了气窗的顶端。一个小女孩把屋前打扫了一遍，即使办丧事是最使人痛心的事，但终究是礼节嘛，少不得也要装点一下。死者的长子，一个二十二岁的农民，一动不动地站着，把身子靠在门柱上。他两眼噙着泪水，说不定他偷偷地把流下来的眼泪都拭干净了。倍纳西和叶纳斯塔立在矮墙边，把情形看了一个仔细，墙边种着一排杨树，他们就把马系在一棵树上，走进了院子，这时刻，那寡妇正从家畜棚里走出来，一个手里捧着一坛子牛奶的妇人和她走在一起。

"我可怜的贝利蒂埃，胆子壮一点嘛。"那妇人说。

"啊！我的亲嫂子，我同他做了二十五年的夫妻，叫我怎么能离得开他啊！"

她的两只眼睛泪汪汪的。

"你把那两个苏付了吧。"停了一下，她接着说，一面向她的邻居伸出手来。

"啊，嘻嘻，我竟忘记了，"另一个妇人说，把钱给了她。"好啦，把心放宽些吧，我的乡邻——噢，倍纳西先生来了。"

"呃，可怜的大娘，身体好一些吗？"医生问。

"天哪，我的好先生，"她流着泪说，"反正总得活下去嘛。我对自己说，我的当家人脱离苦海了。他受了多少苦啊！——两位先生，请进去吧。——雅各，拿椅子给两位先生坐。来啊，你动动来。老天！好啊，你在那儿站它一百年，你可怜的爹也不会活过来的！现在，你一个人要干两个人的活了。"

"不，不，好大娘，别让你的儿子忙吧，我们不坐。你儿子在你身边，会好好照料你的，他会顶替他的爹的。"

"这么说，你去穿好衣服吧，雅各，"寡妇喊道，"他们现在找你来啦。"

"好啦，再见吧，妈妈。"倍纳西说。

"两位先生，慢点儿走。"

"你是看到的，"医生说，"死亡在这儿好像是一件意料中的事儿，家庭的日常生活还是照常进行，连孝服也不穿一穿。在农村里，谁也不愿花这个钱，不是为了贫穷，便是为了节约。在乡下，穿孝的规矩是没有的。先生，穿孝虽然不是一种常规，也不是一种法律，但是比较起来，它比常规和法律要好得多。它是一种制度，是一个纲，纲一举，所有的法律都张起来了。这个纲就是道义。是啊，尽管我们花了好大的力气，我和杨维埃先生都无法使我们的农民懂得，要维持社会的秩序，最要紧的就是大家都要有这样的表示。这班正直的人儿,最近刚刚得到解放,还理解不了有了新的关系就应该有一个全面的思想;他们现在只有等级的思想和物质福利的思想;将来,如果有人继续我的事业,他们总会懂得这个借以维持公众法权的原则的。实际上,做一个诚实的人,存于心还不够,还得见诸行。社会仅仅靠道义的思想是生存不下去的,要生存,还需要符合于这种思想的行动。在大多数区里,只有百分之一的家属,只有几个个别的人,多情善感,他们的家长死了,久久不能忘怀;其余的人,不消一年,早已把他忘记得一干二净了。这样的善忘难道不是一件令人十分痛心的事吗?宗教是人民的心脏,它表达出人民的感情,而且也提高了他们的感情,因为它给他们提供了一个目标;但是,没有一个众目昭彰地受到尊敬的上帝,宗教是不存在的,因而人类的法律也就没有任何功效可言。如果良心整个儿交托给了上帝,肉体在社会法律面前也就屈从听命了。天意总是先打击你一下,再安慰你一下,先赐给你财产,再剥夺你的财产,俯首听命于天,也就是必须听命于法。孩子是不能思考的,一切人都需要有一个榜样,不向他们指出这个道理,把表示衷心悲痛的一些标志一扫而空,这不是走上无神论的第一步吗?我坦白地说,以前我是不相信这一套的,往往嗤之以鼻,到了这儿,我才懂得宗教礼节和家庭仪式的价值,习俗和各家各户节日的重要。家庭将永远是人类社会的基础。权力和法律的作用是在这儿开始的。至少服从的习惯应该在这儿养成。从它的全部后果来看,家庭和父权的精神这两个原则,在我们新的立法制度中发扬得非常不够。可是,我们的国家却整个儿表现在家庭里、村社里、省里。因此法律应该根据这三个重大的部门。依我看来,男女结婚,幼者出生,长者逝世,排场不必过大。天主教所以能发挥巨大的力量,它所以能深入人心，恰恰因为它以光辉的形象，出现在人生的庄严时刻，当神甫把教传得精彩绝伦的时候，仪式就变得最真挚、最动人、最崇高，因为他懂得把他的祈祷和基督教的高尚的教义一致起来。以前，我把天主教信仰看成是被人巧妙地利用的一堆臆测和迷信，有智慧的文明社会对它应该采取实事求是的态度。在这儿，我才懂得了它的政治上的需要和道德上的益处，在这儿，我才理解了它的威力。怎么理解的？就凭了这么一句话：宗教意味着纽带，而且确确实实是一种崇拜，或者用一句更清楚明白的话来说，它构成一种独一无二的力量，能够联结社会上各种各样的人，给他们提供一个持久的方式。总而言之，在这儿，我呼吸到了宗教涂在人生创伤上的香膏的气息；而且，不用争辩，我觉得它是非常符合南方各国热情奔放的习性的。——让我们走这条上山的路吧，"医生打断自己的话，说，"我们必须到高地上去走一遭。从那儿我们可以居高临下，眺望一下两个山谷，你欣赏欣赏那美丽的景色吧。它高出地中海约莫三千英尺，我们可以看到萨瓦山和杜菲纳山，里昂纳和罗纳山脉。我们去的这另一个村社，是一个山区的村社，在格拉维埃先生的一个农庄上，你会看到我以前对你讲过的情景，那种自然的壮观是实现了我的理想的结果，它花了我一生最大的力量。在这个村社里，人们是虔心诚意地服着丧的。穷苦人家为了购买丧服，甚至还向人家化募呢。在这种情况下，没有一个人不肯帮一下忙。寡妇一谈起她丈夫的死亡，老是痛哭失声；过世了十年，她的悲伤还像第二天那样的深切。在那儿，风俗习惯是家长式的：父亲的权威是无限的，他的话说一是一；吃饭的时候，他独个儿坐在桌子的首位，他的妻子和孩子们侍奉左右，周围的人们同他讲话的时候，不敢不使用一定的毕恭毕敬的程式，在他的面前，每个人都得站立脱帽。这样教养起来的人，都有一种意识到他们尊严的本能。依我看来，这样的习俗构成一种高尚的教育。同样，在这个村社里，人们一般都是公正的、节俭的和勤劳的。每一个家庭里的父亲，一旦他上了年纪无力劳动的时候，都有和他的儿辈平分财产的习惯；他的儿辈们一起养他。在上一个世纪，一个九十岁的老人和他的四个小辈析产以后，每年轮流住到他们的家里，每家住三个月。当他离开长子的家里住到次子家里的时候，他的一个朋友问他：‘哎呀，你称心吗？’‘实在称心，’老人答道，‘他们待我正像我是他们的儿子呢。’先生，有一个军人名叫渥文那格的，是一个著名的道德家，当时他是在格勒诺市尔的卫戍部队里，认为这是一个美谈，在好几个巴黎沙龙里提到它，一个名叫香福的作家把这句绝妙好词收集了起来。是啊，在我们这儿，据说比这句更奇特的话儿有的是呢，但缺少的就是够格的历史家，足以领会这样的话啊……"

"我在波希米亚和匈牙利，见到过摩拉维亚的修士们和洛拉会徒们，"叶纳斯塔说，"他们很像你们山地人的基督教徒。这班勇敢的人以天使那样的毅力忍受着战争的苦难。"

"先生，"医生答道，"纯朴的风尚在所有的国家里几乎都是一样的。真实只有一种形式。说实话，乡间的生活泯灭了许多理想，但是它却削弱了邪恶，发展了德行。事实上，一个地方人聚集得越少，在那儿就越少发现罪恶、违法行为和坏思想。空气的洁净有助于风尚的洁净。"

两个骑马的人，慢慢地登上一条石子路，这时刻到达了倍纳西刚才谈起过的那个高地的顶上。这一块地围着一个高高的、不毛的山岭，它在云端里俯视着下面的一切；山峰是灰色的，到处都是险不可攀的悬岩；这块肥沃的土地，包在悬岩的中间，伸展在这个山岭下面，不规则地把它团团围住，面积约莫有一百阿尔邦。在南面，山脉断裂了一大段，眯起眼睛，可以看到法国的毛里昂山、杜菲纳山、萨瓦山的悬岩和遥远的里昂纳群山。春天的阳光这时刻普照着这一带地方，正当叶纳斯塔凝视着的时候，传来了悲惨的哭声。

"去吧，"倍纳西对他说，"哭丧开始了。这是丧礼中的一部分，人们就是这么称呼它的。"

在山岭的西边，军官此刻望见了在一个正方形大农庄上的一排房屋。用花岗石砌成的拱形大门，看上去十分雄伟，更烘托出了建筑物的陈旧和种在房屋周围的树木和生长在屋脊上的杂草的古老。正屋是在院子的尽头，院子的两边是谷仓、羊圈、马棚、牛舍、车房，中间是一个沤着厩肥的大坑。在这样一个富裕和人丁兴旺的农庄里，平时总充满着一派生气，可是这个时候却寂静无声，阴沉沉的。家禽饲养场的门是关着的，牲口都圈了起来，几乎听不见它们的叫声。牛舍、马棚都小心地上了锁，通到住房那边的一条路已经打扫过。通常这儿都是杂乱无章，现在却弄得整整齐齐，以前这地方总是人声嘈杂，现在却不见一个人影，一切都叫人为之忐忑不安。

尽管叶纳斯塔对惨痛的情景已经司空见惯，但一看到十几个男女在痛哭流涕，全身也不禁战栗起来，那班人一字儿立在大客堂的门外，全都哭叫着："当家人过世了！"他们开始从屋前走到大门，再从那边走回来，走一遍就齐声哭喊两遍，听起来真使人毛发直竖。哭喊完毕，呻吟声就从屋子里传了出来，从窗子里还听到一个女人的声音。

"人家正悲伤得厉害，我混在里面，恐怕有点不便吧。"叶纳斯塔对倍纳西说。

"我是经常来看望做丧事的人家的，"医生答道，"或者来看看过度的悲伤会不会引起什么意外的事情，或者来看看有没有起死回生的办法,你可以跟我进去,不必有什么顾虑;而且,场面这样大,我们挤在这么多人里面,人家也不会注意你的。"

叶纳斯塔跟着医生进去,房间里挤满了至亲好友。两个人穿过人群,在一间卧室的门外站定下来,卧室连着一间大客堂,它既是厨房,又是全家集合的地方,这倒可以叫做一块殖民地,因为那张台子的长度,说明有四十来个人经常坐在这儿。倍纳西的到来打断了一个身材高大的妇人的说话,她衣着朴素,披头散发,捏着亡人的一只手,悲痛欲绝。那个亡故的人,衣履楚楚,直挺挺地躺在床上,帐子已经被撩了起来。他面目安详,似乎一心仰望着天堂,一头白发,特别使人产生这样的印象。床的两边,守着小辈们和男女两方的至亲。至亲分立两边,女方的在左,死者的在右。男女都跪地祈祷,多数人流着眼泪。床边围着蜡烛。教区的本堂神甫和他的圣职人员站在卧室的中央,在揭开了盖子的棺木旁边。看到这一家之主躺在棺材前面,一会儿就要永远盖在里面,这真是一个叫人心酸的景象。

"啊!亲人,"寡妇当着医生的面说,"如果天底下顶好顶好的人的医术不能把你救活,那么是上天注定你要比我先一步落到阴间。你一直亲亲热热捏着我的这只手,现在却冷冰冰了!我永远看不见我的老伴了,我们的家里丢了一个少不了的头了,因为你是我们真正的带头人。哎呀!同我一起在哭你的人都知道你心地光明、做人高尚,但是只有我才知道你是多么温柔,多么耐心!啊!我的丈夫,我的男人,我要同你永远分别了,我们的靠山,我们的当家人啊!我们,你的小辈,你对我们都是一律看待的,我们都为丢了我们的父亲在伤心哪!"

寡妇扑到尸体上,紧紧把它抱住,眼泪滴了他一身,嘴亲着他，尸体也变得热烘烘的，这当儿，仆人们就大哭起来：

"当家人去世了！"

"是啊，"寡妇接口说，"他是过世了，亲人啊，你给我们饭吃，你给我们种田，给我们收割，你亲亲热热地指挥我们，带领着我们过活；我现在可以说说他的好处了；他从来没有给我一点点烦恼；他心地好，能力强，有耐心；当我们为了使他回复健康，给了他许多痛苦的时候，他说：'算了吧，我的孩子们，都是白费心思的！'我们这个绵羊般的亲人几天前用了同样的口气说，'什么都很好，我的朋友们！'是啊，老天，没有几天，我们这座屋子里的欢乐都被夺走了，我们的生活变得漆黑黑的，世界上顶好的人，最正直的人，最受人尊敬的人闭上了眼睛。他犁起地来没一个人能比得上他，白天黑夜，他满山地跑，一点也不怕，回到家里，对着他的妻子，对着他的孩子，老是笑眯眯的。啊！我们哪一个人不爱着他！当他不在的时候，火炉也会变得冷冰冰的，我们吃饭还有什么味道？唉！当我们的保护天使进了黄泉，我们永远看不到他的时候，怎么办啊？永远看不见他了，我的好友们！永远看不见他了，我的至亲们！永远看不见他了，我的孩子们！是啊，我的孩子们失去了他们的好爸爸，我们的至亲们失去了他们的至亲，我的好友们失去了一个好友，我啊，我失去了一切，因为这座屋子失去了它的当家人啦！"

她握着亡人的手，跪在地上，好把她的脸儿贴得近近的，向他亲吻。仆人们哭叫了三遍：

"当家人过世了！"

这时候，大儿子走到他母亲的身边，对她说：

"妈妈，从圣劳郎来的人已经到了，应该请他们喝点儿酒吧。"

"我的儿啊，"她改变了刚才诉说衷肠的那种庄严和悲哀的语气，轻轻地答道，"把钥匙拿去吧，你现在是一家之主了；你要像你父亲那样招待他们，切不要让他们发现有什么改变……让我再一次好好地看你一眼吧，我的亲人哪！"她接着说，"但是，啊！你不会再感觉到我是在你的身边了，我也不能使你的身子再温暖起来了！啊！我希望的只是使你放心，我要让你知道，我活着一天，你就活在我的心里一天，你活着的时候，你使我的心感到快活，我一想起以前的幸福，我就觉得高兴，我住在这个房间里，我是不会忘记我们幸福的生活的。是啊，只要天主让我活在世上，我就不会把你忘记的。听听我的话吧，我的亲丈夫！你的床要照原样放在这儿，你死了，我以后决不再睡在这床上了，让它空着、冷着。失去了你，我们做女人的也就失去了一切：当家人、丈夫、父亲、朋友、老伴、男人、一切都没有了！"

"当家人过世了！"仆人们哭叫着。

在一片哭声之中，寡妇拿起了悬在她腰带上的一把剪刀，剪去了她的一绺头发，把它放在她丈夫的手里。大家都寂静无声。

"这表示她不再嫁人了，"倍纳西说，"不少亲友都盼望她会下这样的决心。"

"拿着吧，好人啊！"她的凄惨的声音感动了每个人的心，"我已经向你起了誓，你在地下相信我的话吧。你活着的时候，你爱着你的几个孩子，他们使你年轻起来，你死了以后，我也要爱着他们，我的心和你的心是永远连在一起的。我的男人，我的唯一的宝贝，希望你听到我的话，懂得我的心思，你虽然过世了，但是使我能够活下去的却是你啊，我要活下去，我要实现你的神圣的愿望，我要使你死后一直保持一个好的名声。"

倍纳西捏一捏叶纳斯塔的手，叫他跟着走，于是他们走出了房间。第一间客室里挤满了从另外一个村社里来的人们，那村社同样是在山里；他们都默默地沉思着，好像弥漫在这座屋子里的悲哀已经渗透了他们的身心。一等倍纳西和指挥官踏出了门槛，他们听到一个刚来的人和死者的儿子之间的谈话：

"他什么时候过世的？"

"噢！"大儿子哭着，他是一个二十五岁的青年，"我没有看到他去世啊！他差我出门，所以我来不及赶到他的身边！"

他泣不成声，但是他还是继续说下去：

"他对我说：'孩子，你到镇上去把我们的税缴了吧，我的丧礼一举行，你会把这件事忘掉的，这样我们就得过期，我们以前从来没有这样过。'我听着很对，因此我就去了。正当我出门的时候，他去世了，我没能最后把他拥抱拥抱！我以前一直守在他的身边，可是他在咽气的当口，我跑开了！"

"当家人过世了！"大家在哭喊着。

"哎呀！他去世了，但是我却看不到他最后瞧我一眼，听不到他最后叹一口气。税有什么要紧？即使把我们所有的钱都罚光，我也不愿离开我们的屋子一步！我们的财产可以买到他最后的一声告别吗？不……我的天啊！如果你的父亲生了重病，你绝不要离开他的身边，约翰，你会终身感到遗憾的。"

"我的朋友，"叶纳斯塔对他说，"我亲眼看到过许许多多的人在战场上死去，他们死的时候，都来不及等他们的儿子来向他们告别；所以你放宽心一点吧，不是单单你一个人啊。"

"我的父亲，"他一面回答，一面又流起泪来，"我的父亲是多么好的一个人啊！"

"这样的哭丧，"倍纳西说，一面领着叶纳斯塔向农庄的一些场屋走去，"要一直继续到尸体放到了棺材里的时候。在这段时间里，这个哭得像泪人儿似的妇人说的话越来越凄苦，越来越激动人心。但是，在这样大庭广众之间说话，只有一身清白的妻子才有资格。如果寡妇有一点儿值得内疚的过失，她是不敢说一句话的；否则她必须自己把自己斥责一番，她做她自己的控诉人，同时也做她自己的裁判人。这样一个既评判生者又评判死者的习俗不是很好的吗？大家守在这儿的时候，到八天以后才开始戴孝。在这一个星期里，家家亲戚都留在寡妇和她子女的身边，帮助他们料理所有的事情，并且安慰他们。大家相处一起，在人的精神上会产生巨大的影响，因为彼此在场，看到对人是这样的一片敬意，就可以把恶劣的感情抑制下去。最后，在大家戴孝的那天，吃一顿庄严的丧饭，亲戚们才道别而去。一切都十分严肃，如果有谁对于他家长的丧事马虎了事，将来在举行他自己丧礼的时候，就没有一个人会来。"

这时刻，医生发觉已经走到了牛棚边，他打开门，让指挥官进去，给他看看里面的情况。

"你看，上尉，这里所有的牛棚都是依照这个样子重建的。漂亮不漂亮？"

叶纳斯塔禁不住赞赏这一片宽敞的场所，母牛和公牛各列成两行，尾巴对着侧墙，头伸在牛棚的中央，牛和墙壁之间，有一条相当宽的过道，把它们牵出牵进，就走这条过道；在亮堂堂的牛栏里，可以看到它们长着角儿的头和闪闪发光的眼睛。主人要把他的牲口查看查看，很是方便。饲料放在安上木板一类东西的脚手架上，喂料的时候，饲料就落到下面的草料架上，既省事，又不浪费。两排牛栏之间，隔着一条宽宽的空地，上面铺着石块，打扫得很干净，空气流通，清爽非凡。

"一到冬天,"倍纳西一面说,一面带领叶纳斯塔走到牛棚中央,"他们晚上就在这儿做活。他们放上几只桌子,用不着生火,大家都暖和和的。羊棚也同样按照这个方法建造。你真不敢相信这些牲畜多么习惯于遵守秩序。当它们进棚的时候,我老是赞赏它们:每只羊都依次而行,决不争先恐后。地是有点儿倾斜的,所以出水很方便。"

"看了这个牛棚,其余的事情也就可想而知了,"叶纳斯塔说,"不是对你说奉承话,这些成绩真是了不起。"

"得来也不容易,"倍纳西答道,"不过你看,这些牲畜多好啊!"

"一点不假,它们真漂亮,你在我面前把它们夸奖,有理有理。"叶纳斯塔说。

"现在,"医生跨上马,走出大门,说道,"我们去看看我们一些新的垦荒地和小麦地吧,我们村社的这一小块地方,我们把它叫做博斯①。"

在约莫一个小时里面,两个骑马的人缓辔走遍了耕种得很好的每块田野,军人向医生称颂不止;接着他们依山而行,回到了乡镇的辖地上面,当缓马而行的时候,他们就拉拉话,当蹄声得得的时候,他们就只能不吭一声了。

"昨天我答应你,"倍纳西对叶纳斯塔说,这时候他们已经走到了一个小小的峡谷里,由此驰向一个开阔的山谷去,"让你看看两个兵士里的一位,他们是在拿破仑失败之后,从军队里复员回来的。要是我没有弄错,我们可以在离这儿几步远的地方找到他们。山水在这儿汇集起来,形成一个天然的蓄水库,冲积的泥土把它填满了,他们的活就是把这些泥土挖

---

① 位于法国埃当普和奥尔良森林之间的一块平原。

出来。不过，为了引起你对这个人的一点兴趣，我必须得把他过去的一生给你讲一下……他叫龚特伦；他是在一七九二年大征兵时应召入伍的，当时他只有十八岁，被编在炮兵部队里。作为普通的一兵，他在拿破仑的指挥下参加了意大利战役，后来跟他出征埃及，在亚眠和约以后从东方回到了法国。在帝国时期，他被编入禁卫队的架桥兵部队里，一直在德国服役。最后一次，这个可怜的人儿出征到俄罗斯。"

"我们是同袍哩，"叶纳斯塔说，"我也参加过这几次战役的。要经得起那么多种各色各样、千变万化的怪天气，一个人真要生成一副钢筋铁骨的身坯呢！一点不假，跑遍了意大利、埃及、德国、葡萄牙和俄罗斯居然还能撑得住的人，老天一定给了他一张特许活命证的！"

"你会看到这个人的身体的确也是不坏的。"倍纳西接口说，"你是知道那次退兵的，我不必同你讲了。这个人是贝雷齐纳河①上架桥兵中的一员；他参加了架桥的任务，让军队在上面通过，为了打第一批桥桩，他跳到河里，水一直没到腰间。指挥架桥兵的埃勃雷将军只招到四十二名，照龚特伦的话说，天不怕地不怕的兄弟才敢于干这项工作。于是将军自己也跳到了水里，鼓励他们，安慰他们，答应给他们每个人一千法郎的津贴和一枚十字勋章。第一个跳到贝雷齐纳河里的那个人被一个大冰块带去了一条腿，他本人跟着也被冲走了。但是你听一听全部的结果，你就更能理解这件事情的艰难了：四十二个架桥兵，除了龚特伦之外，现在没有一个人活着。其中三十九人在渡过贝雷齐纳的时候牺牲了，另外两个在波兰的医院里凄凄凉凉地死去了。这个可怜的兵士直到一八一四年才回到了威尔

---

① 在白俄罗斯，一八一二年十一月二十六日至二十九日，法国部队强渡此河。

诺①，这时候波旁王朝已经回来了。埃勃雷将军已经死去，一讲起他，龚特伦总禁不住涕泪交流。这架桥兵耳朵聋了，身子也垮了，他又不会读书写字，没一个人支持他，没一个人替他出头……他一路讨饭，到了巴黎，向国防部提出申请，倒不是想那笔曾经答应给他的一千法郎的津贴，也不是那枚十字勋章，而是想领到他的那么一点退役金。他服役了二十二年，打了不知多少次的仗，这笔钱他是应该拿到的；但是他没有领到拖欠的军饷，也没有领到路费，也没有领到津贴。他向他以前曾经救过他们性命的每个人伸出手去，经过一年白白的请求，这个架桥兵悲痛欲绝地回到了这儿，但是也无可奈何。这位无名英雄挖两米沟，拿十个苏。他以前惯于在沼泽地里工作，所以，正像他所说的，他总算弄到了没一个工人肯做的活儿。他疏浚水塘，在淹没了的草地上挖掘水沟，每天可以拿到约莫三个法郎。他耳朵聋，把他弄得忧忧郁郁的；他天性又不多说话；可是他的心地倒是顶好的。我们是好朋友了。在奥斯特利茨战役的纪念日，在皇帝的生日，在滑铁卢失败的周年纪念日，他都和我在一起吃饭。吃罢了饭，我总给他一块拿破仑金币，让他在每一个季度里买些酒吃。全村社的人都像我一样地敬重他，请他吃吃东西，对他们来说，这真是求之不得的事情。他干活，是出于自尊。他踏进哪一个人家，每一个人都学我的样，如迎贵宾，请他吃饭。他只是看在拿破仑肖像的面上，才肯接受我这一块二十法郎的金币。他身受了这么多的不公正，使他痛苦万分，但是他耿耿于怀的，倒不是为了他的津贴，而是为了那十字勋章。只有一件事情使他聊以自慰，当埃勃雷将军在桥造好以后，把那班健全无恙的架桥兵带到皇帝面前的时候，拿破

---

① 当时属于波兰。

仑拥抱了龚特伦, 没有这一次会见时的拥抱, 他也许活不到今天了; 他只是靠这一次会见的回忆, 希望拿破仑卷土重来, 才活下去的; 什么都不能使他相信他已经死了, 而且, 他深信他的被囚都是英国搞的好事, 因此我以为, 如果他碰上了一个到这儿来游览的最好的英国高级市政官, 他会不管三七二十一把他一刀杀死的。"

"去吧! 去吧!" 叶纳斯塔嚷道, 他刚才一面听着医生说话, 一面陷入了沉思。"快去吧, 我真想瞧瞧那个人啦!"

于是两个骑马的人策马飞奔起来。

"还有另外一个兵," 倍纳西接着说, "也是一个在军队里滚过来的铮铮铁汉。他像所有的法国兵士一样, 他的一生就是子弹、肉搏、胜利的一生; 他戎马倥偬, 但只戴上了羊毛的肩章。他的性格是开朗的; 他发狂似的爱着拿破仑, 在发罗梯那的战场上得到了一个十字勋章。他是一个地地道道的杜菲纳人, 小心谨慎, 循规蹈矩; 他领到了他的退役金和他的荣誉勋章。他是一个步兵, 名叫古格拉, 一八一二年转入警卫队。他有点儿像龚特伦的保姆。两个人同住在一个小贩的寡妇家里, 他们给她一些钱, 这个好心眼的妇人给他们住, 给他们吃, 给他们缝洗, 把他们照管得好像他们就是她自己的儿子。古格拉在这儿当邮差。他既当邮差, 又当区里新闻的小喇叭。日子一久, 讲得熟练了, 他居然成了'做夜作'时的演说家, 讲故事的专家了, 龚特伦却把他看做是一个伶俐人, 俏皮鬼。当古格拉一讲起拿破仑, 架桥兵只消看他的嘴唇一动, 仿佛就能猜到他要讲些什么。要是今天晚上他们在仓库里'做夜作', 我们就可以看到他们两个, 但他们却看不见我们, 我倒要让你去开一开眼界呢。闲话少说, 我们已经到了水沟边, 但看不到我的架桥兵朋友呢。"

医生和指挥官向周围仔细张望了一下，他们只看到一把锹，一柄鹤嘴锄，一辆独轮手推车和脱在一堆黑色泥浆旁边的龚特伦的军装，在小灌木的树阴下，有一些形形色色的坑坑洼洼，但是连这个人的影儿也看不见。

"他不会离得很远的。——嗨！龚特伦！"倍纳西喊着。

这当儿叶纳斯塔望见有一缕烟斗的烟，从一堆废墟上的树丛中袅袅升起，他用手指给医生看，医生又喊了一声。那个老架桥兵立时探出头来，认出是市长，于是从一条小路上走了下来。

"喂，老朋友。"倍纳西向他喊道，一面用他的手卷成一个话筒，"你一个弟兄在这儿啊，他也去过埃及的，要看看你呢。"

龚特伦迅速抬起头来，向叶纳斯塔紧紧盯了一眼，老兵们为了机警地测定一下他们的危险，往往用这样的眼光来察看的。当他看到了指挥官的红色的饰带，他一言不发，就把手举到额际，敬了一个礼。

"如果那个小伍长①还活着的话，"军官对他大声说，"你一定会得到那枚十字勋章和那一份可观的退役金的，因为那班戴着肩章的人，在河那边的人，他们的性命都是你在一八一二年十月一日救出来的；但是，我的朋友，"他一面说下去，一面跨下马来，感情激动地握住他的手，"我不是国防部部长啊。"

一听到这些话，老架桥兵小小心心地敲去了他烟斗里的烟灰，把烟斗放进衣袋里，然后挺直身子，低着头，开口了：

"我只是做了我应做的事情，长官，但是别人却没有做他

---

① 指拿破仑。

们应做的事情。他们要看我的证件！'我的证件吗？……'我对他们说，'就是二十九号公报！'"

"你应该再申请一下，我的弟兄，既然有了这样的证明。在眼前的日子里，你却还不能够得到公正啊。"

"公正！"老架桥兵大声叫起来，他的声调使医生和指挥官打了一个寒噤。

大家沉默了片刻，这个当儿，两个骑马的人注视着从那班青铜铸成的兵士中间遗留下来的这个人儿，他们是拿破仑从三代人里面挑选出来的。龚特伦确确实实是这摧毁不了的一群人里的一个好样的，他们拖不垮，砸不烂。龚特伦身材不高于五英尺，虎背阔肩，紫糖色脸上满是深深的皱纹，瘦棱棱的，可是结实，还保存着军人的一些本色。全身都是粗里粗气的：他的脑门看上去像一块石头；他的头发，稀秃秃、灰溜溜的，有气无力地挂在那儿，似乎他的生命已经在他疲惫不堪的头颅里消逝了；他两只膀子上长满了汗毛，从他粗布衬衫的隙缝里可以看到他的胸脯上也是毛茸茸的，这说明他有异乎寻常的力气。他的身子撑在两只有点儿罗圈的脚上，好像撑在一个坚定不移的座椅上面。

"公正？"他重复了一遍，"它是决不会临到我们这班人的头上的！我们没有出头的人给我们去要债。再说，这个家伙总是要装点东西进去的。"他拍拍他的肚子说，"我们实在等不及了。但是，一想到在写字间里过得暖洋洋的那班老爷们，他们的话是不能当萝卜青菜的，我就回到这儿来，靠村社的基金吃我的饷了。"他一面说，一面用他的锹拍打着泥浆。

"我的老弟兄，事情不能就像这样算了的！"叶纳斯塔说，"你也是我的救命恩人，如果我不帮你一下忙，我就是个忘恩负义的人了！我嘛，我忘不了我是在贝雷齐纳桥上走过来的。

我认识那班好人，他们对这一件事记忆犹新，他们是会支持我的，要国家把你应得的东西酬谢你。"

"他们会给你扣上拿破仑党的帽子的！你不必插手这件事吧，我的长官。再说，我已经退到了后方，钻到了这儿的坑坑里，像一颗没有爆开的子弹。不过，我在沙漠里骑着骆驼行过军，在莫斯科的火炉边喝过一杯酒，我倒不想在我父亲种植的树底下白白地死去啊。"他说，一面又开始干起活来。

"可怜的老头，"叶纳斯塔说，"我做了他，我也会像他那样的；我们已经没有了我们的父亲。——先生，"他对倍纳西说道，"这个人的无可奈何使我心里感到一阵黑压压的忧伤；他不知道我是多么地关心他，他会认为我对兵士的苦楚也是无关痛痒的，也是一个嘴上说得漂亮的坏蛋呢……"

他突然回过身去，紧紧握着架桥兵的手，在他的耳边对他大声说道：

"以我身上戴着从前表示荣誉的十字勋章起誓，我要尽我的人道，用一切办法，替你弄到一份退役金，即使部里给我碰十次壁，也要向国王请求，向王太子和这整个儿的小摊子请求！"

听到这些话，老龚特伦打着哆嗦，看定了叶纳斯塔，对他说：

"你从前也当过小兵的吗？"

指挥官点点头。看到这个表示，架桥兵把他的手搯一搯，拉起叶纳斯塔的手，激动地把它紧紧握着，对他说：

"我的将军，当我下到水里的时候，我已经把我的性命献给了军队；既然我没把性命送掉，那就不错了。哎哎，把我胸腔里的那个东西翻出来给你看看好吗？是啊，自从那'另外一位'被拉下马以后，我什么爱好都没有了。说到底，他们把我安排到这儿来，"他高高兴兴地继续说道，指一指大地，"倒有两万法郎好捞呢，不过我是分期分批拿的，像那另外一位说的。"

"啊，我的弟兄，"叶纳斯塔说，深为他宽恕人的那种高风大度所感动，"这儿至少有一样东西，你是无法阻止我送给你的。"

指挥官按一按他的心房，对架桥兵注视了片刻，于是又骑上马，和倍纳西并辔继续前行。

"行政上这样的残酷事情，往往挑起穷人反对富人的斗争，"医生说。"那班一时掌权的人物，从来不好好想一想，对普通老百姓干一件不公道的行为，必然会造成怎样的后果。当然，穷人每天总要挣钱吃饭，他不会长久斗争下去；但是他们会说话，他们会引起所有穷苦人的共鸣的。一件不公道的事情，触动了其他人的心境，就会一变二、二变三地把人数增加起来。酵母是会发酵的。事情还不到此为止；最后的结果，就是酿成一件天大的灾殃。在人民中间做下的这些不公道的事情，使他们一直怀着对社会上层分子的无声的仇恨。资产者变成了而且永远变成了穷人的敌人，什么法律，什么宣传，什么拘捕，都不放在他们的心上。对穷人来说，偷窃抢劫，既非违法，也非犯罪，而只是一种报复。一个行政官员全在于对小百姓施行公正，如果他虐待他们，窃取他们应得的权利，我们怎么能够要求没饭吃的穷人忍受他们的痛苦，尊重人家的财产呢？……一想到坐在办公室里的某个仁兄，例行公事只是掸掸文件上的灰尘，却把答应发给龚特伦的退役金装进了腰包，我的全身就发起抖来。可是有些人，从来不想一想人家的苦受得这么厉害，却一味责难百姓的报复行为做得那么过头！不过，一旦政府为人们只做坏事，不做好事，那么它不垮台倒是怪事；在它垮台的时候，人民是会用他们的一套来向它算账的。政治家应该常常把穷人镌刻在公道之神的脚上，因为她只是为他们而创造的啊！"

一踏上乡镇的地境，倍纳西看到路上有两个人在走来，他对正在低头思索的指挥官说：

"你刚才已经看到那个肚子里装着一泡苦水的军队老兵了；现在，你来看一看一个老庄稼人的苦水吧。这个人，一生一世都为了别的人们挖啊，做啊，种啊，收啊。"

这时候，叶纳斯塔望见一个穷老头儿同了一个老婆子在走过来。老头儿看上去患着坐骨神经痛，走路很吃力，脚上穿着一双破旧的木鞋。他肩上背着一副褡裢，褡裢里的几件工具在晃动，因为使用的时间久了，涂上了汗水的柄都变成了黑黝黝的，滴滴答答，发出一阵轻微的声音；后面一只袋里装着面包，几颗生的洋葱头，还有一些核桃。他两条腿有点儿罗圈，由于多年的劳动，背是驼的，走路时不得不弯着身子；因为，为了保持平衡，他挂着一根长长的拐棍。雪白的头发飘在一顶破帽子的下面，经受了一年四季的雨淋日晒，帽子已经发了红，还用白的线修补过。一身粗布衣裳，打了上百个补丁，各种颜色都有。看到这个破破烂烂的人儿，正像看到任何破破烂烂的东西那样，使人觉得心酸。他的老伴，身子比他的直一点，但是同样穿着一身破烂，戴着一顶粗劣的软帽，背了一只腰圆底平的陶壶，壶耳里穿一根带子，拉在手里。一听到得得的马蹄声，他们都抬起了头，认出是倍纳西，便立定下来。两个老人，一个因为拼命干活，变成了人渣，他的忠实的老伴呢，也一样地垮了。他们的脸上都刻着深深的皱纹，把眼睛鼻子都堆在里面，只看得见由于风吹日晒而变得墨黑的一脸皮肤。他们的历史不止刻在他们的脸上，他们的姿态才真正是他们历史的见证。这两口子一块儿无休无止地干活，一块儿无休无止地受苦，有难同当，却不能够有福同享；他们好像已经习惯于他们的不幸，正像一个犯人习惯于他住的班房那样；对他们来说，什么事情都无所谓了。他们的脸上不缺少一种真诚的喜悦。对他们仔细考察一下，他们单调的生活，就是说，一班穷人的命运，似乎也有点儿值得羡慕的了。他们的身上看得出苦痛的痕迹，但却找不到悲伤。

"哎哎，我的硬骨头莫罗老爹，你真想豁出老命，一刻不停地干活吗？"

"是啊，倍纳西先生，在我咽气之前，我还要替你开垦一两块灌木地带哩。"老人快活地答道，他两只乌黑的小眼睛滴溜溜的。

"你的老伴背的是酒吗？如果你不想休息一下，至少也应该喝一点酒哩。"

"要我休息！没劲。一到田野里，一个心眼地垦荒，太阳晒晒，风吹吹，我的劲就来啦。酒嘛，是啊，先生，这儿是酒，我知道是你从库丹尔的市长先生那儿弄来的，差不多没花一个钱。噢！你不说，但人家反正都知道，你很精明。"

"好啦，老婆婆，再会了。你们今天准是到香番罗山脚下那块地上去吧？"

"是啊，先生，是昨天晚上开手干的。"

"真了不起！"倍纳西说，"那里所有的荒地差不多都是你们两个人开的，有时候你们一看到那座山，心里准会觉得高兴吧？"

"怎么不呢，是这样，先生，"老婆子说，"是我们干的活！我们吃起饭来也不鲠喉咙了。"

"你看，"倍纳西对叶纳斯塔说，"干活，种地，这就是穷人的本命心劲。这个老实人，如果要他躺下来医病或者走出去要饭，他认为脸儿都丢尽了；他宁可在野地里，在太阳底下，手里拿着镐儿死去。干啊干的，干活就成了他的性命；然而，他不怕死！他是一个深刻的哲学家呢，他相信人总是要死的。莫罗老爹倒使我想起了一件事情：在这个区里，我要替田庄汉、工人，甚至乡下的人们设立一个养老院，让他们干了一辈子的活以后，在他们光荣和穷苦的晚年，住到这儿来。我根本没指望要搞这么一些财产，它对我没什么用处。对一个从希望的顶上跌落下来的人来说，财产是微不足道的。只有过着游手好闲的生活的人，才把钱看得天那样的大，一个不事生产只会消费的家伙，不啻是社会的蟊贼。拿破仑在失败以后，听到有这么一个建议，要给他一点补助金，这建议准备提出来讨论的时候，他说，他只要一匹马，每天五个埃居。我到这儿来的时候，早已断绝了钱的念头。后来，我懂得了钱代表效能，做好事是少不了它的。因此，在我的遗嘱里，我写明捐出我的房屋，创办一个养老院，在这儿，无家可归的贫苦老人，不像莫罗那样心高气傲的人，可以度过他们的晚年。此外，把我从田里和磨坊里得到的九千法郎的收入，拿一部分出来，在严寒的冬天，救济确实需要帮助的院外的居民。这个机构将置于市政理事会的监督之下，另外再增添一个本堂神甫，作为主席。这么一来，我在这个区里不期而得的财产，可以仍旧用在这儿了。这个机构的规章都制订在我的遗嘱里；如果同你一一说来，那是太厌烦了，我只消把我的全部计划同你说说就够了。我要设立一份储备基金，将来可以作为村社的助学金，发给有艺术或科学苗子的孩童。这样，即使在我死后，我这儿的文化事业可以一直继续下去。你瞧，勃罗多上尉，一个人既然做开了一件工作，当时推动我们创业的那股劲儿，总使我们不忍看到它半途而废。我们要的是秩序和完美，这是将来注定会实现的最显著的特点之一。现在，让我们赶紧一点吧，我要兜完这个圈子，还有五六个病人需要看望看望呢。"

马儿慢慢跑着，两个人都默不作声，隔了一会，倍纳西笑着对他的同伴说：

"哎喂！勃罗多上尉，你引得我叽叽咕咕的，像松鸦那样叫了这一阵子，可是关于你的生平，你却一句话也没有向我谈过，它准是趣味十足的。像你这般年龄的军人，事情经历得多了，说起来，海外奇谈总不会少的吧？"

"不过，"叶纳斯塔答道，"我的生活只是军队的生活罢了。武人到处都是一样的。我没有指挥过作战，一直当着小兵，吃吃人家的刺刀，或者给人家吃吃刺刀，我干的事情，和人家干的没有什么两样。拿破仑带领我们到哪儿，我们就到哪儿。皇帝的警卫军作战的时候，我就同他们并肩作战。这些，人家已经听得烂了。照管好马匹，有时候挨饿，有时候受渴，需要打仗的时候打仗，这就是一个兵士的生涯，这不是再简单也没有了吗？也有几次作战的时候，我们自始至终骑着已经丢了马蹄铁的马匹，那真叫我们够受的。总的说来，我见到过那么多的国家，司空见惯了，也见到过那么多的死亡，已经把我这一条性命不当一回事了。

"不过，你个人在某些时刻，准是受到过风险的，听你讲讲这些特别危险的事情，一定很有兴味的吧？"

"也许如此。"指挥官答道。

"那么，给我讲讲你最受感动的事吧。没什么可以顾虑的，来吧！即使你讲你自己的英雄事迹，我也决不会说你不够谦虚。既然听你的人给了你这个保证，那么你何乐而不为，你尽可以说：'我是这么干的。'"

89

"好吧，我向你讲一讲这么一件事情，它常常使我心里感到难过。打了十五年的仗，我从来没有杀过一个人，除了在合法自卫的情况下面。我们排成横队，我们冲锋；如果我们不击倒我们面前的人们，他们就不客气了，要我们出出血，因此，为了我活，必须你死，心安而且理得。可是，我亲爱的先生，有一次在一个特殊的情况下，我却把一个弟兄打翻在地上。回想起来，这件事真使我心痛，我常常记得那个人的痛苦的脸相。你来评判评判吧……那是从莫斯科撤退的时候。与其说是一支大军，不如说我们像一队精疲力尽的牛群。纪律啊，旗帜啊，全不管了！谁也不听谁的。皇帝呢，老实说，也知道已经到了无法指挥的地步。一到斯多特津卡，贝雷齐纳河这一边的一个小村庄，我们发现有谷仓，有可以拆下来的小屋，有埋着的土豆，还有甜菜。好久以来，我们没有见到过人们的住家，也没有见到过食物：队伍就大吃起来。先来的人，你总会猜想得到，把什么东西都吃光了。我属于后到的一批。幸而我肚子不饿，倒想睡觉。我发现一个谷仓，我走了进去，看到那儿有二十来位将军和高级军官，倒并非替他们夸口，都是立了大功的人：尤诺，皇帝的副官纳尔蓬，还有军队的几个大头头。几个小兵睡在那儿，他们没有把他们用麦秆铺的床让出来给法国元帅。有几个人因为没有地方，就靠在墙壁上站着打盹，还有几个人躺在地上，为了取暖，大家挤得紧紧的，因此我连一个角落也找不到。我在人们的身子上踏过去：有几个人哇哇叫了起来，其他的人一句话也不说，也没有一个人动弹一下。不肯移动一下让开炮弹的人，当然不会按照《儿童礼貌手册》里的话去做的。后来，我在谷仓的最后面找到像阁楼那样的一块地方，还没有人想到去爬上去，也许没有人能够爬上去。我攀了上去，清理了一下，当我伸手伸脚躺下来的时候，我望见下面的人像一群小牛躺在那儿。那种狼狈的模样几乎使我笑出声来。有几个咬着冰了的胡萝卜，像牲口一样地嚼得津津有味，裹着破破烂烂的披风的将军们打着雷一般的鼾声。一根燃烧着的枞树枝把谷仓照得通亮，这会把谷仓烧起来的，但是没有一个人肯起来把它熄灭。我朝天躺着，在蒙眬睡去之前，很自然的，我总是向上望着：我只见那根大梁从东到西地在微微摇动，屋顶的力量都压在这根大梁上面，它还支撑着几根小梁呢。这该死的大梁起劲地晃啊晃的。'老兄们，'我对他们说，'外面有个弟兄在拆这个屋去生火取暖，要我们的命呢。'大梁马上就要跌下来了。'老兄们，老兄们，我们的命快没了，瞧瞧这根梁吧！'我大声喊着，我叫醒了一屋子的弟兄们。先生，他们仔细地看了看大梁；但是躺着的人又睡了过去，吃着东西的人连腔也不答一个。看到这一个情景，我想我应该跑到外面去，冒险一下，当场劝阻，因为这关系到这么多光荣人物的性命。我于是跑出门外，绕着谷仓走去，发现一个符腾堡的彪形大汉，用足力气，在拉那根大梁。'喂！喂！'我冲着他喊，要他停手，'走开，否则我就打死你！'他叫着。'得啦！什么走开不走开的！'我答道，'没这回事！'我拿起他放在地上的枪支，把他打翻在地，回到屋里睡了。就是这么回事。"

"可是这是一件对一个人采取的合理自卫行动，它对别的人都是有利的，所以你是完全问心无愧的啊。"倍纳西说。

"别的人，"叶纳斯塔答道，"认为我只是杞人忧天；但是，杞人也好，不是杞人也好，当时的那么些人现在却舒舒服服地住在他们的大公馆里，怡然自得，一点也没有感激之情。"

"那么你干了这件好事，只是为了取得那种特别的关怀，所谓感激之情吗？"倍纳西笑着说，"这是放印子钱啊。"

　　"啊！我是非常明白的，"叶纳斯塔答道，"做了一件善行，如果避而不谈，那么就烟消云散，连一点点的好处也得不到；把它谈谈讲讲，无非是树立起一种自尊心来，这种收益，比人家的感激有价值得多。然而，如果老实人老是守口如瓶，那么受惠者对这件好事也就乐得只字不提了。

　　"在你的体制里面，人民需要榜样；但是，大家都默无一言，榜样到哪儿去找啊？还有这样的事呢！我们可怜的架桥兵救了法国军队的性命，他从来不大叫大喊，因而结果全无，一旦他手不能动，脚不能抬，他的良心会填饱他的肚子吗？……哲学家，你来回答回答看，如何？"

　　"也许道德也不是绝对的，"倍纳西答道，"不过这种思想很危险，它会让自私自利的人把良心的事儿解释成为私利的获得。上尉，请你听着：严格遵从道德原则的人，不是比偏离它的人，即使是出于需要吧，要伟大得多吗？我们的架桥兵，一旦完全动弹不得，饥饿而死，他将同荷马一样的崇高呢！人类的生活对于德，正像对于才一样，无疑是一个最终的考验，一个更为美好的世界都需要它们。德和才，照我看来，是全部、经常献身的两种最美好的形式，耶稣基督就是来到人间传授这种献身精神的。有才之士开导人，却一生贫困潦倒，有德之人为了大家的利益而作出牺牲，却一直缄口不言。"

　　"我完全同意，先生，"叶纳斯塔说，"但是地上住的是凡人，而不是天使，我们不是十全十美的。"

　　"你说得对，"倍纳西答道，"想想我自己吧，我也着实做过不少的错事……但是我们不应该努力做到完美无瑕吗？

　　德行对一个人来说，难道不是一种美好的理想，随时随刻，必须把它作为一种天范来看待的吗？"

　　"阿门，"军官说，"你的话很对，一个有道德的人是一个非同小可的人；然而你也得承认，德行虽是一种神德，可是也得容许让它谈谈说说吧，这完全是一件好事，完全是一种光荣。"

"啊！先生，"医生苦笑着说，"你的宽容是由于你是一个冰清玉洁的人，而我的严格却是由于我是这么一个人，在他的一生中发现过不少需要擦去的斑痕……"

两个骑马的人来到一间处在一条激流边上的茅屋，医生走了进去。叶纳斯塔站在门槛旁边，看看明媚如画的景色，再看看茅屋里面，有一个人躺在那儿。替病人诊视了一番，倍纳西突然喊起来：

"如果你不照我叮嘱你的话做，好大娘，我就不必到这儿来了！你给你的丈夫吃了面包，你要他的命吗？胡闹！如果你眼下给他吃茅根汤，再给他吃另外的东西，我就不再上你的门，你随便去找哪个医生好了。"

"不过，我亲爱的倍纳西先生，我这老头老是叫肚子饿，他已经十四天不吃东西了……"

"哎呀！你愿意听我的话吗？如果我没有叫你给你的男人吃东西，你要是喂他吃小小的一口面包，你也会结束他的性命的，你听见了吗？"

"我什么东西都不给他吃，我的好先生……他好一点吗？"她跟在医生后面说道。

"你给他吃了东西，他的病情已经恶化了。我对你说，忌嘴的人不能吃东西，你这个脑瓜为什么老是听不进我的话呢？——农民，真拿他们没有办法！"倍纳西转过脸来，对军官继续说道，"病人几天不吃东西，他们就以为他会死的，把汤啊酒啊给他灌下去。这个可怜的大娘差点儿要了她丈夫的命。"

"吃了一小块酒浸的面包,就丧了我男人的一条命哪?"

"当然,我的好大娘。你弄了这个东西给他吃,他居然还会活着,我真觉得奇怪。千万不要忘记完全照着我对你讲的话做。"

"啊!我的好先生,我宁可自己死,也不愿失去我的亲人。"

"喔,以后再说吧。明天晚上,我再到这儿来替他放血。——我们沿着这条河徒步走吧,"倍纳西对叶纳斯塔说,"我还要去访问一家人家,从这儿到那座房子,没有大路,骑马去是不行的。这个人的小孩会把我们的马看管好的。——你来欣赏一下我们的山谷吧!"他接着说,"不像一个英国的花园吗?我们现在到一个庄稼人的家里去,他的一个孩子死了,伤心得毫无办法。是他的大儿子,年纪还小,在去年收割的季节,他要像一个大人那样地干活,这可怜的孩子啊,力气使过了头;秋末时候,他脱力死了。这是我第一次看到一个做父亲的悲伤得这么厉害。通常,农民哀悼他们死去的孩子,只是因为失去了一件好派用处的东西,他们财产中的一部分;哀悼他们,只是因为把他们养到了那样的年纪。孩子一到成年,就变成了他父亲的一份资本了。但是这个可怜的人却衷心爱着他的儿子。'遭了这次亡故,什么东西都不能安慰我的心了。'有一天我在牧场上碰到他,他一动不动地站着,忘记了干活,挂着一根长柄镰刀,手里握着一块从地下拾起来准备磨镰刀的石子,可是一直捏着不磨。此后他一直没有向我再谈起他的悲痛,却变得沉默寡言,把悲痛闷在肚里。如今,他有一个小女儿在生病呢……"

倍纳西和他的客人一面谈着,一面走到了一座小屋子那边,这屋子是筑在鞣革厂的河堤上。在一棵柳树下面,他们望见有一个年约四十的人站在那儿，吃着涂上一层大蒜泥的面包。

"喂，卡斯尼埃，小家伙好一点吗？"

"我说不上，先生，"他忧郁地说，"请你们进去看看吧，我女人陪在她身边呢。谢谢你给她看病，不过我真有点担心，丧神会不会再踏进我的家门，给我把所有的人都带走啊。"

"卡斯尼埃，丧神不会赖在人们家里不走的，他太忙了。不要胆小啊。"

倍纳西走进屋子，那父亲跟在后面。半个钟头以后，他出来了，那母亲陪在身边，他对她说：

"安心一点，你要照我叮嘱你的话去做，她救过来了。——如果你觉得厌烦，"接着医生一面骑上马，一面对军官说，"我可以带你到通往镇上的路上，你就从那儿回去吧。"

"不，说实在话，我不厌烦。"

"不过你到处看到的都是一模一样的茅屋，从外表上看，没有什么东西比乡间更单调的了。"

"前进吧。"军人说。

他们骑着马赶了几个小时，从区的这边走到区的那边，傍晚时候，他们又回到了和乡镇接壤的地方。

"我此刻必须到那边去一下。"医生对叶纳斯塔说，一面指一指长着几棵榆树的去处。"这几棵树也许有两百年了。"他接着说，"昨天晚上吃晚饭的时候，有一个孩子跑来找我，说她脸儿煞白的，她就住在那儿。"

"病情危险吗？"

"不，"倍纳西说，"是怀孕的关系。在怀孕时期，有些妇女往往要抽搐的，可是为了小心起见，我需要常常来看看有没有什么可怕的突发事情，我准备自己来替这个女人接生。还有，我要指给你看看我们一种新的工业，一家砖窑。路很好，你高兴奔一阵吗？"

"你的马能跟得上我的马吗？"叶纳斯塔说，向他的马吆喝了一声："嗨，海王星！"

一霎眼，军官朝前冲了一百步，在一团尘雾中消失不见了；但是，尽管他的马奔得那么快，他一直听到医生紧跟在他的身旁。倍纳西向他的坐骑吆了一声，他就赶过了指挥官，等他跑到砖窑的时候，医生正在那儿悠悠然把他的马系在篱笆的柱子上。

"你骑的是一匹天马啊！"叶纳斯塔喊起来，一面瞅着那匹马，它既不流汗，也不喘息。"你这头马是什么名堂啊？"

"啊！"医生笑着说，"你以为它是一匹老爷马吧。眼下，讲讲这匹骏马的历史要费去我们很多的时间哩；你只要知道这一点就够了，卢斯当是来自阿特拉斯的一匹地道的北非马。一匹北非马可以和一匹阿拉伯马媲美。我这匹马翻山越岭，奔跑如飞，汗不湿毛，从不失蹄。它是人家送给我的，我也受之无愧，因为我救了一个女子的性命，她的父亲就给了我这匹马作为酬谢。她是欧洲最富裕的继承人之一，我在去萨伏的路上发现她快要死了。我怎样医好这个小家伙的，如果我讲给你听，你会当我是一个江湖郎中了。……哎！哎！我听到马铃，路上有一辆大车的声音呢。来吧，如果碰巧是维诺本人，你得仔细瞧瞧这个人呢！"

不消一刻，军官望见四匹套着车的高头大马，它们只有布里埃最富裕的农民才有。尾巴上的羊毛结子，铃铛，马具都显得富丽，整洁。一辆宽敞的双轮大车，漆成蓝色，上面坐着一个肥肥胖胖的小伙子，丰腴的脸庞给阳光晒得紫糖糖的。他吹着口哨，背着鞭子，像扛着一支枪一样。

"不，他只是个赶大车的，"倍纳西说，"你来欣赏一下吧，大车主人实业搞得兴旺，在任何地方都反映了出来，甚至在这辆车儿的设备上！在穷乡僻壤，这不是一种很稀罕的迹象，说明在商业上还有一点儿聪明才智吗？"

"对，对，什么东西都显得非常整齐。"军官答道。

"哎，维诺有两套一模一样的车辆呢。此外，他有一匹做买卖用的小马，因为他的生意范围很广；可是，四年以前，他却身无半文呢！我搞错了，他以前还负了债哩……闲话少说，我们进去吧。"

"小家伙，"倍纳西对赶大车的说，"维诺太太在家吗？"

"先生，她在花园里，我刚才看见她在那儿篱笆旁边。我去告诉她你来了。"

叶纳斯塔跟在倍纳西后面，浏览了四面围着篱笆的那个宽阔的场地。在一个角落里，堆着几垛白泥和制造砖瓦所少不了的黏土；在另一个角落里，耸立着一堆烧窑的木柴；再过去一点，在栅栏围着的空地上，有好几个工人在砸碎白色的石块或配制砖头的泥土；在进门的对面，在几棵大榆树下，就是制造圆瓦和方瓦的地方，活像一座绿色的凉亭，接着便是一排烘房，近边，可以看到那个窑和它的血盆似的大口，几把长铲，一条凹陷下去的黑色小路。和这些建筑物平行的，是一排看上去可怜巴巴的房屋，那一家人就住在这儿，车库、马棚、谷仓也都在这儿。在宽广的场地上，一些家禽和猪在到处游荡。人畜居住的每个地方，都弄得干干净净，修理得整整齐齐，可以看出屋主人的毫不含糊。

"维诺接替的那个窑主，"倍纳西说，"是一个倒霉鬼，一个懒汉，他只喜欢喝酒。他从前也是一个工人，会烧窑，有点儿手艺，如此而已。他既没有活动力，也没有事业心。如果人家不来买他的货物，他就让它们搁在那儿，眼睁睁地看着它们坏去，毁掉。结果他就这样饿死了。他虐待他的妻子，几乎把她逼成了疯子，落得了一个凄惨的下场。这样的懒惰，这样无可救药的愚蠢，真是使我痛心，我一看到这个作坊就感到不痛快，我总不愿经过这个地方。幸而，这个人和他的妻子都老了。后来在一个白天，这个制瓦匠突然中风，我马上送他到格勒诺布尔的医院里去。这个瓦窑的窑主，同意把它出让，按照瓦窑当时的情况，什么条件他都接受。我四处寻觅，物色一个能够助我一臂之力，改进本区工业的新的承租人。这个格拉维埃太太的使女的丈夫是一个穷工人，他在一家陶坊里做工，工钱少得可怜，家也养不活，他听从了我的劝告。这人倒也有一点儿胆量，他没有一个子儿，居然签下了契约，租了我们这个瓦坊。他住到了这儿，把他的妻子，他妻子的老娘和他自己的母亲带来做瓦片，让她们当上了工人。老实说一句，我不知道他们是怎么搞的。也许维诺向人家借来了烧窑的木柴，他一定在夜里一篓一篓地把它们背来，供白天使用的；总之他暗地里使出了他浑身的解数，两个老妇人穿着破烂，干得活像一对黑人。这样，维诺能够烧几炉窑了，第一年靠了他全家的汗水，吃上了得来不易的面包；可是他却站定了脚跟。他的勇气，他的耐心，他的品质叫许多人对他另眼相看，他有了一点名声。他精力充沛，早晨赶到格勒诺布尔，在那儿出售他的砖瓦；中午回到家里，晚上又回头赶到城里；他看上去路子大了。到第一年的年底，他弄来了两个小伙子，帮他干活。看到这个情景，我借了一点钱给他。嘿，先生，一年一年，这户人家生活过得越来越美了。从第二年开始，两个老母亲不再做砖头了，不再捣石头了；她们在小花园里垦垦种种，煮煮汤，补补衣裳，夜里纺纱，白天打柴。那个少妇，会读会写，就管管账。维诺有一匹小马，他骑了到附近各处取经；然后他研究制砖瓦的技术，创造出一种制造上好白方瓦的方法，以低于一般市价的价格出售。第三年上，他有了一辆大车和两匹马。当他第一次乘上他的车辆的时候，他的妻子也变得风姿绰约了。收益多了，他家里的设备也跟着添置起来，随时随刻，保持着那种井井有条、节约和清洁的家风，动力嘛，就来自他这份小小的家产。他后来竟然雇上了六个工人，工资都出得很高；他还雇了一个赶大车的，把他的家搞得井井有条；总之，他开动脑筋，扩展生产，推广生意，逐渐逐渐地变得宽裕起来。去年，他买下了他的窑坊；明年，他准备翻造他的住房。如今，这几个好人儿都是身体好好的，穿得美美的。妻子本来又瘦又苍白，最初的时候，和她丈夫一起操心，一起着急，现在又变得丰腴起来，漂漂亮亮，像一朵鲜花。两个老母亲生活过得十分幸福，只做些家务方面和生意方面的细小杂事。工作产生金钱；金钱，在带来心宽的同时，产生了健康、丰足和欢乐。实实在在，对我来说，这个家庭是我村社，也是年轻的商业国家的一部活生生的历史。这个窑坊，早先是阴沉沉的，空洞洞的，肮里肮脏的，生产不出什么东西的，如今却生产繁忙，环境良好，生气盎然，富足而且储备充裕。

"这儿木材充足，一季劳动所需的原料不愁：因为你要知道，制瓦只能在一年的一定时期里进行，六月到九月之间。这样的活跃难道不是一件叫人高兴的事吗？我这个制瓦工在镇上所有的建筑上都有他的一份。他头脑清醒，经常东奔西跑，非常活跃，区里的人都管他叫'吃不饱的'。"

倍纳西话音未落，通向花园的那扇篱笆门开了，一个年轻妇人迅步走上前来。她穿得整整齐齐，戴一顶漂亮的软帽，脚穿一双长筒白袜，丝织的围巾，玫瑰色的长衣，还未脱从前做使女时的旧腔。两个骑马的人迎上前去。维诺夫人果然是一个很丰腴的标致妇人，脸孔晒得黑黑，可是她原来的皮肤想必是白白的。虽然她的额上还留着几条皱纹，这是她从前困苦的遗迹，可是她的脸儿却是高高兴兴的和讨人喜欢的。

"倍纳西先生，"她见他站着不动，便娇滴滴地说道，"你肯赏赏光，在我家里休息一会儿吗？"

"好啊，"他回答。"请吧，上尉。"

"两位先生一定很热了！你们要喝一点儿牛奶，或者喝一点儿酒吗？——倍纳西先生，我的丈夫讨好我，给我弄了一点酒来，叫我在产期里喝的，你来尝尝吧！你好告诉我酒好不好啊。"

"你嫁了一个好丈夫了。"

"是啊，先生，"她转过身来，大大方方地说，"我日子过得蛮好！"

"我们都不喝，维诺太太；我到这儿来只是想瞧瞧你有没有什么麻烦的事儿。"

"没什么，"她说，"你看，我正在花园里忙着锄地，干点儿活呢。"

这时候，两个老娘也来看倍纳西了，那个赶大车的一动不动地立在院子中央，正好在他可以把医生看得清清楚楚的地方。

"来吧，你把你的手伸过来。"倍纳西对维诺太太说。

他屏息凝神，全神贯注地替她把着脉。这当儿，三个女人带着天真的好奇心打量着指挥官，一班乡下人总是这样地看人，他们不觉得有什么好难为情的。

"不能再好了。"医生高兴地喊道。

"她就要生产了？"两个老娘大声问道。

"准是这个星期——维诺还在路上吗？"停了一会，他问。

"是啊，先生，"少妇回答，"他急着想把他的事情办好，我月子里他就可以待在家里了，我的好丈夫！"

"我的孩儿们，好好干吧！祝你们一家家业发达，人丁兴旺。"

叶纳斯塔啧啧称赞不已，这座房子本来差不多已经坍毁了，可是现在室内却弄得那么的整洁。看到军官惊奇的模样，倍纳西对他说：

"只有维诺太太才能够把家务管理得这样井井有条！我真想叫镇上许多人到这儿来取取经呢。"

制瓦工的妻子脸红了，别过脸去；可是两个老娘听到医生的赞扬，都显出一脸的高兴，三个女人陪着他们一直走到马儿停着的地方。

"哎，"倍纳西向两个老人说道，"你们真福气啊！你们要做奶奶和外婆了！"

"啊！不要讲起了，"少妇说，"她们真把我烦死了。我两个老娘要一个男孩儿，我的丈夫要一个小丫头，要全都称他们的心，我相信倒难哩。"

"那么你呢，你要男的还是女的？"倍纳西笑着说。

"啊！我嘛，先生，我只要一个孩子。"

"你看，她已经是做一个妈妈的样子了。"医生对军官说，拉住了他的马的缰绳。

"再会了，倍纳西先生，"少妇说，"我丈夫知道你到过我们这儿来，他却没有见到你，会觉得多难受。"

"他会不会忘记送一千张瓦到大谷仓去的？"

"你是知道的，只要你一句话，镇上的订货他一定会送去的。啊呀，他最不好意思的，就是拿了你的钱；但是我对他说，你的埃居会带来好运,这是千真万确的。"

"再会吧。"倍纳西说。

三个妇人,那个赶大车的和两个工人走出工场,依依不舍地送着医生,他们围立在当作瓦窑大门的篱笆旁边,直到看不见人影为止。人心到处都是一样的啊! 天南地北,哪里有友情,那里就有深情。

倍纳西把太阳的位置端详了一下,便对他的同伴说:

"我们还有两个钟头的白天呢,如果你不十分饿,我们去看一看一位可爱的人儿,我走访结束之后,吃晚饭之前,在这段时间里,我几乎常常和这个人待在一起的。在镇上,人家却叫她是我的'好朋友';这个称呼,在这儿是用在未婚妻的身上的,所以你不要以为这里面有什么恶意中伤的意思。我对这个可怜的孩子关心备至,可以想象得到,引起了一些人对她的妒忌,但尽管这样,人们都相信我的人格,所有的流言蜚语,也就不攻自破了。我给了拉·福绥斯一份年金,让她不必死累活地过日子,这种似乎有点儿怪诞的行为,即使没有人能够识透,但人们对她的品德却是深信不疑的;大家都明白,我现在是出于一种爱心,所以对她百般扶持,如果我的感情再走出一步,我会毫不迟疑地和她结婚。但是,"医生强自微笑着,继续说道,"在这个镇上,在别的地方没有一个女人会做我的老婆的。一个感情非常外露的人,我亲爱的先生,特别感觉到有一种无法抗拒的需要,去依恋他周围的一件东西或是一个人儿,尤其是当他过着孤独凄凉的生活的时候。而且,请相信我的话吧,一个爱着他的狗或是他的马的人,你要常常给以同情! 在机缘托付给我的一群受苦人里面,这个可怜的小病人,对我说来,就是在我的阳光普照的故乡,在朗格多克的一头被珍爱着的母羊,牧羊儿替她系上褪了色的饰带,和她说说话儿，放她沿着麦田吃草，悠悠闲闲地走着，即使狗儿来了，她也是不慌不忙的。"

倍纳西一面说着这些话，一面直立着身子，揪住了他的马儿的鬃毛，准备上马，但是他并不上马，好像他满腹沉重的感情不容许他一跃而起似的。

"走吧，"他大声说道，"咱们去瞧瞧她！你在她那儿待上一会，你就会对我说我待她正像是我的姐妹了。"

当两个人骑马前行的时候，叶纳斯塔对医生说："如果我要求你再给我讲一点关于你的福绥斯的情况，我会不会太冒昧？你已经给我讲了不少人的生活情况了，她啊，总不会是最没趣的吧。"

"先生，"倍纳西勒马答道，"也许你不会像我那样对福绥斯感兴趣的吧。她的命运和我的命运是相似的：我们的禀赋都给白白贻误了；我所以对她怀有那样的感情，一见了她，所以感到那样的激动，就是因为我们的情况是一样的。当你从军以后，你或者保持着你对它的一贯的爱好，或者对这个职业产生了兴趣；没有其中的一样，你不会在军纪的重负下挨到你这样的年龄的；所以，你是不可能了解一个人的痛苦的，在他的心头，希望产生又产生，可是希望幻灭又幻灭；你也不可能了解一个被迫居住在异乡的人的日夜忧伤的。这样的痛苦只有身受的人和使其身受的上帝才能知道，因为只有他们，才懂得生命中的变故给他们留下了多少深刻的影响。你啊，在一次长期的战争中，在战争所造成的种种不幸面前，已经无动于衷了，然而，当你在春暖花开的时节，看到一棵叶儿萎黄的树木，因为种在缺乏发育完全所必需的各种要素的泥土里，这棵树木憔悴了，死了，这时候，你的心不会蓦然感到一种无可名状的悲伤吗？从我二十岁以来，我一看到一棵发育不全的树木，消消沉沉的，忧忧郁郁的，心里就觉得难受；现在，我一看到它的模样，常常会别过了头去。我少年时代的悲伤是我成人时代的悲伤的一个模糊的预感，它和我的现在，和我的未来，仿佛惺惺相惜，因为在树木和人类临到他们的年限之前，我在垂头丧气的树木的生命之中，本能地看出了我的未来。"

"我刚才在想，瞧你人这么好，以前总是受过苦来的啊。"

"你要明白，先生，"医生对叶纳斯塔的话置而不答，继续说道，"讲福绥斯也就是讲我。她是一棵种在异乡的树木，但是她是一棵人类的树木，她忧思深重，没昼没夜，没完没了的。这个可怜的女孩儿老是悲悲切切的。她的内心戕害了她的肉体。在我们这个自私自利的世界上，她受着天大不幸的折磨，却没有人给她一点点儿的同情，对这样一个柔弱的女人，难道我能够木然无动于衷吗？我这个人，对痛苦还是有反抗力量的，然而每夜每夜，我总是想卸下这副和她一模一样的不幸的重担。如果我没有宗教的思想，它减轻了我的悲伤，在我的心儿里散发出一些甜蜜的幻想，那么我也许真的会把这副重担卸下来的。即使我们不全是同一位上帝的子女，可是拉·福绥斯仍然是我苦难中的姐妹啊！"

倍纳西把他的马儿夹了一下，冲到叶纳斯塔的前面，好像他不敢把已经开了头的话再用那样的口气说下去似的。

"先生，"等到两匹马在田野间蹄声得得走着的时候，他继续说道，"可以说，大自然是为了让她吃苦才创造了这个可怜的女孩的，正像它为了让她们欢乐才创造了别的女人那样。看到这样命中注定的事情，就不可能不相信未来了。福绥斯是多愁善感的：如果天色昏沉，她就郁郁不乐，天公流泪，她也跟着流泪；这是她自己的话。她和鸟儿一起歌唱，天空开朗，她也开朗，风和日丽，她也就成了一个丽人；一缕芳香，对她来说几乎就是取之不尽的欢乐：早晨雨过天晴，万花齐放，景色清新，木樨草发出的阵阵幽香，使她整天天地欢乐，这是我看到的；她与自然和所有的花木一起，心花怒放。如果空气沉闷，电光闪闪，拉·福绥斯就浑身的不舒服，什么也不能使她平静下来，她睡在床上，身上好像有千种病痛，叫苦连天，然而却不知道她究竟患的是什么病，如果我问她原因，她回答我说她的骨头撑不住了，她一身的肉都要融了。在这种死去活来的时刻，她感觉不到生命，只感觉到痛楚；'我的心儿已经跳出了我的身子'，这又是引用她自己的话。有几回，斜日西沉，峥嵘的云块结集在我们金色的山顶上空，我吃了一惊，看到这个可怜的女孩儿面对着我们山里呈现出的某些图景，在抽抽噎噎呢；'你为什么哭啊，我的小家伙？'我对她说。'先生，我也不知道。'她回答我说，'我在这儿抬着头，看啊看的，活像一个傻瓜，我拼命拼命地看，竟不知道自己身在哪里了。''那么你看到了什么呢？''先生，我没法对你说啊。'你就是问她一个通宵，她也只告诉你这么一句话；但是她会瞧你几眼，思虑重重的几眼，或者坐着不动，眼泪汪汪，一言不发，显然是在凝神默想。她想得那么深沉，竟会通到旁人的心底；至少，她当时在我身上产生的影响，犹如一个云块荷上了电那样。有一天，我逼问着她，我过了分，对她说了几句有点儿急躁的话；唉，先生，她痛哭起来了。在别的时刻，拉·福绥斯是快快活活的，讨人喜欢的，爱笑，活泼，伶俐；她喜欢交谈，有新的、独到的见解。她不能专心致志地连续做任何的工作：当她下地的时候，整个时间，她老是注视着一朵花儿，看着水的流逝，端详着清澈而平静的小溪底上呈现出的美丽如画的奇景，那些由小石子、泥土、沙子、水生植物、青苔和褐色的沉淀物镶嵌成的漂亮图案,它们的颜色是这样的柔和,它们的色调又形成了那样奇妙的对比。当我来到这地方的时候,这个可怜的女孩儿连饭也吃不上来;向别人乞讨,她觉得丢脸,只有在苦得无法可想的时刻,才求人家发一点善心。羞耻心常常给了她力量,连续几天,她下到地里去干活;但是,她不久就精疲力尽,疾病逼得她不得不放下她已经开始的活儿。等不及复原,她跑到附近的某一个农庄里,求人让她在那儿照管牲口;她把工作完成得很出色,可是,没有多久,她又离开了,是什么缘故,她一句话也不说。日复一日的劳动,对她来说,无疑是一个过于沉重的负担,她是那样的不羁,那样的任性。她于是开始去寻觅香菌或是蘑菇,拿了到格勒诺布尔去出售。在城里,被一些小玩意引得眼红,她身边有了一点儿钱,就忘记了她的穷困,她买丝带、玩具,早把明天的面包丢在脑后了。然而,如果镇上某个女孩要她的铜十字架、鸡心或是她的丝绒带子,她就慷慨地送给她,女孩儿高兴,她也快活,因为她天生有一副好的心肠。拉·福绥斯被人家又喜欢又抱怨又看不起。什么东西都使这个可怜的女孩受罪,她的懒惰,她的善良,她的娇态;因为她是喜爱打扮的,讲究吃食的,爱管闲事的;总而言之,她是一个女人,她像孩子那样的天真,心想什么就讲什么,心里爱什么就要什么。如果你给她讲一件崇高的事迹,她会全身哆嗦,脸儿发红,心跳突突,高兴得哭泣起来;如果你给她讲一桩盗贼的故事,她吓得脸儿煞白。她的天性是最真实的,心是最坦率的,她的诚挚是最高尚的,像她那样的人真是少有;如果你把一百块金币托给她保管,她会把它们埋藏在一个角落里,自己照样去要饭。”

倍纳西说这最后几句话的时候,他的嗓音变了。

“我有一次曾经打下主意,要试验试验她,先生,”他接着说，"我现在真觉得后悔。试验不就是一种间谍活动，至少是不信任吗？"

　　说到这儿，医生停了下来，好像他默默地在思考着什么，一点也没有注意到他这几句话弄得他的同伴感到很尴尬，为了不叫他的狼狈相被看出来，他低头理着他的马缰绳。倍纳西不一会又开口说：

　　"我真想替我的福绥斯找一个丈夫，我愿意拿出我的一个农庄，送给任何一个老实小伙子，只要他能够使她幸福。她一定会变得幸福的。这可怜的女孩儿一定会没头没脑地爱她的孩子，她一定会把她满腔丰富的感情倾注在包含了一个女人的一切感情的母爱里面；但是任何男子都不能引起她的欢心。她太敏感了，好像什么事情对她都是危险的；她自己也知道这个毛病，当她知道我已经看出了这一点的时候，她向我承认了她的神经质的因素。是有这么少数几个女人，只要和别人稍稍接触一下，就会发起抖来，好像命也没有似的，她就是这样的一个女人；但是也应当看到她的聪明，她的女性的高傲。她真像一只燕子那样的野。啊！多么丰富的性格，先生！她天生是一个心地宽广、被人喜爱的女子；她乐善好施，忠贞不渝。她只有二十二岁，却已经在她灵魂的重负下消沉起来了，她的心弦太容易振动，她的素质太坚强或者太纤弱了，她一直在衰颓下来。她热情奔放，如果受了人家的欺骗，她是会发疯的，我的可怜的福绥斯！在我研究了她的气质以后，在我看出了她多年来一直发作着神经毛病、心里常常怀着各种一闪即逝的憧憬以后，在我看出了她的心情同气候的变化、月亮的盈亏保持着明显的一致，而且深信不疑之后，先生，这时候我就把她另眼相看、照管起来，因为除我之外，再没有人能够理解她的病情了。正像我刚才同你说的那样，她是一头系着饰带的绵羊。闲话少说，你等会儿就会看到她的，这儿就是她的小屋。"

这时候，他们快到达半山腰的地方，他们都是一路步行，爬着两边长着灌木的陡径上来的。在一条陡径拐弯的地方，叶纳斯塔望见了福绥斯的屋子。她的居所处在一个大山冈上。斜坡上有一方约莫三阿尔邦的草坪，长着树木，几条瀑布从这儿飞泻而出。屋子外面有一道围墙，不高不低，从里面尽可以远眺这一带的景色。屋子是用砖头造的，覆盖着平顶，顶伸出外面几尺，在这幅山景里面，看上去倒也妩媚多姿。一共两层，门和百叶窗一律漆成绿色。房子是朝南的，又狭又浅，因此除了正面以外，不需要再开什么窗户了。乡村本色，优雅洁净。德国的式样，披檐的突出部分托着木板，漆成白色。屋子四周，长着几棵开着花的洋槐和其他芬芳扑鼻的树木，有刺的蔷薇，蔓生植物，一棵使人肃然起敬的大胡桃木；小溪旁边，几株垂柳。屋后是一大片山毛榉和冷杉，在这个宽阔的黑底子上，这一所漂亮的屋子被衬托得分外鲜明。在白天这个时刻，山上和福绥斯花园里的各种芬芳染得到处都香。天空清澈而且平静，天边阴云密布。远处，山峰点点，抹着粉红色的落日的余晖。立在这个高处，峡谷一览无余，从格勒诺布尔一直望到峭壁下面的圆圆的山坳，峭壁脚下，有一个小湖，叶纳斯塔昨天就是打那儿过来的。屋子上边，隔开好长一段距离，可以看到一排杨树。沿着杨树，是镇上通到格勒诺布尔的那条大道。日光斜照着市镇，在一扇一扇窗玻璃上反射出来，汇成一道红光，像一块金刚石那样地光芒四射。看到这种情景，叶纳斯塔勒住了马头，用手指着峡谷里的一些工场、新镇和拉·福绥斯的房子。

"自从一八一五年在瓦加拉姆①打了一次胜仗，拿破仑回

---

① 奥地利的一个村庄，在维也纳的东北。

到土伊勒利王宫以来,"他叹息着说,"最使我感动的就是这儿的景物了。我能有这样的欢乐,全应归功于你,先生,因为你使我懂得了这个地方的景色之美。"

"是啊,"医生笑着说,"建设城市,比攻占城市应该要好得多了。"

"啊!先生,莫斯科的占领和曼图亚①的投降!但是看来你是不会懂得它们的意义的!难道这不是属于咱们全体的光荣吗?你是一个正直的人,可是拿破仑也是一个好人啊;如果没有英国,你们两位定会彼此相得,而他,咱们的皇上,也不至于倒台了;我坦白承认,我现在还是爱他的,但他已经不在人世了!……而且,"军官瞧瞧四周,说道,"这儿也没有密探。多好的君主!他识人!他一定会邀请你参加国务会议的,因为他是行政官,而且是伟大的行政官,他甚至在一次战斗以后,能够知道在士兵的弹盒里还有多少子弹。可怜的人儿!当你谈着你的福绥斯的时候,我一直在想着他,他是死在圣赫勒拿岛上的。嗯!那儿的气候和住所能够使他满意吗?他是惯于两脚踏在马镫里,身子坐在御座上过活的。人们说他在那儿从事园艺。见鬼!叫他种起卷心菜来了……现在,我们不得不替波旁王朝服务了,而且要忠心耿耿的,先生;因为,到头来,法兰西还是法兰西,一如你在昨天说的。"

叶纳斯塔一面嘴里说着最后的一些话,一面从马上跨下来,倍纳西正在把马缰绳系在一棵树上,他也照医生的样子做了。

"她会不会不在家?"医生说,他在门槛旁连拉·福绥斯的影子也没有见到。

---

① 在意大利。

他们踏进屋子，在底层的客堂里，一个人也没有。

"她一定听到了两匹马的蹄声，"倍纳西笑着说，"跑到楼上去戴帽儿，系腰带，打扮一番了。"

他把叶纳斯塔留在那儿，自己上楼去找福绥斯。指挥官仔细看了看这间客堂。墙壁上糊着纸儿，灰色的底上撒上朵朵玫瑰花，地板上铺着一张稻草席子，当作地毯，几张椅子、那张扶手椅和那个桌子都是用树木做的，树皮还没有剥掉。房间里放着几只花盆架一类的东西，作为装饰，花盆是用柳条做的，扎上了箍，里面种了花，还点缀着一些青苔。窗子上挂着白细布镶边的窗帷，垂着红色的流苏。壁炉架上有一面镜子，两个烛台之间，安上一只素色的瓷瓶；靠近扶手椅的地方，放着一张冷杉做的圆凳；桌子上放着一块裁好的麻布，几只盛缝纫工具的袋子，几件已经动手在做的衬衣，一个女裁缝随手携带的所有物件，她的筐啊，剪刀啊，线啊，针啊，什么东西都弄得干干净净，清清爽爽，好像沙滩边上被海水冲上来的一枚贝壳。叶纳斯塔看到，在走廊的另一边，是一间厨房，走廊尽头，有一座楼梯，像底层一样，二楼显然也只有两个房间。

"不要怕，"倍纳西对拉·福绥斯说，"来吧，来吧！……"

一听到这几句话，叶纳斯塔立刻退回到客堂里。一个瘦瘦的、模样儿生得很俊俏的姑娘，穿一件玫瑰色密纹的薄纱长衣，露出了里面的衬衫，马上出现在眼前，羞羞怯怯，一脸红晕。她的脸孔没有什么特别的地方，只是线条有点儿扁平，和哥萨克人和俄罗斯人的脸孔相像，这样的脸孔，不幸之至，在一八一四年的灾难发生以后，在法国已经司空见惯了。拉·福绥斯，实实在在，像北方人一样，鼻尖翘得高高的，又钩得厉害，阔嘴，细下巴，两手和两臂红通通的，粗手大脚，活像一个农妇。虽然她一直过着风吹日晒的生活，她的脸色却是苍白的，

宛如一株枯草；但虽然苍白，在看了第一眼以后，她的容貌却
是讨人喜欢的。她一双碧绿的眼睛是这样的温柔，她的举止是
这样的大方，声音是这样的动听，不管她的脸部轮廓和倍纳西
向指挥官竭力夸奖的品质有着明显的不协调，他看出了这个任
性和多病的人是受过苦来的，因而不能使她正常地发育起来。
拉·福绥斯使劲把用土块和枯枝燃起的炉火拨一拨旺，然后坐
在扶手椅里，拿起一件已经动手缝制的衬衣。她发觉军官尽盯
着她瞧，便有点儿害羞起来，不敢抬起眼睛，外表上则装得若
无其事；但是她的上衣却在一起一伏地掀动着，透露出她内心
的惧怕，这一副美丽的模样，直叫叶纳斯塔大为吃惊。

"喂，我可怜的孩子，你干了不少活了。"倍纳西说，一面
摸摸准备做衬衣的料布。

拉·福绥斯带着胆怯和恳求的神气瞧着医生。

"请不要责难我啊，先生，"她答道，"你叫我替人家做衬
衫，他们正等着穿呢，我今天却一点活也没有干，天气那么好！
我出去散了步，采了一些香菇，一些雪白的块菰，把它们拿给了
约各蒂。她很高兴，因为你要请人家吃饭呢。我猜对了，心里觉
得蛮开心的。好像有个什么东西对我说去找找啊那样似的。"

于是，她又缝起衣服来了。

"小姐，你这儿的房子很漂亮啊。"叶纳斯塔对她说。

"房子根本不是我的，先生，"她瞧着这个陌生人答道，
眼睛似乎红了，"是倍纳西先生的。"

她把眼睛盈盈地移到医生的身上。

"你要明白，我的孩子，"他说，拉住了她的一只手，"决不
会有人把你从这儿撵走的。"

拉·福绥斯突然站起身子，走出了房间。

"那么，"医生对军官说，"你认为她怎么样？"

"真的，"叶纳斯塔答道，"她特别使我感动。啊! 你太好了，替她安排了这么一个小窠!"

"唔! 十五、二十个苏的几张纸儿，只是细心挑选了一下，如此罢了。家具呢，也没什么大不了，都是我那个编筐子的工人做的，算是表表他对我的一片感激之情。窗帏是拉·福绥斯自己做的，用了几尺细布。她的住处，她的家具都这么简单，看来你倒也很感兴趣，道理就是因为它造在一座山的斜坡上面，在一个荒角落里，你根本料想不到会在这儿碰到整整齐齐、干干净净的东西的；那种风姿的秘密是在于屋子和自然的和谐一致，有小溪，有错落有致的树木，草坪上长着绿油油的青草，喷香的草莓，美丽的紫罗兰……"

"喂，你怎么啦?"福绥斯一回来，他就问。

"没什么，没什么，"她答道，"我以为我的一只母鸡走失了，没有回来。"

她是在撒谎；只有医生一个人看了出来，他凑在她的耳边对她说:

"你哭过了!"

"为什么在人家面前对我说这样的话呢?"她反问他。

"小姐，"叶纳斯塔对她说，"你孤单单一个人住在这儿，大错特错啦；在这么一个漂亮的笼子里，你应该有位丈夫嘛。"

"话说得对，"她说，"但是你巴望什么呢，先生! 我穷，爱挑剔。我觉得田头送送饭，赶赶大车，看着心爱的人儿愁眉苦脸的，自己却没法帮他挣钱，整天手里抱着孩子，替男人家补补破衣，我没有这样的性儿。本堂神甫先生对我说，这样的想法不大合基督教的精神；这个我也很明白，但是有什么办法呢? 有些日子，我宁可啃一口干面包，也不想自己去煮点儿什么吃吃。我缺点一大堆，难道还叫我去让一个穷人家头痛不成？为了满足我的奇思怪想，他也许会把他的命送掉的，这太没有道理了。算了吧！我生来就这样的苦命，苦命人只能一个人吞苦黄连啊。"

"加上，她生来就闲散惯了的，我的可怜的福绥斯，"倍纳西说，"也只能实事求是地看待她。不过她刚才对你说的一席话，说明她还没有爱过人呢。"他笑着添上了一句。

于是，他站起身来，走出屋子，到草坪上去松散一会儿。

"想来你很喜欢倍纳西先生的？"叶纳斯塔问她。

"唔，是啊，先生！镇上有许多人，像我一样，愿意为他粉身碎骨呢。可是他，虽然医好了别人，自己却有一样无药可治的毛病。你是他的朋友，你也许知道那是什么毛病吧？像他这么一个人，是下凡的上帝，究竟是谁能够使他悲痛的呢？这儿我认识好些人，他们相信他清早经过他们的田地，麦子就会长得更好的。"

"那么你，你是怎么想的呢？"

"我嘛，先生，当我看到了他……"

她似乎踌躇起来，然后，她接着说：

"我整天就觉得乐滋滋的。"

她低下头，特别敏捷地缝起衣服来。

"喂，上尉同你讲过拿破仑的事情吗？"一回屋来，医生就说。

"先生看见过皇帝吗？"拉·福绥斯带着一种强烈的好奇心凝视着军官的脸儿。

"当然！"叶纳斯塔说，"几百次了！"

"啊！我真想听听军队里的事情呢。"

"明天，我们也许要到你家来和你一起喝一杯牛奶咖啡哩。到时候同你讲讲'军队里的事情'吧，我的孩子，"倍纳西说，一边搂着她的脖子，在她的额上亲了一下。——"这是我的女儿，你瞧！"他向指挥官转过脸来，又添上了一句，"如果我不亲亲她的额头，我整天就觉得有一件事没有做过似的。"

拉·福绥斯捏着倍纳西的一只手，轻轻地对他说：

"啊！你真好！"

他们就动身走了；她跟在他们后面，看他们上马。当叶纳斯塔坐上马鞍的时候：

"那么这位先生是谁啊？"她凑在倍纳西的耳边细声地说。

"噢！噢！"医生答道，把一只脚放进马镫里，"说不定是你的丈夫……"

她站在那儿，一直看他们走下斜坡，当他们经过花园那头的时候，还望见她踏在一块石头上面，目送着他们，还点头示意呢。

"先生，这位姑娘真有点不寻常哩。"当两人远远离开那座屋子的时候，叶纳斯塔对医生说。

"可不是吗？"他答道，"我对自己说过不知多少遍了，她会成为一个可爱的妻子的；但是我只能把她当做一个姐妹或是一个女儿那样地爱她，我的心已经死了。"

"她有亲人吗？"叶纳斯塔问，"她的父亲和母亲是干什么的？"

"啊！说来话长，"倍纳西答道，"她没有父亲，没有母亲，也没有一个亲人。她的事情，一直到她的名字，都引起我的兴趣。拉·福绥斯出生在这个镇上。她的父亲是圣劳郎—杜—邦的一个打短工的，绰号叫'烂浮尸'，这无疑是从'掘墓人'来的[①]，因

---

① "烂浮尸"和"拉·福绥斯"分别是 Le Fosseur 和 La Fosseuse 的译音，它们都源出 fossoyeur，意为"掘墓人"，我们叫做"仵作"。

为好久以前，他的家里是做埋葬死人这个行当的。一听这个名字，就使人感到坟墓里阴惨惨的气息。依照在这儿还通行着的罗马习惯，像在法国其他一些地方一样，妻子往往取她丈夫的名字，再加上女性的词尾，所以这个姑娘就叫拉·福绥斯，是袭了她父亲的名字的。这个打短工的爱上了我不知道是哪一个伯爵夫人的使女，和她结了婚，伯爵夫人的田产离本镇有好几里路呢。在这儿，像在所有的乡下一样，爱情在婚姻中间是无所谓的。一般说来，农民娶妻，就是为了生儿育女，为了能有一个家庭妇女，替他们做一口好汤，给他们田头送饭，替他们纺纺纱，拿纱来做些衬衣，给他们补补衣服罢了。当时，一个年轻小伙子，常常为了一个多三四阿尔邦土地的年轻姑娘，撇下了他的未婚妻子，像这样朝秦暮楚的举动，现在倒也好久没有发生过了。'烂浮尸'和他的妻子，命运都并不太好，所以当时也不足以使咱们的杜菲纳人改掉他们只图私利的习性。拉·福绥斯是一个美人儿，等她的女儿一生下来，就死了。丧了妻，丈夫悲痛万分，在这一年，他也死了，没给他的婴儿留下一样东西。这小家伙给一个好心的邻居收养下来，邻居把她抚育到九岁。对这个菩萨心肠的妇人来说，供给拉·福绥斯吃饭成了一个太沉重的负担，因此在旅客络绎往来的季节，她要她的孤儿去沿途乞讨。有天，这孤儿到伯爵夫人的府邸那儿去要饭，那里总算没忘记她的母亲，他们把她收留了下来。她被养在他们的身边，目的是为了有朝一日，替这儿的小姐当一名使女，这小姐五年后结了婚。就在这几年中间，这个可怜的小家伙做了富贵人家反复无常的牺牲品，这等人家，绝大部分，慷慨既无常性，又无长性：兴之所至，心血来潮，发发慈悲，有的时候是保护人，有的时候是朋友，有的时候是主人，把苦孩子们的尴尬处境弄得越加尴尬。他们肉麻当有趣，随随便便地把她们的心灵、生活或是前程开玩笑，把她们根本不当一回事儿。起初，拉·福绥斯几乎成了那个年轻女继承人的伴侣：教她读书、写字，那未来的女主人有时候给她上上音乐课，以资消遣。她一会儿是个伴房小姐，一会儿是个丫头使女，把她弄成一个不三不四的姑娘。她染上了爱好奢侈、爱好首饰的脾气，养成了和她的实际处境不相称的各种习惯。从此以后，她的不幸压根儿改变了她的灵魂，可是它却没有丝毫消磨掉她那模糊的感觉，认为她命定要高出人家一等。终于，这个可怜虫的一个很不幸的日子来临了。那个年轻的伯爵夫人，当时她已经结了婚，无意中发现拉·福绥斯穿了她的跳舞衣裳，在一面镜子前跳啊跳的。死丫头，你算什么东西。这个十六岁的孤儿，当时就被毫不留情地赶出了大门。她的懒惰使她重又堕入了惨境，她沿途流浪，讨讨饭，做做工，就像我刚才对你说的。她常常想投水自尽，有时候也想不问是谁，委身于人；大部分时间，她躺在墙脚边晒太阳，忧忧愁愁，心事重重，把头埋在草里；来往行人丢给她几个铜子，只为她并不开口要钱。她在安纳西医院里住了一年，因为她在收获的季节做脱了力，她拼命干活，目的是但求速死罢了。你应该听她讲讲在这段生活中她自己的感想，她常常天真无邪，无话不谈，够有趣的。后来，她回到这个镇上，正是我决定落户在这儿的时候。我想了解一下我治下人们的思想，她这个人啊，使我感到惊奇，我于是把她的性格研究了一下。我看出了她器官上的毛病以后，就决定给以关怀。也许，过一些日子，她会习惯于做针线工作的；可是，不管怎样，我已经使她安下心来，不愁吃穿了。"

"她在这儿是够寂寞的了！"叶纳斯塔说。

"不，我的一个牧羊女和她睡在一起，"医生答道，"你没有看到我农庄上的那些房屋吧，它们就在她房子的上边，被枞树遮没了。唔! 她万无一失。再说, 在我们这个山谷里, 坏人一个也没有; 万一他到这儿来聚众闹事, 我把他们送到军队里, 他们当起兵来, 倒是一等的。"

"可怜的姑娘!"叶纳斯塔说。

"啊! 区里的人一点也不怜惜她,"倍纳西又说,"相反, 他们以为她是很幸福的呢; 不过她和别的女人之间存在着这么一个差别, 就是上帝把力量赐给了她们, 却把脆弱赐给了她; 这个, 他们是看不到的。"

一当两个骑马的人走出了隧道, 登上通向格勒诺布尔的大道的时候, 展眼一望, 又是一番景色, 倍纳西早预料到它对叶纳斯塔会产生怎样的影响, 因此得意扬扬地勒住了马头, 想欣赏一下他的惊奇的神色。两堵青翠欲滴的墙壁, 有六十尺高, 无边无际, 耸峙在一条像花园的林荫道那样隆起的大路两边, 构成了一座天然的丰碑, 一个人如果能够创造出这样的东西, 那就大可以引以自豪了。树木都没有经过修剪, 长得像硕大无朋、碧绿碧绿的棕榈树, 使这些意大利杨树成为一种最壮观的植物。路的一边已经笼上了阴影, 现出一堵漆黑树叶的巨墙, 但是在另外一边, 给落日强烈地照射着, 嫩弱的新枝染上了一片金黄的颜色, 对照分明, 微风过处, 树叶簌簌, 亮光闪闪。

"你在这儿一定是很幸福的喽!"叶纳斯塔嚷道,"随你走到哪儿, 看看都是高兴的。"

"先生,"医生说,"只有对大自然的热爱才不会使人们空盼一场①, 这里边根本没有什么失望。这些杨树已经有十年的树龄了: 长得比我这些树更好的树木, 你看到过吗?"

---

① 李白诗云: "相看两不厌, 只有敬亭山", 也是这个意思。

"上帝真是伟大啊!"军官当路一立,说道。那条路不知来自何处,也不见它通向谁边。

"你说得好,"倍纳西大声说,"听到你把我经常立在这条林荫大道中央说的话重复一遍,我真高兴。的确,在这儿使人俗念全消。我们只是沧海的两粟,我们感到自己的渺小,这样的念头常常把我们引到上帝的面前。"

他们于是缓缓地向前走着,两个人都默默的,只听到他们马儿的蹄声。蹄声在这条绿茵茵的长廊里发出回音,好像在教堂的拱顶下面似的。

"有多少情感,城里人是感觉不到的啊!"医生说,"你嗅到香气吗?这是杨树上蜂蜡的香味,还有落叶松发出的芬芳。多好闻!"

"听着!"叶纳斯塔叫起来,"停下马来。"

他们在远处听到了歌声。

"是女人还是男人?还是鸟叫?"指挥官低声问道,"是大块的天籁吗?"

"都有点儿像。"医生答道,一面跨下马来,把马儿拴在一棵杨树的树干上。

接着他向军官做了一个手势,要他也跨下马来,跟着他走。他们沿着一条小路慢步着,路两边围着开着花的荆棘篱笆,把阵阵扑鼻的香气散发到傍晚的潮湿空气里。阳光强劲地照射着小路,那长长一排杨树投下的树荫使人更感到阳光的耀眼,落日有力的光线也把坐落在这条泥沙路尽头的一间茅屋涂上了绯红的颜色。那茅草屋顶平时看上去总是灰褐得像栗子壳,破败的屋脊上一片青青,长着长生草和青苔,这时候看上去像洒上了一层金粉。在沉沉的暮霭之中,那茅屋依稀难辨;可是那几垛古老的墙壁,那扇大门,却也发出一刹那的光芒，看上去出乎意料的美丽，犹如人们的脸儿，在某种激情的支配之下，偶尔也会兴奋一下，变得面红耳赤的。田家生活之美，在于地阔天空，过往行人，一看到这个景象，那使徒的心愿就会油然而生，用他对耶稣基督说的那句话说道："竖起帐幕，让我们待在这儿吧。"①

这时候，在这一片澄澈而又柔美的景色里，似乎回荡着一个同样澄澈而又柔美的声音，但是声音却是忧郁的，有如西方一道将尽的微光；这是一个模模糊糊的死亡的形象，是上天借了阳光在天空中发出的警告，有如借了瞬息即逝的花朵和漂亮的昆虫在大地上发出警告一样。

在这个时刻，太阳带上了忧郁的色调，那歌声也是忧郁的；它又是一首民歌，是爱情的歌和悲悼的歌，从前是用来激起法国对英国的民族仇恨的，但是博马舍却把它改成一首地地道道的诗歌，拿到法国的舞台上，放到一个年青仆从的嘴里，向他的教母倾诉衷肠。现在，这支歌被唱得抑扬顿挫，没有歌词，只有一个哀怨的曲调，震荡着心儿，使人魂销。

"这是天鹅的歌声，"倍纳西说，"百年难得两回闻啊。我们赶紧一点，不让他再唱了！那孩子在自杀哪，再听着他唱下去，太残忍了！——不要唱了，雅克！喂，不要唱了。"医生喊着。

歌声停止了。叶纳斯塔一动不动，呆呆地立在那儿。阴云遮没了太阳，天地和歌喉齐暗了。阴影、寒冷、静寂代替了日光的幽辉，微风的挑煦和那孩子的歌唱。

"为什么，"倍纳西说，"你不听我的话啊？我不再给你米饼吃了，也不给你蜗牛汤啦，新鲜的枣子啦，雪白的面包啦！这

① 典出《新约全书·马太福音》第十七章。

么说你不要活了，让你可怜的妈妈伤心吗？"

叶纳斯塔踏进一个收拾得很干净的院子里，看见有一个十五岁的男孩，像女孩儿那样的柔弱，头发金黄，但是稀稀的，脸儿血红，像涂过胭脂一样。他坐在一棵大茉莉花树和一些开花的紫丁香树下的一张板凳上，它们长得都很旺盛，叶儿把他团团围住了。他慢慢地站起身来。

"你是记得的，"医生说道，"我曾经告诉过你，等太阳一落山，就上床去，晚上不要受凉，也不要说话：为什么你老是想唱歌呢？"

"有啥办法，倍纳西先生，这儿暖和、暖和暖和多舒服！我老是觉得冷。身子一舒服，我禁不住就念起《马尔勃罗克，去作战啊》来消遣一下，我自念自听，因为我的嗓子有点儿像你牧羊人的笛子啊。"

"好吧，我可怜的雅克，以后不要这样了，听到了吗？……把手伸过来。"

医生替他把着脉。这孩子的一对蓝蓝的眼睛，平时总是很柔和的，可是这时候一种激动的表情使它们奕奕地发出光来。

"唉，我可以确定，你是在冒汗呢，"倍纳西说，"你妈妈还没有回家吗？"

"没有，先生。"

"去吧，到里边睡觉去。"

这个小病人往回向茅屋里走，倍纳西和军官跟着他进去。

"勃罗多上尉，劳驾你点一支蜡烛。"医生说，他正帮着雅克脱去他身上的破衣。

当叶纳斯塔点燃了蜡烛，把一室照亮以后，一看到这孩子出奇的瘦，他愣住了。他真是皮包骨。等这小农民一躺下来，倍纳西就用手指敲敲他的胸膛，仔细听听那声音；接着，把那不吉之兆的声音研究一下之后，他拉开被子，替雅克盖在身上，后退四步，合抱着手，把他端详起来。

"你觉得怎样，我的小家伙？"

"很好，先生。"

倍纳西把一只四条腿都换过的桌子拉到床边，在壁炉架上找到了一只玻璃杯和一个小玻璃瓶，凑在叶纳斯塔替他擎起的蜡烛边，借着微光，把装在瓶里的褐色溶液倒几滴到清水里，仔细地看着分量，兑成药水。

"你妈妈这么晚还不回来？"

"先生，她回来了，"孩子说，"我听到小路上她的脚步声呢。"

医生和军官向周围瞧了一下，等着。在床脚边有一条苔藓做的垫子，上面既无褥单，也无被子，那母亲无疑是和衣睡在这儿的。叶纳斯塔用手向倍纳西指一指这一张铺，倍纳西微微点一点头，表示他对那种为母的献身精神，早已感到钦佩了。木鞋的声音在院子里响着，医生跨出门去。

"今晚你得替雅克陪夜呐，高拉妈妈。如果他对你说他呼吸困难，你就把我放在桌子上的那杯药水给他喝。注意每次你只能给他喝两三口。这一杯药水够喝一夜了。千万不要去碰瓶里的药水，也不要现在替你的孩子换衣服。他正在出汗。"

"今天我没法洗他的衬衣，我的好先生，我得把大麻拿到格勒诺布尔去，弄几个钱来。"

"那么，我给你送几件衬衫来。"

"这么说，他病又重了，我的可怜的孩儿？"妇人问道。

"他怎么会好起来呢，高拉妈妈；他太不检点了，老是唱歌；但是你不要责备他，更不能打骂他，不必怕。如果雅克受不了, 差一个邻居来叫我好了。再会吧。"

医生向他的同伴招呼一声, 朝着小路走回去。

"那小农民患的是肺病吗?"叶纳斯塔问他。

"我的天啊, 是的!"倍纳西答道, "只有大自然创造一点儿奇迹了, 科学是救不了他的。咱们巴黎医科大学的教授们, 经常向我们讲到你刚才所目睹的现象。生这种毛病的人, 声带发生了变化, 在短暂的时间内, 唱歌的能力特别的强, 任何名家都比不过他……我带你整天看到伤心的事情, 先生,"当医生跨上马的时候, 这么说, "到处都是痛苦, 到处都是死亡, 但是也到处都是无可奈何。乡下人对死的事情都看穿了, 他们受苦, 他们默然, 他们倒在床上, 像牲口一样。不过关于死亡的事, 不谈也好, 让我们快马加鞭吧: 我们得在天黑之前, 赶到镇上, 去看一看那个新区。"

"什么地方着火了。"叶纳斯塔指着山坳里的一块地方说道, 在那儿, 有一个火舌在向上升腾。

"这火没什么危险。一定是咱们烧石灰的工人在烧石灰窑哪。这是咱们新办的实业, 它利用了咱们这儿的灌木地带。"

突然传来了一声枪声, 倍纳西不由自主地惊喊了一下, 打了一个不耐烦的姿势说道:

"如果是菩提番的话, 那么咱们俩来比一个高下, 看谁厉害吧。"

"枪声是从那儿来的,"叶纳斯塔指着他们上面山上的一个山毛榉树林, "不错, 是高头, 你可以相信一个老兵的耳朵。"

"我们快去!"倍纳西一声叫喊, 朝那小树林直奔而去, 他的马跃过沟渠, 在田野里风驰电掣地奔跑, 像越障赛马那样，他是这样地急于要把开枪的人当场拿获。

"你要追捕的人已经逃了。"落在后面的叶纳斯塔对他喊道。

倍纳西立刻掉转马头，往回奔过来，他追捕的那个人却忽地出现在一块巉岩上，高高在上，离两个骑马的人有一百多尺。

"菩提番，"倍纳西见他带着一支鸟枪，便向他喊道，"下来！"

菩提番认出是倍纳西，便恭恭敬敬地、和和气气地打了一个手势，表示他唯命是从。

"我这么设想，"叶纳斯塔说，"只有受了惊吓的人或是情绪激动的人才能够爬到岩石的这个尖顶上；可是他怎么能爬下来呢？"

"我倒一点儿也不担心，"倍纳西答道，"山羊见了这个捣蛋鬼，也会眼红呢！你等着瞧吧。"

军官是惯于在战争的风云变幻中判断一个人的内在的勇敢的，他看着菩提番从他大胆爬上去的岩石顶上，沿着高低不平的石壁走下来，动作是出奇的敏捷，既优美，又稳妥，他真是佩服得五体投地。这猎人的细长和健壮的身躯，走在峭壁间的小路上，无论采取怎样的姿势，总是不摇不晃，优美好看；如果他必须得踩在岩石的尖端上，那么比踏在地板上更加平稳，看来他对他的绝技是满有把握的。他挂着他的长鸟枪，仿佛是一根手杖。菩提番是一个青年，中等身材，可是精瘦、强健，叶纳斯塔等他走近的时候，定睛一看，那种男性美直使他大吃一惊。他分明属于走私者一类的人物，他们不用强暴的手段从事他们的行业，为了达到逃税的目的，他们只限于使用诡计和耐心。他的脸孔生得仪表堂堂，被太阳晒得黑黑的，两只眼睛，又黄又亮，炯炯然像只老鹰，尖嘴巴，细鼻子，鼻尖略钩，也活像一只老鹰。两个面颊上长满了茸毛。嘴唇血红，半开半闭，露出一排白得发亮的牙齿。留着一把天生卷曲的红色络腮胡子，使他的脸儿越显出丈夫气概和威武模样。他的肌肉和两手，由于不断的运动，特别的结实、粗大。胸膛宽阔，脑门上透出一种粗野的智慧。神气顽强、坚决，可是沉着、镇静，是一个惯于冒生命的危险、体力和智力都饱经风霜的锻炼、对自己充满信心的人。他身上那件工作服，被荆棘撕得破破烂烂，脚上用鳗鱼皮缚着一副皮底。一条打过补丁的蓝布裤子也撕裂开了，可以看到里面两只红红的、细细的、枯瘦而强健的腿儿，像鹿腿一样。

"你看到的这个人，过去曾经向我开过一枪，"倍纳西向指挥官低声说，"要是现在我向他丢一个讯息，要干掉某一个人，他会毫不迟疑地把他杀死的——菩提番，"他回头对偷猎的人改口说，"我确实相信你是一个守信的人。我替你说话，做担保人，因为我是得到你的保证的。我对格勒诺布尔皇家检察官许下的诺言，就是根据你不再捕猎，做一个规矩、自重、勤劳的人的誓言的。你啊，刚才却发了一枪，在拉勃朗休伯爵的地上乱闯。嗯！如果他的看管人听到了你的枪声，你要倒霉了吧？你总算幸运，我是不会要你写一个笔录的，否则的话，你是重犯，就不准你带武器！我让你带着这管枪，只是出于宽大，知道你喜欢这把家伙。"

"它真漂亮。"指挥官说，他认得这是圣艾蒂安①造的打野鸭的猎枪。

走私者向叶纳斯塔抬起头来，似乎感谢他的赞扬。

---

① 属法国卢瓦尔省，离巴黎462公里，是一个冶金工业中心，制造机器、汽车和武器等。

"菩提番，"倍纳西接口说，"你的良心应该受到责备啊。如果你再重蹈覆辙，你要再一次住到四面有墙的花园里去；那时候不管怎样保护你，也不能把你从苦役里救出来了；你将被打上烙印，完蛋了。你今晚把你的枪拿给我，我替你保管好。"

菩提番紧握着枪管，筋一抽一抽的。

"你说得对，市长先生，"他说，"我错了。我犯了禁，我是一只狗。我这管枪应该交给你，可是你把它从我这儿一拿走，我的命也没啦。我老娘的这个儿子，他的最后一枪只好打到他的脑袋里啦……你看怎么办！我过去一直照着你的话做，一冬天都是安安分分的；但是到了春天，人也差不多了。我不会做工，我不想养鸡养鸭，我不会弯腰曲背地种菜，也不会扬着鞭子赶大车，也不会在马棚里替马儿擦背；这么说我只能挨饿了？一到高头，我就心里高兴，"他略停了一会，用手指指群山，又说，。"八天了，我一直在山里，我看到了一只羚羊，那儿就放着这只羚羊，"说着，他指一指山岩的高处。"是向你表表心意的！我的好倍纳西先生，请让我带着枪吧。听着，菩提番说话算数！我要离开这村社，到阿尔卑斯山里去，那儿捉羚羊的人是不会向我说一句闲话的；相反，他们会高高兴兴地接待我。我也许会被冰川压在下面死掉。不过，坦白地说，我宁可在山顶上待他一年两年，那儿没有政府，也没有关卡人员，也没有田园监护人，也没有皇家检察官，却不愿一百年掉在你这个泥沼里。只有你一个人使我离不开，其余的人我都讨厌！即使你很有理由，你也不至于要人家的命啊……"

"那么罗意丝呢？"

菩提番沉思起来。

"哎！我的小伙子，"叶纳斯塔说，"你要学会读，学会写，到我的联队里去，骑上马，当一名来复枪手。如果'上马号'一吹响，来一次正正式式的战争，你就会知道，老天生你下来，就是要你在大炮、枪弹、战斗里讨生活的，而且他们会给你一个将军当当的哩。"

"是啊，如果拿破仑回来就好了。"菩提番答道。

"你记得我们的协定吗？"医生对他说，"你答应第二次违了法，你就去当兵。我现在给你六个月的时间，学学读书写字，过后我去找一个需要有人替代他们儿子的人家。"

菩提番注视着群山。

"啊！你不要到阿尔卑斯山里去，"倍纳西大声说，"像你这么一个人，一个守信的人，身上有很多优点，应该为你的国家效力，指挥一个旅，不要死在羚羊的屁股后面。你现在走的生活的道路，是一条通到监狱的道路。你东奔西窜，吃力得很，少不得要好好休息一个时候；久而久之，你就养成一种游手好闲的习性，把秩序的观念抛到九霄云外，滥用你一身的力气，胡作非为，不管你怎么想，我是要你走上正道的啊。"

"那么我只能忧忧郁郁地死去不成？我到了城市里，就觉得委委靡靡透不过气，我带罗意丝到格勒诺布尔去，连一天也待不住……"

"我们都有我们的癖好，我们就是要懂得和它作斗争，或者使它变得有利于人类。闲话少说，天已经晚了，我得赶紧一点，你明天来看我，把你的枪支带来，我们好好地谈一谈，我的小伙子。再会了。把你的羚羊拿到格勒诺布尔去卖了吧。"

两个骑马的人又上路了。

"这就是我心目中的一条汉子。"叶纳斯塔说。

"是一个走斜路的人，"倍纳西答道，"但是有什么办法呢？他说的话你都听到了。他有这么好的品质，眼看它们白白浪费，不是很可悲的吗？倘若敌人侵犯法兰西，菩提番率领一百个

126

年轻小伙子，在毛利昂山里可以叫他们一个月寸步难行；但是，在和平时期，他只能把他的精力浪费在和法律作对的行为上。他总需要有一样有力的东西给他制服制服；当他不把他的性命孤注一掷的时候，他就和社会搏斗一番，他当上了走私贩的帮手。这个捣蛋鬼一个人乘了一只小船，渡过罗纳河，把皮鞋带到萨瓦；他拖了一大堆东西，逃到一个人迹罕至的山顶上，他可以在那儿一连躲上两天，吃一点儿面包皮。总而言之，他喜欢危险好像人家喜欢睡觉一样。他嗜痂成癖，追求极度刺激的欢乐，平平常常的生活，他已经过不惯了。我真不忍看到一个和他相似的人不知不觉走上邪路，变成盗匪，在断头台上送命。闲话少说，你瞧，上尉，咱们的市镇看上去怎么样？"

叶纳斯塔望见远处有一个圆圆的广场，种着树木，中央是一个喷泉，白杨树把它团团围在里边。圈外是一个斜坡，上面种着三排不同的树木：前面一排是洋槐，后面一排是日本漆树，最后一排，在最高的地方，是矮矮的榆树。

"这是我们举行集市的地方，"倍纳西说，"从后面两幢房屋开始，就是大马路了，这两幢房屋，我已经同你说过，一幢是治安法官的，一幢是公证人的。"

这时候他们踏上了一条宽阔的马路，用大鹅卵石细细致致地铺着，每一边有上百幢簇新的房屋，房屋和房屋之间，差不多都有一个花园。马路尽头，是一座教堂，远远望去，大门十分漂亮。在马路的半腰，已经新辟出另外两条，那儿已经造起了许多房屋。市政大楼造在教堂的广场上，就在本堂神甫住所的对面。

倍纳西一路前行，干完了一天活的女人、小孩和男人顿时走出他们的门外，有的向他脱下便帽，有的向他问好。小孩呢，围着他的马儿蹦蹦跳跳，乱喊乱叫，好像他们熟悉这头牲口的善良，有如熟悉它主人的善良一样。这儿有一种不露于色的欢乐，正像一切深情厚谊一样，有它特有的羞羞答答、吸引人的魅力。

　　看到人们欢迎医生的这种情景，叶纳斯塔暗暗思忖，昨儿晚上，他形容镇上居民对他的友好之情，不免过于谦虚了。铭刻在臣民心坎里的尊号，才是最沁人心脾的王权，而且也是真正的王权。不管一个人享有多强烈的荣光或是多强大的权力，外界的一切行动给他带来的那种感觉，却马上给予他的内心一个应有的惩罚，他顿时看出了他的实际的虚无，发现什么东西都没有改变，新的东西一样也没有，在行使他的物质权力的当儿，根本没有什么大的本领。帝王们即使广有天下，像别的人们一样，也会被禁闭在小小的圈儿里面，受到法律的制裁，而他们的命运，则全在于他们给予人们的印象了。但是，倍纳西在区里所遇到的，却到处都是顺从，到处都是友情。

人民的拿破仑

"总算来了,先生!"约各蒂说。"这几位先生已经把你等了好久了。老是这样的。菜本来做得好好的,却给你搞得一塌糊涂,都烧煳了……"

"哎呀,我们不是来了嘛。"倍纳西笑着说。

两个骑马的人下了马,直向客厅走去,医生邀来的一班人正等在那儿。

"各位先生,"他一面说,一面拉着叶纳斯塔的一只手,"我有幸把勃罗多先生给你们介绍一下,他是驻扎在格勒诺布尔的骑兵联队的上尉,是一位老军人,他在我们这儿要待上一些日子呢。"

于是他给叶纳斯塔介绍一个干瘪的高个儿,灰色头发,黑色衣服。

"这位,"他对军官说,"就是杜芳先生,治安法官,我已经和你谈起过他了,他对我们村社的繁荣做出了很大的贡献。——这位,"他把军官带到一个瘦瘦的,苍白的脸,中等身材,同样穿一身黑衣,戴一副眼镜的青年面前说,"这位就是汤纳莱先生,格拉维埃先生的女婿,镇上第一个公证人。"

然后,他转身向着一个胖个儿,那个人半似农民,半似资产者,生得粗眉大眼,一脸小疱,但人倒挺朴实。

"这位,"他继续说道,"是我的可尊敬的助理耿蓬先生,是木材商,我和居民们都给以极大的信赖。你非常赞赏的那条路,他就是它的发起人之一。——我不需要,"倍纳西指指本堂神甫又说，"把这位先生的职业告诉你听了吧。他是一位无人不爱的人。"

神甫的脸上表现出一种内在美，它以不可抗拒的魅力吸引着军官的注意。初初一看，杨维埃先生的面容似乎显得很俗，线条是那么地粗犷，彼此形成非常强烈的对比。他的矮矮的身材，他的瘦瘦的个儿，他的姿态，都说明他是一个弱不禁风的人；可是他的脸容，老是文文静静的，表示出一个基督教徒内心深处的平和以及从灵魂的纯洁中产生出来的那股力量。他的一双眼睛，似乎映出了上天的影子，流露出燃烧着他心儿的熊熊不灭的仁慈的火焰。他并不故作姿态，自自然然的，谦谦逊逊的；他的动作简简单单，羞羞怯怯，娴静得像一个少女。他的眼睛对你一瞧，就会激起你的敬仰之情和同他结为知己的朦胧愿望。

"啊！市长先生……"他说道，鞠躬如也，似乎想避开倍纳西对他一番夸奖的话似的。

他的声音震荡着指挥官的心肺；这位素不相识的神甫吐出的这几个微不足道的字眼使他沉入了一种近乎虔诚的幻想之中。

"各位先生，"约各蒂说，她走到客厅里，居中一立，把两个拳头搭在腰里，"你们的汤已经端在桌子上了。"

为了避免谁先谁后的繁文缛节，倍纳西转着身依次向他的五位客人招呼了一下，于是他们走进饭厅，听本堂神甫低声款语念了饭前祷告之后，大家入席就座。桌上铺着一块织着菱形花纹的麻布台布，它出于亨利第四朝代格兰道意兄弟之手，这两兄弟是手艺超群的工场主，这种厚实的纺织品都以他们的名字命名，在主妇们中间是无人不知的。桌布雪白雪白的，闻起来还有一股百里香的香味，这是约各蒂在洗衣粉里加进去的。

餐具都是一色蓝边素瓷，保管得好好的。长颈玻璃瓶是八角形的，古色古香，如今只有在这个省里还能见到。刀柄都是角质的，雕着各种稀奇古怪的图形。把这些古老精致然而几乎簇新的物件谛视一下，谁都觉得它们和屋主人的纯朴坦率是和谐一致的。大汤碗盖上雕着的几棵蔬菜，色彩鲜艳，具有16世纪著名工匠柏纳德·柏里西的风格，吸引着叶纳斯塔对它注视了好一会。

高朋满座，各有千秋。倍纳西和叶纳斯塔的刚健的头颅和杨维埃的使徒式的头颅形成了奇妙的对比；同样，治安法官和他助理的枯槁的面容把公证人的年轻的脸庞衬托得更为突出。这些不同的面孔好像代表着整个的社会，对自己，对现在，心满意足，对未来则充满了信心。只是汤纳莱先生和杨维埃先生，年事稍轻，喜欢探讨未来的事情，因为他们觉得未来是属于他们的，至于其他的客人，却乐于谈论谈论往事；但是每个人都以严肃的态度考虑着人生的事情，而且，在他们的意见里，反映出两重的忧郁色彩：这一方，由于日薄西山，昔日不复再来的欢情已经依稀难忆；在另一方，犹如日出东方，对美好的一天寄以无限的希望。

"今天你一天奔波下来，一定很吃力了吧，本堂神甫先生？"耿蓬先生说。

"是啊，先生，"杨维埃先生答道，"替那个可怜的克汀病人送了葬，接下来又替彼勒蒂埃老爹送丧。"

"现在我们可以把那个老村的破房子统统都拆掉了，"倍纳西对他的助理说，"把这些屋子的地基出一出清，我们至少可以增加一阿尔邦的牧场，而且村社还可以把供养那克汀病人肖塔的一百个法郎省下来了。"

"我们得把这一笔一百法郎的钱积它三年，在下面那条

131

乡村医生 ◈ 法国文学经典 ◈

路通到河的地方，造一架单孔桥，"耿蓬先生说，"镇上和山谷里的人，老是穿过让—弗郎梭阿·伯斯多罗的那块地，把它践踏得一塌糊涂，给这个穷老好人造成不小的损失呢。"

"真是啊，"治安法官说，"这笔钱用在这儿再好也没有了。我看，乱跑乱闯，随便踏出一条路来，是乡下最伤脑筋的一件事。告到治安法庭里来的官司，十件有一件就是非法侵犯地权。在好多村社里，侵害人家的产权，几乎是不犯法的。在法国，对尊重财产、尊重法律这两种思想，人们往往不太理解，很需要广为宣传。不少人认为替法律出一把力，好像就脸上无光，有句俗话，什么'再过二十年又是一条好汉'，听上去慷慨激昂得很，但骨子里只是虚伪透顶的词儿，用来掩饰我们的自私自利罢了。我们没法否认，我们缺少点儿爱国主义！真正的爱国者就是对法律的重要性坚信不疑的公民，即使赴汤蹈火，也得促其实施。如果你让坏人平安无事，他将来重蹈覆辙，你难道不应该有罪同当的吗？"

"人人都有关系的嘛，"倍纳西说，"如果市长们把他们的大路维修得好好的，那么也不会有这么多的捷径小道了。再说，如果市政委员们明智一点，当有人反对确认非法侵犯地权的时候，他们定会替业主和市长撑腰；每个人都要晓谕无知的人，邸宅、田地、树木，一律都是神圣不可侵犯的，不论产业的价值如何，法权都一视同仁。可是这样的移风易俗不会立刻收效，主要是靠居民的道德，但没有本堂神甫们的大力参与，我们是不可能把他们完全改变过来的。这句话决不是针对你讲的，杨维埃先生。"

"我也没有把它揽到我的头上来啊，"本堂神甫笑着回答，"我不是一直在专心致志地使我的天主教教义和你行政方面的意图一致起来的吗？所以我常常尽我的力量，当我布道时讲到盗窃的时候，让居民们牢牢记住和你刚才关于法权所发表的同样的思想。实际上，上帝并不依照所盗窃的物件的价值而权衡盗窃的，他审判的是窃贼。这就是我的微言大义，我说得通俗，尽量叫我的堂区居民听得懂。"

"你已经成功了，本堂神甫先生，"耿蓬说，"只消把村社现在的情况和它过去的情况比较一下，你在精神上带来的变化，我可以看得一清二楚。即使别的镇上的工人和我们镇上的工人干起活来一样认真，可是在准时上工准时下工方面，实在没有几个镇可以比得上我们。牲口照管得好好的，有时造成了一点小损失，这只是偶然的。树木碰也不碰。最主要的，就是你干得特别出色，让我们的农民们全都明白，有钱人所以过得上舒适的生活，全靠他们的勤俭啊。"

"这么说来，"叶纳斯塔说道，"你手下有这么一支大军，你应该很称心如意了，本堂神甫先生？"

"上尉先生，"神甫答道，"在这个尘世上，我们不能期望什么地方都会碰上天使的。哪里有穷困，哪里就有苦难。苦难，穷困，蓄势极猛，苦了，穷了，斯滥矣，大权在握，就会滥用，其理自同。农民出工，要走八公里的路程，晚上回来，已经精疲力尽，他们看到猎人要早一点回去吃饭，闯过田间，穿过牧场，你以为他们不会向他学样吗？刚才先生们抱怨随便抄近路，那么他们之间，哪个罪重，哪个罪轻？一个是由于干正经活，一个是由于好玩？现今，富人穷人都把我们搞得头痛。信仰，像权力一样，应该永远自上而下，或从上天，或从社会上层；可是时至今日，一点不假，上层阶级比普通老百姓更没有信仰，因为上帝答应老百姓，在现世耐心吃苦，有朝一日，到了天上，自有报偿。仰教会的纪律和上司的卓见，我认为将来若干时日，我辈不应太斤斤计较于宗教仪式的问题，而应致力于在中等阶级的心里，促使宗教的感情复苏，因为他们只是坐而论教，却并不起而实行箴言。有钱人的诡辩对穷苦人树立了一个致命的榜样，因而在上帝的王国里，王位虚悬在那儿好久了。我们如今从我们教徒那儿所获得的威信，完全依仗我们个人的影响；认为一个村社里的宗教信仰只出于对某个人的尊重，这岂非是糟糕的事情？当基督教以它保守的教义渗透到每一个阶级里面，孵育出了新的社会秩序的时候，它的宗教仪式就不将成为问题了。某种宗教仪式是它的形式，而社会只是借形式而存在罢了。对你来说是旗帜，对我们来说是十字架……"

"本堂神甫先生，我倒想知道一下，"叶纳斯塔打断了杨维埃先生的话头，说道，"为什么你不准穷人在星期天跳跳舞，消遣消遣呢？"

"上尉先生，"本堂神甫答道，"我恨的倒并非跳舞本身；我们禁止跳舞，因为它放荡透顶，扰乱本乡的和平，败坏它的风俗。为了净化家庭的精神，维持家庭关系的圣洁，难道我们不该斩草除根，去恶务尽吗？"

"我知道，"汤纳莱先生说，"在各个区里，常常发生一些不三不四的事情；可是在我们这儿，倒难得听到这等事情的。也许我们有那么几个农民，在干活的当儿，老是不客气地占了邻居的一条地沟，或者为了急用，偶尔在别人的地上砍倒几棵柳树，不过和城里人的孽事比起来，只是小指头儿那么大的错误罢了。我还发现这山谷里的农民，真是太虔诚了。"

"噢！虔诚，"本堂神甫笑着说，"这儿是不怕信仰狂的。"

"不过，本堂神甫先生，"耿蓬反对道，"如果镇上的人每天早晨去望弥撒，如果他们每个星期都向你忏悔，田就种不熟了，即使有三个神甫，也要忙得团团转了……"

"先生，"本堂神甫接口说，"干活就是祷告。只要干，就会引导你懂得宗教的原理，社会生存，唯此是赖啊。"

"那么你对爱国主义有什么看法呢？"叶纳斯塔说。

"爱国主义嘛，"本堂神甫一本正经地答道，"只是激发起暂时的感情，而宗教却使感情持久而不变。爱国主义只是对个人利益的暂时忘却，至于基督教呢，它是一个完整的制度，以此来反对人类堕落的倾向。"

"然而，在大革命战争时期，爱国主义……"

"是啊，在大革命期间，我们创造了不少的奇迹，"倍纳西打断叶纳斯塔的话头，说道，"可是，二十年后，在一八一四年，我们的爱国主义已经寿终正寝了，而在过去一百年里，法国和欧洲被一种宗教思想所驱使，竟十二次扑向了亚洲。"

"也许，"治安法官说道，"由于物质利益而产生的两个民族之间的冲突，是容易解决的，至于出于维护教义而从事的战争呢，那必然是无休无止的，因为它根本没有一个明确的目的。"

"喂，先生，你请大家尝尝鱼吧。"约各蒂说，她由尼考尔帮着，已经把桌上的菜碗收拾一空。

这个厨娘有这么一个脾气，喜欢一盘一盘地上菜，这种习惯有一个缺陷，大食汉少不得狼吞虎咽，而食量有限的人，早已被开头的几样菜塞饱了肚子，后面来了更精彩的菜肴，也只能对它看看了。

"啊！先生们，"神甫对治安法官说，"你们怎么可以武断地说宗教战争没有一个明确的目的呢？从前，宗教是社会的强有力的纽带，物质利益和宗教问题是不能截然分开的。因此每个士兵都非常清楚，他是为什么而战……"

"如果为了宗教发生了这么多的战争，"叶纳斯塔说，"那么应该说上帝把这个组织还建立得不够完善。一个神圣的机构难道不应该以它真理这个特性而深入人心的吗？"

阖座都瞧着本堂神甫。

"先生们，"杨维埃先生说道，"宗教只能意会，却是不能替它下一个定义的。全能者的手段和目的，我们是无法判断的呐。"

"这么说来，我们只能照你的样，相信你这一番过于客气的话了？"叶纳斯塔从来没有想到过上帝，天真地说。

"先生，"神甫一本正经地答道，"天主教比什么都好，它能够消除人类的烦恼；如果它不是这样，我会要求你相信它的真理而不惜出生入死的吗？"

"这有什么难的。"叶纳斯塔说。

"得啦，你却为了绝不去相信它的真理而不惜出生入死啊！闲话少说，我们还是谈谈世事吧，这个你是最听得进去的。你看，上帝是怎样把着教皇的手，指点着人间世事的。多少人越出了基督教规定的路子，迷失了方向。没几个人想读一读教会的历史，人们都依照着在老百姓中间故意散布的错误意见评论教会，可是现在人类千方百计建立的政府，它的完善的模式都是由教会提供的。选举的原则长久以来发挥着巨大的政治力量。从前，没有一个宗教组织不是建立在自由、平等上面的。条条途径都致力于这个工作。那班主要人物，神甫、主教、修会会长、教皇，都根据教会的需要，被认真地挑选出来的；他们全都体现了这个思想，因此他们理应得到大家盲目的服从。我且不说这个思想对近代国家所带来的社会益处，激发了这么多的诗歌、寺院、雕像、图画和音乐作品，我只请你看到这个事实：你们的平民选举，陪审团和两院制都来源于各省的和全体的宗教评议会，来源于主教团和红衣主教会；所异的就是当前对于教化的哲学思想，照我看来，在天主教圣体的崇高而又神圣的思想面前，不免变得黯然失色，因为它是一个包罗万象、包括天下的社会大团体的映象，在它的宗教教义里面，以言行相结合为宗旨。在过去年代里，教会是人类智慧的支柱，因而曾经创造出许多许多的奇迹，新的政治制度，不管人们认为它是何等的完美，要重新创造出那样的奇迹，难哉难哉。"

"其故安在？"叶纳斯塔说。

"首先，因为选举，如果作为一个原则，在选举人方面必须有一个绝对的平等，借用几何学上面的话来说，就是他们应该是'等量'的，可是现代的政治却绝难取得。其次，社会上的巨大事务只能借感情的力量来完成，它把人们连成一体，而现代的诡辩学却以个人的私利作为法的基础，这样就把他们弄成各不相干了。从前，不像现在，在各个国家，慷慨好义之士，到处可见，他们对于被忽视了的权利，对于大众的苦难，充满了慈母之情。神甫也是这样，他们都是中产阶级的子弟，都反对物质的力量，卫护人民去反对他们的敌人。教会有了地产，有了它的暂时的利益，似乎它的地位变得巩固了，可是结果呢，却削弱了它的行动。实实在在，一个神甫一旦有了享有特权的产业，他和压迫者有什么两样？国家给他报酬，他是官了，他献出他的时间，他的心儿，他的一生，是应该的事；他道貌岸然，是公民们加在他身上的职责，他的善举，由于失去了随心判断的原则，变成了违心之举。要是神甫尽管贫穷，他却是一个自愿的神甫，除了上帝，他不必倚靠谁，除了赤心一片，他没有其他的财产，那么他又变成了美国的传教士，他成了一个使徒，他是一个幸福的圣彼得了。总而言之，他贫穷，但主宰一切，他富有，但压扁了头。"

杨维埃先生侃侃而谈，座上诸人都洗耳恭听。大家默不作声，心里暗忖，这些新鲜的话头，居然会出自于一个普普通通的本堂神甫之口。

"杨维埃先生，在你所表达的真知灼见中间，有一个很大的错误，"倍纳西说，"你是知道的，我不喜欢对近代的作家们和权威们认为有问题的那些有关大众利益的事情进行辩论。我认为，一个人设想出了一种政治制度，如果他觉得他有实现这种制度的力量，就应该埋头苦干，争取机会，使其实现；如果他一直像普通公民那样，默默无闻，心安理得，那么，想要通过个人的争辩讨论，把群众的思想改变过来，岂不荒唐？尽管这样，我的亲爱的教士，我还是要和你争辩一番，因为在我面前的都是些善良之士，大家惯于协调一致，殚精竭虑，追求真理。我的想法，在你看来，可能有些奇特，但却是我们最近四十年来深重灾难激起我的深思熟虑的结果。

"普遍的选举制，就是所谓立宪反对派一干人如今一直在大喊大叫的，在教会中确是一种极好的原则，因为，亲爱的教士，如你刚才所说的那样，教会中人都是有教养的，都受过宗教的情感训练的，对这个制度都有一致的看法，深深懂得他们向往的是什么，他们的去向是什么。但是，现代的自由主义，它依仗在思想上取得了胜利，就贸贸然向波旁繁荣的政府开起火来，这对法兰西也好，对自由党本身也好，都是一种毁灭性的打击。左派的头头们心里全都有数。对他们来说，这个战争仅仅是权力之争罢了。如果（上帝是不喜欢这个的）在反对派的旗帜下，资产阶级对一班社会上层人物（出于它的虚荣，它反对他们）加以讨伐，那么在这个胜利的后面，紧跟着的就是资产阶级对人民的搏斗，因为，不要多少时候，在人民的心目中，资产阶级变成贵族那样的人了，资产阶级吝啬得很，那是真的，但是他们的财产和他们的特权则更令人痛恨，人民对此都有切肤之感。在这个搏斗中，社会，我不说国家，将重新毁灭，因为受苦大众的胜利，往往为时甚短，而且会引起更大的混乱。这样的搏斗是你死我活的，难解难分的，因为它出于选民之间本能或后天的分歧；知识较差但人数最多的那部分人高踞于社会之上，它实行制度起来，只计选票的多寡，而不重选票的分量。结果政府就断断不能强有力地组织起来，因而也不能完美无缺，比不上建立政府是为了卫护有一定限制的特权的那个时候。我此刻所说的特权，并非指去滥给某些个人而损害了大家的那些法权；不，我是专指社会上那一圈子具有权威的人。权威，在某种意义上说，是一国的心脏。天地万物，在某个狭小的去处都潜藏着一种生命的要素，供全身活力之用；自然如此，政体亦然。

"我举些例子来说明我的想法吧。假定法兰西有一百个贵族院议员，他们仅仅造成一百起的冲突；取消了贵族院议员的称号，所有的有钱大老倌就变成了特权人物；岂但是一百个，你会有一万个，你会把社会不平的伤口更加扩大起来。事实上，对人民来说不劳而食的权利就是一种特权。由他们看来，只消费而不事生产，是掠夺者，他们只要眼睛看得见的劳动，什么精神生产，根本不在他们的眼里，然而这倒是最能够使他们富裕起来的。因而，冲突增加了，斗争也扩大了，不是限于社会上的狭小的圈子里，而是波及整个的社会。一旦到处都是进攻和抵抗，国家的毁灭就迫在眉睫了。富人总是少于穷人；所以，斗争一旦变成了人力物力的较量，胜利总是属于穷人的。

"历史可以证明我的主张。罗马共和国所以能够征服天下，全应归功于元老院的特点。元老院保持了权威的传统。但是，当骑士和新公民参与了政府的活动、扩大了贵族阶级的时候，共和国的事业就不堪收拾了。尽管苏拉以及恺撒相继遭到了失败，提比略却建立了罗马帝国，这个制度把权力集中于一人之手，版图大增，国家鼎盛，达几个世纪之久。当这个永恒的城市陷于蛮族之手的时候，皇帝已经不在罗马了。当我们的土地被征服之后，法兰克人把它占为己有，创建了封建特权，以保护他们的私产。上百或上千的首领，支配着这个国家，建立了他们的制度，其目的就是卫护他们用征服的手段所获得的权利。封建制所以能够维持不替，同样也由于限制在一定范围以内的特权。然而，当'这个国家的诸色人等'（'贵族'这个词的最确切的译语）的数目不是五百，而是五万的时候，革命就发生了。由于过于分散，他们使用权力时既无办法，又无力量，在金钱和思想的双重进攻下面，招架无方，这是他们始料不及的啊。

　　"因此，资产阶级对君主制的胜利，在人民的眼睛里，其目的仅仅是为了增加特权人物的数目而已，人民对资产阶级的胜利，将是这种变革的不可避免的结果。这个混乱局面一旦来临，它只能把选举权这个手段无限制地扩展到群众中间。谁有权选举，谁就有权议论。被人议论的权威是不成其为权威的。一个没有权威的社会，你能够想象吗？不能。所以说权威就是力量。力量在于对事情作出判断。我所以认为选举的原则对于现代政府的存在是最致命的东西之一，理由就是这些。一点不假，我相信我对于穷苦阶级的眷眷之情，已经有目共睹，人家总不会骂我对他们怀有什么恶意吧；不过，我虽然赞赏他们在勤劳的生涯中，有耐心，能忍受，使人敬仰，但是我还是要说，他们参与政府的工作，力量还有所不及。我看，无产阶级仿佛是一个国家的孺子，他们应该时时受到守护。所以，照我的想法，先生们，当'良心'啊，'自由'啊，被误解、曲解，并在人民间大肆宣扬，作为革命和摧毁秩序的口号的时候，'选举'这个词少不得会造成许许多多的损害，因此，守护群众，对于维持社会来说，我看是一件正当而且必要的事情。”

“高见和咱们现在的思潮太不对头了，咱们似乎有一点儿权利要求你摆摆你的道理吧。”叶纳斯塔打断医生的话说。

“我们的主人在瞎扯些什么啊？”约各蒂回到她的厨房的时候，就嚷起来，“这位可怜的亲爱的人竟然在那儿向他们出起镇压人民的主意来了！亏他们还竖起了耳朵听他的……”

“倍纳西先生的那一套，我是死也不相信的。”尼考尔答道。

“虽然我说要有一个强有力的法律来约束无知的群众，”医生稍停片刻，继续说道，“我却希望有一个豁达、随和的社会制度，大众中谁觉得有才能可以升到上层阶级中去，而且有这个志向，就把他加以提拔。所有的政权都企图保存它自己。现在这样，过去也是这样，为了生存下去，一个政府应该吸收有能力的人，不论他们在什么地方出现，都把他们罗织进来，把他们造就成为政府的捍卫者，还得从群众中选拔在他们中间惹是生非的毅力之士。众人中如有雄心壮志，那么就给它提供一条出路，这条路又艰难又容易，对于实在有这愿望的人是容易的，对于无能的意志薄弱者则是艰难的，这样，一个国家就可以防止革命，因为革命，其基本的原因就是真正的优越之士要升到他们应有的地位上啊。

“四十年的暴风骤雨给一个有头脑的人作出了证明，优越是社会秩序的结果。不容置疑，它们有三种：思想上的优越，政治上的优越，财产上的优越。这不是技术、权力和金钱，或者用另一种话来说：根源、手段和结果吗？如果把话说回去，假定社会是一张白纸，社会关系完全平等，出生率同一比例，每个家庭有同样一份土地，你会发现，不消多少时候，财产的参差不齐也会实实在在地存在着，而其结果却是明摆着的，财产、思想和权力上的优越地位成为一个避免不了的事实，对于这个事实，当群众一看到一些正当得来的特权，常常认为有一种压迫之感。社会契约，由于建立在这个基础上面，因而将是一份有者和无者之间的永恒的契约。根据这个原理，法律将由一些受惠者来制定，因为他们一定有自我保存的本能而且会预见到他们的危险的。他们关心的不是群众本身，而是群众的平静无事。给与群众的幸福只能是现成的。如果你以这样的观点来纵观整个社会，那么你会和我一样，马上认识到选举权为什么只能由拥有财产、权力或智慧的人来运用，而且你同样会认识到，他们的受托者只能有非常有限的职能。

"立法者，先生们，应该走在他那个时代的前头。他查考普遍的错误倾向，明确指出一个国家思想倾向的要点；因此，他的工作着眼于现在，但更着眼于未来，为了将逝去的一代，但更为了成长着的一代。回头看看，如果你叫群众制定法律，群众能够超越出他们的自身吗？不能。议会越是忠诚地代表大众的意思，它将越不能听从政府的意见，它的目光越短浅，它的立法越不精确，越游移不定，因为大众，特别是在法国，终究是大众嘛。法律要求服从规则；一切规则都是反对天然的习惯，反对个人的利益的，群众会让法律来反对他们自己吗？不会。法律的倾向往往有理由违反习惯的倾向。如果使法律迎合了一般的习惯，在西班牙，将会直接鼓励宗教上的不容忍和游手好闲；在英国，唯利是图的精神；在意大利，要艺术只能表现社会，然而艺术却不可能就是整个社会；在德国，贵族的分门别类；在法国，轻浮的精神，思想上的趋时髦，随随便便地在我们之间搞得四分五裂，它常常伤尽了我们的元气。四十多年来，我们的选举委员会插手到法律上来，结果怎么样？我们有了四万条法律! 一个国家有了四万条法律, 就等于没有法律。一世纪内, 有所贡献的雄才大略之士, 不会超过百人。五百个智力平庸的人, 考虑来考虑去, 难道会考虑出什么名堂来吗? 不会的。从五百个不同的地方川流不息地跑出来的那一批人, 对法律的精神决不能理解得一模一样, 然而法律却应该是一致的。

"不过我想谈得再远一点。或迟或早, 一个议会总是在某一个人的王笏下垮台的, 帝王的朝代没有了, 你来我往, 劳民伤财的内阁首相的朝代出现了。商议来商议去, 结果却出了米拉波, 丹东, 罗伯斯庇尔或是拿破仑几个独裁者或是一个皇帝。事实上, 为了托起一定的重量, 必须要有一定的力量, 这个力也许会分散在许许多多的杠杆上面, 但是归根结底, 力必须和重量铢两悉称: 这儿, 重量就是无知和受苦的群众, 他们组成整个社会的底层。政权, 就它的性质来说, 总是带有压力的, 它需要有一个很大的集中, 为了抵挡群众运动的同样集中的抗力。这就是我刚才向你们阐明的政府特权必须要有限制的那个理论的应用。如果你把才能之士接纳进来, 他们就可以顺从这个自然的规律, 并以此使国家顺从; 如果你集合了一批碌碌之徒, 他们迟早会被优异的天才击败的: 天才的代能够懂得治国之道, 平平庸庸的代表对于力却一窍不通。概括起来, 一个议会或向一种思想屈服, 像恐怖时期的国民议会那样; 或向一个权威屈服, 像拿破仑时期的立法团那样; 或向一种制度或金钱屈服, 像现在这样。共和的议会, 如某些天真的人所梦想的, 是不可能的; 向往它的人不是十足的受骗者, 便是未来的暴君。

"一个审议问题的议会, 在应当起而行的时候, 却把一个国家的危险争论不休, 这不是有点儿滑稽吗? 如果人民有他们的受托人，负起同意或者拒绝捐税的职责，那岂不美哉，因为这是正当的，而且在任何时候都是有的，在最残忍的暴君统治下有，在最宽厚君主的统治下也有。钱是不能随便抓来的；况且，捐税有它自然的限度，超过了这个限度，国民不是奋起加以拒绝，便是躺下呜呼哀哉。如果这个议会，尽管它因为需要和它所代表的思想而不断更换，反对屈从一切糟糕的法律，又岂不善哉。但是，如果认为五百个人，来自帝国的各个角落，能够制订出一条好的法律，那不是开恶毒的玩笑，而人民迟早会起来向它清算的吗？他们到时候会把暴君们拉下马来，如此而已。所以，权力应该加于一人之身，法律应该出于一人之手，由于事物的力的制约，他的行动少不得会不断地服从于全体的同意的。

"可是，改变权力的运用的，不论那是一个人的权力，多数人的权力，众人的权力，只有在人民的宗教机构中可以找到。宗教是唯一的平衡力量，对于最高权力的滥用，具有真正的效力。如果宗教的情感在一个国家中毁灭了，它从根本上就会变得扰攘不宁，而君主也必然会成为暴君。议院，它居于君主和臣民之间，仅仅是这两个倾向之间的缓冲物。议会，根据我刚才所说的，不是变成暴政的同谋者，便是变成暴动的同谋者。话虽这么说，一人当政的政府（我是倾向于这个的），也并非是一个绝对的妙物；因为政策的结果永远取决于一国的习俗和信仰。如果一个国家老朽了，如果诡辩和争论的精神深入膏肓，那么这个国家就会走向专制，不管它具有自由的种种形式；聪明的人民同样懂得，他们几乎常常可以在专制政权的形式下找到自由。

"以上种种，归结起来，就是：必须大大限制选举的权利，必须有一个强有力的政权，必须有一个威信很高的宗教，它使富人成为穷人的朋友，叫穷人完全安于自己的命运。最后，还有一件真正的当务之急——免掉议会的直接的立法权，只让它讨论捐税的问题和干干登记法律的工作。

"我知道，在好些人的头脑里还有另外一些想法。现在，像过去一样，热心人大有人在，他们追求'至善'，要求把社会整顿得比现在更为明智。但是要把社会来一个彻底的搬动，这样的革新是需要大家核准的。革新者要有耐心。我屈指算算，创立基督教花了那么多的时间，精神上的革命应该是纯粹地和和平平的，而一想到在物质利益方面的一次革命，却造成了那么大的灾难，就不禁战栗起来，所以我的结论是：维持现存的制度。基督教说：人各有思；现代的法律说，人各有地。因此现代的法律是和基督教相一致的。人各有思，是承认人人有求知的权利；人各有地，是承认人人有由劳动得来的财产的权利。我们的社会，其根本就在于此。自然把人类的生活建立在自我保存的情感上面，社会的生活建立在个人的利益上面。由我看来，这些就是政治的真正原则。宗教要人们想到未来的生活，把这两种利己主义的感情都压抑了下来，因而改变了社会契约的生硬性质。上帝用宗教的情感缓和了因利益的冲突而产生的苦难，使自我忘却成为一种美德，有如他依仗一些识不透的规则缓和了宇宙机械中的摩擦一样。基督教告诉穷人要容忍富人，告诉富人要减轻穷人的不幸；对我来说，这寥寥数语，包含着天上人间一切法的真谛。"

"我呐，并非是一个政治家，"公证人说道，"社会应该处于不断的清理当中，一个统治者就是一个社会的清理者；他把他拿到的资产不多不少地传给他的继承人。"

"我也不是一个政治家啊！"倍纳西打断公证人的话，急忙接着说，"要改善一个村社、一个镇、一个大区的命运，只要一点儿常识就够了；管理一个省，却是需要才能的；可是这四种行政领域，地方有限，眼光普通的人就能够一览无遗；它们的利益和国家的大局，由一些看不见的线索接连在一起。在再高一点的地方，范围扩大了，政治家应该站在他的位置上，放眼四方，胸怀全局。替一个省，一个区，一个镇多多造福，只需预见到十年为期的结果，如果关系到整整一个国家，以一国的命运为计，那就必须做百年的打算了。没有拿破仑和克伦威尔的坚韧不拔之志作后盾，考尔贝和苏利①的才华何足道哉。一个伟大的大臣，诸位先生，就是一个伟大的思想家，他使国家臻于繁荣，光耀千丈，他的名字将永垂于史册。他最需要的美德是忠贞不贰。世上一切事情，忠贞不贰难道不是威力的最高表现吗？在过去的一些日子里，只有内阁观念而没有国家观念的人，我们已经见得太多了，我们赞赏那种真正的政治家，就像赞赏那种给我们写下了人间最宏伟的诗篇的人一样。永远放眼未来，赶在命运的前头，超越于权力之上，借助权力，仅仅因为他感觉到权力之有益，他行施权力，但不滥用他的威力；把一切冲动甚至一切庸俗的欲望抛在九霄云外，为了集中他的才干，为了不断地有所预见，有所向往，有所行动，公正而有决断，保持全局的秩序，镇定自若，头脑清楚；既不犹疑不定，也不自信太甚，既不怀疑于人，也不轻信于人，既不感恩图报，也不忘恩负义，在一个事变之前既不毫无准备，在一个思潮之前也不惊慌失措；要而言之，一生以关心群众的想法为己任，永远张开他的智慧的翅膀，声如洪钟，目如闪电，统带好群众的想法；不着眼于事情的末节，而注意于事情的结果，这岂是庸碌之辈所能做到的？所以，如此伟大而崇高的国家之父，他们

---

① 考尔贝（1619—1683），法国政治家。苏利（1559—1641），法王亨利第四的大臣。

的名字理应为千家万户所传诵。"

片刻之间,鸦雀无声,客人们你看看我,我看看你。

"诸位先生,你们一句也没有提到过军队呢!"叶纳斯塔嚷道,"依我看来,军队这个组织是一切美好的公民社会的真正典范,剑是民族的长城。"

"上尉,"治安法官笑着说,"有一个老律师曾经说过,一个帝国以剑得之,以墨水瓶失之,我们目前正一头钻在墨水瓶里面啊。"

"现在,诸位先生,我们已经决定了世界的命运,我们来谈谈别的事情吧。来,上尉,喝一杯隐修院牌子的酒吧。"医生笑着喊道。

"两杯,不是一杯,"叶纳斯塔伸出他的杯子,"我为你的健康干杯,为你这位替人类争光的人物干杯。"

"而且是一位我们大家所喜爱的人物。"本堂神甫用十分亲切的口吻说。

"杨维埃先生,那么你要我犯骄傲自大的罪过了?"

"本堂神甫只是轻轻地说出镇上人大声喊着的话儿罢了。"耿蓬接口说。

"诸位先生,我建议你们陪杨维埃先生到他的住处去,我们想踏着月光散一回步。"

"咱们走。"客人们说,大家都抢着陪本堂神甫回去。

"到我的干草仓去,"医生向本堂神甫和他的客人们道了别,拉着叶纳斯塔的手臂说,"在那儿,勃罗多上尉,你会听到他们怎样讲拿破仑的。我们这儿有几个人,他们老是串通一气,逗引我们那个农村邮递员古格拉讲有关人民大青天的事情。我的马倌尼考尔,已经替我们安了一架梯子,好让我们从老虎窗里爬到干草堆上,那儿有一个地方,我们一坐下来,可以看得一清二楚。去吧，'做夜作'倒是值得看看的呢，我不骗你的。我以前有好几次躲在干草堆上，听那兵士讲故事或者听农民说齐东野语。不过我们要隐蔽得好一些：这班好人儿一看见我们，他们就会忸怩作态，装起正经来的。"

"啊！我的亲爱的东道主，"叶纳斯塔说，"我也常常在露营的时候，装着打瞌睡，偷听我的骑兵们闲扯的！真的，我有一次听到一个老中士说笑话，讲莫斯科溃逃时那班新兵害怕打仗的情景，逗得我笑痛了肚皮，在巴黎看戏也没有这样好笑过。他说什么法国的军队自讨苦吃啦，喝的是冰凉冰凉的水啦，死人笔直地挺立在路上啦，他们已经看到了白俄罗斯啦，大家用牙齿来刷马儿啦，喜欢滑冰的人倒乐了一乐啦，爱吃肉冻的人，吃得倒了胃口啦，连女人一般也是冷冰冰的啦，最使人觉得不痛快的就是弄不到热水刮胡子啦……总之，他的玩笑开得这么滑稽，甚至说一个老军需把鼻子冻坏了，大家就给他起个绰号叫'拖鼻子'，说得连他自己也笑起来了。"

"嘘！"倍纳西说，"我们到了。我第一个爬进去，你跟在我后面。"

两个人登上梯子，蜷在干草堆里，"做夜作"的人一个也没有听见他们，但是他们却居高临下，把他们看得分明。女人分成几组，在三四支蜡烛旁边，有几个女人在缝衣，有几个在纺纱，有好些个什么活也不做，伸长了脖子，把眼睛盯着一个正在讲故事的老农民。大部分的男子有的站着，有的躺在一捆一捆的干草上。这一堆一堆的男人，鸦雀无声，摇晃不定的蜡烛光几乎照不到他们，因为蜡烛都安上了注满了水的玻璃罩，把四散的光线集中起来，女工们就在那亮光下面干活。干草房的顶上，依然是黑乎乎的一片，这个又宽又大的地方，使这么一点淡薄的光线变得更为熹微，替各个人头着上或浓或淡的颜色，产生出光和影的非常生动的效果。这儿，闪烁着一个好奇的娇小女农民的褐色的脑门和明亮的眼睛；那儿，光带勾出了几个老年人的粗糙不平的前额的轮廓，古里古怪地照出了他们破旧的或是褪色的衣服。所有的人，姿态各异，全都侧着头儿倾听着，从他们一动不动的脸容上，可以看出他们都全神贯注地听着故事员的讲述。这一种奇特的景象，表明了诗歌在所有的心灵上所产生的惊人影响。农民总是要求他们的讲述员讲朴朴素素的海外奇谈和几乎凿凿可信的齐东野语，这难道不是表示他们对最最纯粹的诗歌的热爱吗？

"……虽然这座房子看上去像一个凶宅，"那农民开讲起来，这时候，有两个新来的听众选了一个可以听得见的地方坐下来，"可是这个穷苦的驼背妇人把她的苎麻带到了集市上，走得很累，所以她就走了进去，而且天也黑了，她没法再向前赶路。她只要求在那儿借宿一宵；因为伙食，她褡裢里带着一块硬面包，啃啃就可以了。事情是这个样的，那个女店主是一伙强盗的管家，因为她一点不知道今天晚上他们准备干些什么，就接待了驼背女人，领她到了楼上，灯也没有。咱这个驼背登上一只破床，做了祷告，想想她的苎麻，开始迷迷糊糊地入睡了。但是，在她还没有入睡之前，她听到了一点声响，瞧见有两个人走了进来，带着一盏灯笼；他们都拿着一把刀：她怕了，因为，你们知道，在那个时候，一些领主老爷都爱吃人肉包子，所以人家就去搞人肉给他们吃。但是这个老婆子是干瘪瘪的，因此她也安心起来，因为她想，他们会把她当做一根嚼不出什么油水来的芦柴棒的。这两个家伙在驼背前面走了过去，踏进那一间大房间里，在一张床面前停了下来，在这张床上，睡着一个带着一只大手提箱的汉子，这个人大家认为是做关亡的。那个大个儿举起灯笼，一面揿住了那汉子的双脚；那个矮个儿呢，假装喝醉了酒，揪住了他的头，割他的脖子，干净利落，咔嚓一声，只一下子！于是他们把尸体和首级都留在那儿，血淋淋的，偷了箱子，溜了下去。咱这个女人真是不知如何是好！她首先想溜之大吉，免得人家疑心她，她哪里知道上天把她领到这儿来，要她替上帝做一件荣耀的事儿，让犯人受到惩罚呢。她害怕，当一个人害怕的时候，便什么事情都想不到了。闲话少说，那个女店主却向那两个强人打听起驼背的事情来了，不打听倒也罢了，一打听就把他们吓坏了，他们蹑手蹑脚地重新爬上狭窄的木楼梯。那个可怜的驼背吓得蜷成一团，听见他们悄声悄气地争论起来。

"'我对你说，把她杀了。'

"'不必杀。'

"'杀死她！'

"'不！'

"他们走了进来。咱这个老婆子倒也不是一个傻瓜，闭上眼睛，假装睡着。她赶忙把手放在胸前，像一个孩子那样地睡着，装得像一个囡囡似的透着气。拿着灯笼的那个家伙，把灯笼打开，让光线直直地照着这睡着的老婆子的眼睛，咱这个老婆婆眉头皱也不皱，因为她担心她自己的脖子啊。

"'你仔细瞧瞧，她躺得像根木头，'"那大个儿说。

"'老太婆都是狡猾的！'矮个儿答道，'我要让她吃一刀子，这样我们就可以安心些。再说，我们还可以把她腌一下，喂我们的猪吃。'

"听着这样的话，咱这个老婆婆一动也不动。

"'得啦，她睡着了！'那个矮冬瓜说道，他看见这个驼背动也不动。"

"就这样，这老婆婆总算逃过了一条性命。说老实话，这儿的姑娘们一听见说到猪猡什么的，哪一个能够透气透得像个囡囡似的……那两个强盗赶忙把死人抬起来，裹在被单里，向小院子里一扔，老婆子听到一些猪儿跑过来，'哼！哼！'地叫着，把它吃了……

"就这个样子，第二天，"讲故事的人停了一会，接着说道，"老婆子走了，给了两个苏作为她的宿钱。她拿起她的褡裢，装得没事似的，问问这一带地方上的新闻，太太平平地走出了客店。她想奔。但是休想！她吓得两条腿好像断了似的。这总算是她的运气。你道怎的？原来她还没有走出两里路的时候，她看见两个强盗中的一个跟在她的后面，鬼鬼祟祟地，想弄一个明白，是否她实在没有看到过什么。她心里早已有数，就在一块大石头上坐下来。

"'怎么啦，我的老太太？'矮个儿对她说，因为盯着她的正是这个矮个儿，他是两个家伙中更狡黠的一个。

"'噢！我的好人儿，'她回答道，'我的褡裢重得很，我背得太吃力了，真需要有个老实人扶我一把（你们瞧，好一个滑头老婆婆），送我到我的穷窝去呢。'

"就这个样子，那强盗自愿陪她回去。她接受了。那家伙拉住她的一只胳膊，看看她到底怕不怕。谢天谢地！老婆子抖也不抖，安安稳稳地朝前走着。两个人居然还谈谈庄稼啊，怎样种苎麻啊，谈得那么投机，一直谈到驼背住的城郊，那强盗就在这儿溜了，他生怕会碰到某个司法界里的人。老婆子中午时候到了家，坐候她的丈夫回来，一面回想着路上和昨天夜里的情况。傍晚时分，这个种苎麻的人回来了，他饿得很，应该给他搞点吃的。于是，她把她的煎锅涂上油，准备替他炸一点什么东西，一面告诉他她怎样卖掉了她的苎麻，唠里唠叨的，像女人家那个模样；但是她一句话也不提到猪儿，更不提到那个

151

被杀死了的、被偷了东西的、被吃掉了的汉子。她把锅子在火上熏着，这样可以把它拭一个干净；她把它从火上拉出来，准备把它抹一抹，可是发现锅里全都是鲜血。

"'你里面放了什么东西啊？'她问她的丈夫。

"'没什么。'他回答。

"她以为这是她自己女人家的瞎想，于是又把锅子放到火上……扑！一个头颅从烟囱里滚了下来。

"'你看！这就是那个死人的头啊，'老婆子叫起来。

"'它两只眼睛看住了我！它要我干些什么呢？'

"'我要你替我报仇！'有一个声音说。

"'你真是个傻瓜蛋！'种苎麻的人说，'你老是眼睛发花，看到一些莫名其妙的东西。'

"他拿起头颅，它咬住他的手指，他把它一扔，扔到了院子里。

"'替我炒个鸡蛋吧，'他说，'不要大惊小怪的。那是一只猫。'

"'一只猫！'她嚷道，'它圆圆的像一个球呢。'

"她又把锅子放到了火上。……一只腿落了下来。又是老样子。那男人，看到腿比看到头更不放在心上，抓起腿，把它丢到门边。终于，另一条腿，两只胳膊，尸体，那个被谋杀的出门人全身的东西一样一样地落了下来。煎鸡蛋一直吃不上。那个年老的苎麻商肚子饿得发慌。

"'我发誓，'他说，'如果我的煎鸡蛋做好了，那个人要些什么，我们就给他干一干吧。'

"'你现在倒承认那是一个人了？'驼背说，'为什么你刚才一直对我说那不是一个头啊，你这个大混蛋？'

"妻子敲了几个鸡蛋，炒好了，盛了起来，也不再埋怨了，因为一看到争吵，她心里就觉得不安起来。她的男人坐下来，开始吃了。驼背心里害怕，说她不饿。

"'笃笃！'一个陌生人叩着门。

"'谁啊？'

"'昨天死掉的那个人。'

"'进来，'种苎麻的人说。

"于是，那个出门人走了进来，在板凳上一坐，说道：

"'你要把上帝时记在心头，凡是承认他的名字的人，上帝会给他永久的安宁！老婆婆，你是亲眼看见我被人杀死的，然而你却守口如瓶！我是被猪吃掉了的！猪进不了天堂。所以我，这个基督教徒，为了一个妇人不肯告发，将落入地狱。这样的事从来没有看见过。你应该把我拯救出来！'

"还有其他的话。

"老婆子心里越来越怕，她把她的锅子拭一拭干净，穿上礼拜天的服装，到法院里告发了那帮凶犯，案情审问明白，这帮盗贼就在集市广场上被处以车裂的刑罚，大快人心。老婆子和她的丈夫做下了这件好事，他们种的苎麻收成之好，前所未有。此外，最使他们称心如意的，他们得到了多年来渴望已久的东西，就是，一个男孩儿，他日后成了国王的男爵。这就是'勇敢的驼背'的真实故事。"

"我一点也不喜欢这样的故事，它们会让我做噩梦的，"拉·福绥斯说，"我最喜欢拿破仑的冒险故事。"

"这个话对，"那田园监护人说，"来啊，古格拉先生，给我们讲讲皇帝的事吧。"

"夜已经很深了，"农村邮递员说，"我不喜欢让胜仗草草收场。"

"没关系，你尽管讲吧！这些胜仗我们都听得滚瓜烂熟了，因为你已经对我们讲过好几遍了，不过听起来总是味道十足的。"

"给我们讲皇帝吧！"好几个人都异口同声地嚷着。

"你们要听？"古格拉回答道，"那么，像跑马那样地讲一遍，也没有什么意思。我倒愿意给你们讲一次战役听听。你们要听奥伯区的一仗吗？那一回弹药用完了，行，一律上刺刀。"

"不！……皇帝！皇帝！"

这步兵在一捆干草上面站了起来，对他周围的人们悲切地环顾了一周，目光中充满了一个老兵特有的忧伤之情和风霜之痛。他捏住了他短外套的两个前摆，高高举起，好像现在的问题是在于把他从前塞进衣服、鞋子和一家一当的背包再装一装满；然后，他把他的身躯的全部重量放在左腿上面，右脚前伸，风姿潇洒地顺从了围在他面前的人们的愿望。他让他的灰白头发披在一边，把脑门露在外面，抬起头来，好像竭力要把它放到他就要讲述的伟大历史的高度当中。

"各位朋友，你们知道，拿破仑出生在科西嘉，这是一个法兰西的岛屿，却烤着意大利的太阳，这地方，全都像一只火炉，而且从父亲到儿子，一辈一辈地、平白无故地互相残杀：他们就是有这样的一种思想嘛。我一开头就给你们讲讲一件稀奇的事情吧；他的母亲，当时是一个绝色的美女，又是一个有心计的女人，盘算把他奉献给上帝，为了让他在襁褓里无灾无难，保他终身太平无事，因为在她分娩的时候，她梦见世界烧成了一片火海。这是一个预兆！于是，她祈求上帝保佑他，条件是，拿破仑必须把当时已衰颓了的上帝的神圣的宗教复兴起来……双方一言为定，结果如何，日后会见分晓。

"现在，你们好好地听我讲下去，你们听起来觉得没有道理, 那么对我说就是了!

"那是肯定无疑的, 只有当人自认为结下了一项密约, 才能够走得比别人更远, 能够穿过枪林弹雨, 子弹把我们像苍蝇似的一扫而光, 但对他的头颅却退避三舍。我可以举出在埃拉的一个证据来, 特别是我。我是亲眼看见他的, 他登上一个高地, 拿了他的望远镜, 观察了一下作战的情况, 说道:

"'打得好!'

"我们当中有一个帽儿上插着羽毛的阴谋家, 这个家伙叫他十分讨厌, 甚至在他进餐的时候, 也是寸步不离的, 有人对我们说, 一等皇帝故世以后, 他要实施他的阴谋, 自己做皇帝了。噢! 精精光! 连羽毛也不留一根。你们都很明白, 拿破仑对他的秘密守口如瓶, 只有他一个人知道。为了这个缘故, 甚至像他几个至友, 都像核桃那样一个个地跌下来了: 杜洛, 贝西埃, 拉纳斯这班人坚强得像钢条一样, 是他照他的用处把他们冶炼成材的。他是上帝的儿子, 生来是为了做兵士的父亲的, 最好的证明就是从来没有看到他当过中尉, 也没有当过上尉! 呃哼, 是啊! 一下子就是个大头头。他看上去不会超过二十四岁, 可是他自从攻占土伦以后已经是一个资格很老的将军了, 当时别人对大炮的操作一窍不通, 他就第一次显出了他的身手。就那样, 这位出征意大利部队的总司令, 他把我们都拖垮了, 这一支队伍, 没有面包, 没有弹药, 没有鞋子, 没有衣服, 是一支赤条条的、可怜的部队。

"'我的朋友们,'他说,'我们现在聚集在这儿。可是要记得, 从今天开始, 十四天后, 你们将是胜利者了, 会穿上新的衣服, 每个人都有军大衣, 上好的护腿套, 出色的皮鞋; 但是, 我的孩子们, 你们必须向前进军, 到米兰去拿这些东西, 那儿有的是。'

"于是大伙又向前进发了。法国人本来瘪得像只臭虫，现在又昂首挺胸起来。我们三万个赤脚兵，却要对付号称八万的德国人，他们个个都是彪形大汉，装备齐全，那时的情景啊，就像在眼前一样。当时还只是叫波拿巴的拿破仑，不知他把什么东西吹进了我们的肚子里：大伙夜里赶路，大伙白天赶路，在蒙特诺特，大伙把他们打了一顿，大伙追到里沃利、洛迪、阿尔科尔、米尔西穆，狠狠地揍了他们，大伙咬住了他们不放手。士兵们打胜仗打出味道来了。那当儿，拿破仑把德国的将军们死死堵住，他们上天无路，入地无门，叫苦连天，把他们揍了一个痛快，他使出了他的看家本领，集中了一万五千个法国人，神不知鬼不觉地把那一万个人围困得水泄不通，把他们搞了一个精光；结果，缴下了他们的大炮、军粮、钱币、弹药，他们有什么值得拿下的，照单全收，把他们向水里投，在山上打，往空中挑，在地上吞，把他们打了个落花流水。部队又神气活现起来；因为，你瞧，皇帝真是个才智出众的人，他把好多居民召来，对他们说，他是来解放他们的。就这么样，老百姓留宿我们，对我们很亲近，娘儿们也是这样，这班女人哪，她们的眼光真是很不错。最后，在九六年的风月里，就是现在的三月，我们被逼进了土拨鼠老家的一个角落里；但是，一仗之后，我们做了意大利的主人，正像拿破仑预言过的。在下一年的三月里，在仅仅一年的时间里和两次战争之后，他让我们望得见维也纳：真叫做秋风扫落叶啊。我们连续吃掉了三支各方面的部队，叫四个奥地利将军撤了职，里面有一个白头发的，在曼图亚，像只老鼠似的钻在草帘里，被烧得哇哇直叫。各个国王都跪下来求饶！和平被夺到手了。

"一个凡人能干下这样的事吗？不能。是上帝帮了他的忙，千真万确的。福音书里讲，一块面包变成了五块，他一个人也变成了几个人。白天他指挥作战，晚上他草拟计划，哨兵们老是看见他一会儿来，一会儿去，不吃，也不睡。就这么样，兵士们看出了他的奇才，都把他认作他们的父亲。于是，冲啊！

"另外一班人，在巴黎，看在眼里，大家商量起来：'那个流浪儿看来是从天上得到指示，能够把法兰西抓到手里的，最可能就是这个家伙；应该把他放到亚洲或者美洲去，也许他会安顿下来吧！'

"这就决定了他的命运，像决定了耶稣基督的命运一样。事情就是这样，他们命令他到埃及去执行警戒任务。他同上帝的儿子相像的地方，就在这儿。还不全是这样哩。他召集了他手下一班天不怕地不怕的一等汉子，对他们这么说：

"'我的朋友们，他们想用埃及塞住咱们的喉咙，但是咱们可以立时三刻把它吞到肚里，像咱们吞掉意大利那样。普通的士兵可以当亲王，可以有土地。向前进！'

"'向前进，孩子们！'班长们喊。

"于是，我们到了土伦，直向埃及进发。就这个样儿，英国人在海上摆开了他们全部的舰只。但是，当我们上了船的时候，拿破仑对我们说：

"他们不会看见咱们的，从今以后，你们应该知道，你们的将军天上有个星宿，它一直带领着咱们，保护着咱们呢！'

"'说到做到。在渡海的当儿，我们拿下了马耳他，在渴望胜利的时候，它权充了一只解渴的橘子，因为他这个人是闲不住的。我们到了埃及。妙极了。又是一种命令。埃及人，你们瞧，自从开天辟地以来，一直有那么一种习惯，就是挑选巨人做他们的君主，养着数也数不清的军队，多得像蚂蚁一样；由于那是一个妖怪和鳄鱼的国家，那儿就造起了金字塔，像我们的山那么大，他们把他们的帝王放在金字塔下面，想把他们一直保存下去，不让他们腐烂：这件事使他们都感到高兴。就那么样，这位小伍长对我们说：

"'我的朋友们，你们就要征服的国家，它信仰许许多多的神，这班神，你们都要敬重，因为法国人应该是全世界人民的朋友，替人们作战，但不能给他们制造麻烦。脑袋瓜里要牢记这件事：一开头什么东西都不要碰；因为今后咱们要有什么，就有什么。开步走！'

"一切倒还顺利。可是那班人却怕拿破仑怕得像凶神似的，他们听说他的名字叫做'喀喇皮猴·波拿彼尔弟'，这个词，在他们的土话里，意思就是'霹雳火大王'。于是，大土耳其、亚洲、非洲都祭起妖术来了，他们召了一个魔鬼来对付我们，它名字叫莫地，据说是骑了一匹白马从天上来的，这匹马，同它的主人一样，枪弹不入，它们一年四季都靠空气活命。有的人看见过它们；可是我呢，给你们倒也拿不出什么真凭实据啊。这就是阿拉伯人和马穆鲁克人的一记杀手锏，他们要叫他们的士兵们相信，莫地能够保佑他们在打仗的时候不会丧生，据说它是上天送来的天使，和拿破仑决一雌雄，要从他那儿夺回所罗门的宝玺，这本来是他们随身带着的，却胡说被我们的将军偷走了。你们就会知道，他还是叫他们赔着笑脸认错了。

"啊呀！你们对我说说看，他们哪儿会知道拿破仑那个协定的？那是可能的吗？"

"他们肯定他能够呼妖唤怪，眼睛一眨从一个地方到了另一个地方，像一只鸟儿似的。事实上，他无处不在。后来，他带走了他们的一个王后，她生得光彩照人，为了她，他拿出了他所有的珍宝和一些鸽蛋那么大的金刚钻。她是那个马穆鲁克的宠后，虽然国王还有别的后宫佳丽，他还是坚决拒绝收下。事情闹僵了，除了大打出手之外，没有别的解决办法。这不是闹着玩的，因为每个人都卷到里面去了。于是，我们在亚历山大，在吉塞，在金字塔的前面列队出现了。我们不得不在烈日下面在沙漠中间步行，小兵们都走得头晕眼花，错认为看见了水，但是吃不到，错认为望见了树荫，但身子却还在冒汗，可是我们照样吃掉了那班马穆鲁克，拿破仑一声呐喊，他们都俯首就擒，他占领了上、下埃及，阿拉伯，一直攻到各个王国的京城，灭了它们，那儿啊，有许许多多的雕像，有五百个自然界中的鬼怪，还有一件特别的事儿，就是数不清的蜥蜴，那真是个混账地方，每个人高兴要多少土地，就可以拿多少土地。当他正在内地忙于他的事务，计划干出些轰轰烈烈的事情的时候，英国人在阿布基尔一战中把他的舰队烧了，因为他们实在想不出什么捣蛋的办法。但是拿破仑啊，东方、西方，对他都是景仰的，教皇称他做儿子，穆罕默德的老表称他做父亲，他要向英国报复，从它的手里把印度夺过来，偿还他的舰队。他率领我们从红海进入亚洲，到了一些国家，那里只有金刚钻和黄金给士兵做军饷，有王宫做宿营地，这时候，莫地和瘟神串通一气，打发它到我们中间来，阻止我们向胜利进军。立定！于是，每个人都排到那个队伍里面。进了那个队伍，你就休想走着回来……只剩一口气的士兵是没法拿下贞德城的，他顽强勇武，三次进攻城池。但是瘟神是够厉害的，他甚至'老朋友'也不说一句。每个人都病得死去活来。只有拿破仑一个人精神抖擞的，全军都看见他在瘟神面前照样吃喝，它一点也奈何他不得。

"哎呀！我的朋友们，你们都以为这是可能的吗？

"马穆鲁克们知道我们都成了病号，想截断我们的去路；但是同拿破仑闹这个玩意，休想搞到什么便宜。于是，他对他的那班皮生得比别人更扎实的煞星们说：

"'去，替我开路。'

　　"尤诺，他是个天字第一号的闯将，也是他的心腹朋友，只率领了一千人，照样把一个胆敢截断我们去路的帕夏的部队挑得肠子直流。就这么样，我们又回到了开罗，我们的总指挥部就在那儿……话分两头。拿破仑远在国外，眼看法国却被巴黎的人们搞得元气大伤，他们扣发士兵的军饷，扣发他们大批的衬衣、他们的服装，让他们饿得胸口贴住了背脊梁，却希望他们替全世界立下一个规矩，要不然就事不关己，高高挂起。他们嚼舌根，说空话，优哉游哉，却不肯动一动手指，做一些实在的事情，我们都是些白痴。因此，我们的军队败北了，法国的边境被侵了：这个人不在那儿啊。你们晓得，我说'这个人'，因为人们都是这么叫他的，不过这也是傻话，他是一个星宿，与众不同：只有我们这班人才是凡人啊。他是在阿布基尔著名的一仗之后，听到法国的这一个消息的。这一仗啊，他只带了一个师的兵力，却打败了土耳其的一支大军，它的人数不止两万五，他把那一大半的人都推到了海里，骨碌碌！自己只损失了不到三百人。这是他在埃及最后一次惊天动地的大仗。他看到那边被搞得糟糕透了，便自己对自己说道：

　　"'我是法兰西的救星，我明白，我必须到那儿去。'

　　"可是你们要完全明白，部队是不知道他离开的；如果知道了，大伙一定会拼命把他留下来，让他做东方的皇帝的。因此当我们没有了他，我们在那儿都愁眉苦脸，因为他是我们的喜神。他啊，让克莱勃代他指挥一切，一天大清早，克莱勃叫他的卫兵下了班，这时候，他被一个埃及人刺杀了，大伙把一把刺刀插到那个埃及人的肛门里，处死了他，在这个地方，这样的处死等于上断头台；这使人太痛苦了，一个兵士哀怜这个罪犯，把克莱勃的水壶授给他；那埃及人一喝到水，眉开眼笑，开心得什么似的。不过这样的琐事，不谈也罢。拿破仑踏上了一艘名叫'幸运号'的小船，英国人派出了一列兵舰、海艇和帆船封锁他，但弹指之间，在英国人的眼皮底下，他在法国登了岸，因为他常常有跨海的本领。这是可能的吗？好吧！一等他到了弗雷儒斯，可以说已经到了巴黎。在那儿，每个人都把他崇拜得五体投地；可是他把政府人员召到了面前。

"'你们对我的子弟兵干了些什么？'他对狡辩的人们说，'你们都是些混账东西，你们把别人当成傻瓜，揩法兰西的油，养肥你们自己。这是不公道的，大家都敢怒而不敢言，我是替他们说话的。'

"就这么样，他们想搪塞一通，还想把他杀死，然而谈何容易！他把他们囚禁在他们嚼舌根的营房里面，再叫他们从窗子里跳出去，于是他把他们拉了过来，跟在他的屁股后面。他们翘起了舌尖，像见了猫儿的老鼠，百依百顺，好像盛放烟丝的皮袋。他一下子成了执政；他是一个不怀疑上帝存在的人，他对天主履行了他的诺言，因为天主对他也是认真践约的；他发还了他的教堂，恢复了他的宗教；替天主鸣钟，也替他自己鸣钟。这会儿每个人都心满意足：第一是神甫，他不许人们找他们的麻烦；第二是资产阶级，他们做买卖不必怕一度变得不公正的法律的侵占；第三是贵族，以前不幸得很，人们动不动把他们处死，现在他不许这么做了。但是还有一些敌人有待肃清，他不是一个吃饱了饭打盹的人，因为，你们知道，他眼观四方，天下大势，了如指掌。就这么样，他在意大利出现了，好像探头窗外一样，而且只需眼睛一瞪，没话说的。奥地利人在马伦戈被一口吞下，有如鱼被鲸鱼吞下一般！嗒嗒嘀！这时刻，法国胜利的号角吹得震天响，全世界的人都听到了，没话说的。

"'咱们不能再闹下去了。'德国人说。

"'够了够了！'别的人们说。

乡村医生 法国文学经典

161

　　"一句话: 欧罗巴服了输, 英国人让步了。全面的和平: 国
王和人民装出拥抱的模样。就在这个当儿, 皇帝创设了勋级
会, 这事情太好了, 行!

　　"'在法国,' 在布洛涅他向全军这么说, '每个人都是勇
敢的! 所以, 立下殊勋的公民都将是士兵的姐妹, 士兵都将是
他们的兄弟, 他们都将在光荣的旗帜下团结起来。'

　　"我们这班在外面的人从埃及回来了。什么都变了个样!
我们以前看到他一直做着将军, 没多少时候, 却发现他当上了
皇帝。实实在在, 法兰西投到了他的怀抱里, 正像一个美女委
身于一个手执长矛的骑士那样。结褵之日, 万众欢腾, 仪式的
隆重, 可以说盖世无双。罗马教皇和他属下的所有红衣主教,
穿了金碧辉煌和鲜红夺目的法衣, 专程翻过阿尔卑斯山脉, 替
他在军队和人民的面前祝圣, 军民掌声如雷。有一件事情, 如
果我瞒着你们, 那是不应该的。当他还在埃及的时候, 在靠近
叙利亚的沙漠里, 红人在摩西的山上出现了, 对他说:

　　"'一切顺利!'

　　"后来, 在马伦戈打胜仗的前夕, 红人第二次在他的面前
直挺挺地站着, 对他说道:

　　"'全世界要拜倒在你的脚下, 你将要做法兰西的皇帝,
意大利的国王, 西班牙、荷兰的主人, 葡萄牙和伊利里亚各省
的君主, 德国的保护人, 波洛涅的救主, 勋级会的第一头雄鹰,
要啥有啥!'

　　"这个红人, 你们知道, 是他自己的幻想; 据不少的人说,
是在他和他的星宿之间传递消息, 替他跑腿的。我呢, 根本不
信这回事; 不过红人却是活灵活现的, 拿破仑亲口说过, 红人
在艰难困苦的时候就来到他的身边, 因为宿处就在退伊勒利
宫的屋顶上。因此, 在他加冕后的当天晚上, 他第三次看见了

红人，他们俩一起商谈了好多事情。拿破仑当即命驾，径赴米兰，加冕为意大利国王。士兵们的好日子真的开始了。就这么样，只要会写写字的人都升做了军官。这会儿，给你养老金啦，送你公爵领地啦，真像倾盆大雨似的直倒下来；赐给参谋部的财宝不花法国一分一毫；勋级会对普通的士兵来说，等于是一宗年金，全靠了它，我现在还有养老金摸摸呢。总而言之，给养军队的一套法儿，真是破天荒的。但是皇上明白他是君临于万人之上的，因此想起了资产阶级，他叫他们建造纪念碑，他听任他们自作主张，像手掌那么大的纪念碑上，除了天仙美女之外，什么东西都没有……倒有一个建议：你们从西班牙出发，再到柏林去弯一弯；那么你可以看到一些凯旋门，在上面，普普通通的士兵被雕刻得像将军那样神气活现呢。在两三年里，拿破仑没有向你们这班人征税，国库里堆满了黄金，造桥筑路，起建宫殿，培养学者，规定节日，制定法律，造舰只，辟港口；花去了成百上千万的钱，哗哗像淌水一样，我听人家说，如果他有这么个奇想，他可以把用一百苏一枚的钱币把法国铺一个遍。那时候，他看到他舒舒服服地坐在御座上，远近慑服，全欧洲俯首听命。他有四个兄弟和三个姐妹。在一份议事日程上，他用谈话的方式对我们说：

"'我的孩子们，你们皇帝的亲属正伸长了他们的手，那是合理的吗？不。我愿他们都像我一样，威风显赫！因此，完全有必要替他们每个人获取一个王国，为了使法兰西做天下的主人，为了让我们警卫军的士兵们叫全世界发抖，为了让法兰西想到哪儿就到哪儿去吐一口唾沫，为了叫人家向他说一声，像在我的金币上所镂刻的那样，"上帝保佑您！"'

"'行！'部队齐声回答，'咱们用刺刀搞几个王国来吧。'

　　"啊！你们知道，那是有进无退的事哪！如果他脑袋里钻进这么一个想法，要把月亮拿下来，我们只能收拾收拾，打起背包，攀登上去。幸而他没有这个念头。所有做国王的，坐在宝座上舒服惯了，会变得喜欢揪人家的耳朵；于是，我们这班人就向前进了。我们走啊走的，大地又被我们蹬得直晃动。真是人困马乏，袜破鞋穿！有时候，人家又给我们重重地打了几下，除了法国人，谁也不能顶得住这样的劳苦。但是你们要懂得，法国人是天生的哲人，他们知道或迟或早，人总有一死。因此我们常常死而无怨，为的是我们高兴看到皇帝在地球上这么来一下。（说到这儿，这个步兵用一只脚在谷仓的地上敏捷地画了一个圆圈）他说一声：'好吧，那将是一个王国！'于是，一个王国出现了。多么美好的日子！你眼睛没眨一下，上校就变成了将军；将军变成了元帅；元帅变成了国王。现在还有这么一个人健在呢，他在全欧洲的面前是一个活见证，尽管他是一个加斯科尼人，为了保全他的王冠，却当上了'法奸'。他脸不红，心不跳，因为，你们瞧，王冠是黄金做的嘛！总而言之，坑道兵只要识一点字，照样可以当上贵族。我对你们说，我在巴黎看到过十一个国王和成群的亲王，他们围绕着拿破仑，正像太阳发出的道道光芒！你们要彻底领会，每个小兵，只要他有功劳，都有坐上一个合身的王位的机会，警卫队的一个排长在人们面前走过，人家对他也是眼红的，把他当做一个宝贝呢，因为打了胜仗，每个人都有他的一份，这在通报里是说得明明白白的。他们打仗打得多凶！在奥斯特利茨，部队操演得像检阅一样；在埃劳，俄罗斯人被淹死在一个湖里，好像拿破仑嘘一口气，把他们吹到里面似的，在瓦格拉姆，人们一连作战了三天，口无怨言……总而言之，战事之多，正像历本上的圣徒一样。所以，当时事情明摆在那儿，拿破仑的剑鞘里插的是一把倚天的长剑。当时啊，他尊重士兵，他把士兵看做是他的孩子。他操心挂肚，他们有没有鞋子啊，衬衣啊，军大衣啊，面包啊，枪弹啊；虽说统治一切既然是他的行当，他必须保持他的尊严。然而却是一视同仁！一个中士甚至一个小兵可以当面称他：'我的皇帝'，好像有时候你对我说'我的老朋友'一样。无论你向他提什么意见，他总是给你一个答复，他和我们一班人一样，躺在雪地里；总而言之，他天性质朴，平易近人。我对你们说，我曾经看到过他站在枪林弹雨中间，泰然自若，像你们现在在这儿一样，拿起他的双筒望远镜，来回走动，看着前方，时时刻刻全神贯注着；当时我们固守在那儿，像施洗者约翰一样的镇静。我不明白他是怎么搞的，但是，当他对我们说话的时候，他的话像把一团火塞到了我们的肚子里；为了让他看看我们是他的孩子，没什么可以抱怨的，我们在那些轰隆轰隆喷射着炮弹的婊子大炮前面，像没事一样地走着，没一个人喊'让开！'的。总而言之，死人们似乎也会爬起身来，为了向他致敬，喊一声：

"'皇帝万岁！'

"这是可能的吗？你们要把这个人看成是普普通通的人吗？

"就这么样，他的家里人都安排得妥妥帖帖的，可是有一件不如意的事情：约瑟芬皇后是一个很姣好的妇人，可惜的是，她不能生育，他虽然非常爱她，却不得不和她离异。为了国家的关系，他必须要有后嗣。欧洲的君主们得悉这件纠葛之后，都争着给他找一位夫人。他娶了一个奥地利公主，据说她系出名门，是恺撒家的一位千金，她的远祖恺撒是无人不知的，非但在我们这个国家（据说这儿的事业都是他一手创建的），而且在整个的欧洲。这倒是实实在在的，我现在对你们说，我曾经到过多瑙河上，看见上面还有这个人架的一顶桥的遗迹，在罗马，他和拿破仑也有裙带的关系，因为皇帝根据这个，替他的儿子获得了那儿的继承权。因此，他结婚的那天，全世界人民都尽情庆祝，事后还告谕人民，十年以内，不向他们征税，不过他们还是缴了税，因为征税人员根本不睬这一套。他的夫人生了一个孩子，他做了罗马的国王；这是人间前所未闻的奇事，因为一个婴孩从来没有一生下来就做国王的，而且他的父亲还活着呢。这一天，从巴黎升起一枚气球，把喜讯带到罗马，气球飞了一天。喂！现在你们这班人里面，有谁起来支持我说，这完全是可能的吗？不，这是天书！如果有人说，这不是上帝为了替法兰西庆祝胜利亲手送去的，那么他真是罪过罪过了！可是这会儿俄罗斯皇帝，他本来是他的朋友，为了他没有娶一个俄罗斯的女人，恼火了，和我们的敌人英国在私房里说着二话，和拿破仑作对。因此必须煞住这样的风言风语。拿破仑火冒三丈，对我们说：

"'士兵们！你们已经做了欧洲所有首都的主人；只有莫斯科除外，它和英国联合了起来。既然这样，为了征服伦敦和属于他们的印度，我们一定要向莫斯科进军。'

"就这样，一支历史上从来没有过的、走遍了天涯的大军集合了起来，而且排列得这样出奇地整齐，在一天里面，他检阅了一百万人。

"'乌拉！'俄罗斯人喊着。

"这会儿整个俄罗斯的人都来了，还有像飞一样的哥萨克畜生。这是一国对一国的作战，是一次大较量，不应该马虎从事的。正像红人对拿破仑说的：

"'这是亚洲对欧洲的战争啊！'

"'行，'拿破仑说，'我会提防的。'

"这会儿实际上所有的君主都来舐拿破仑的手了！奥地利、普鲁士、巴伐利亚、萨克森、波兰和意大利都站在我们一边，拍我们的马屁，情况倒是非常美妙的！雄鹰们在欧洲各国的旗帜下面一字排开，叫得从来没有这样的欢。波兰人乐得不可开交，因为拿破仑有心要复兴他们的国家；从此以后，波兰和法国一直像兄弟一样。一句话：

"'俄罗斯一定会拿下来！'三军战士齐声喊道。

"我们装备齐全，进入敌境。我们进啊进的：瞧不见一个俄国人。最后我们发觉我们的那些看门狗都在莫斯科安下了营。就在这儿，我领到了十字勋章，我不瞒你们说，那真是一次厉害的战争！皇帝心绪不宁，他看见了红人，红人对他说：

"'我的孩子，你跑得太快了，你手下的人会误你的事，你的朋友会背叛你的。'

"就这么样，提出了和平建议。可是，没等到签字。

"'把俄国人狠狠地揍一下！'他对我们说。

"'一言为定！'三军齐声喊道。

"'向前进！'班长们下令。

"在那种糟糕的路上日夜奔跑，我的鞋子坏了，衣服破了！不过大家都是一样的啊！

"'既然这是最后一次冲杀，'我自己对自己说，'我愿意一不做二不休！'

"我们到了一个大山沟前面；这是第一线！信号发出，七百尊大炮怒吼起来，响得直叫你的耳朵出血。在那儿，替我们的敌人说一句公平话，我们的俄国人像法国人一样，拼命厮杀着，他们没有后退，我们也没有前进。

"'前进啊，'有人对我们说，'皇帝在这儿啊！'

"那是实在的：他跃马而过，一面向我们做着手势，关键是在于拿下那个棱堡。他把我们鼓舞了起来，我们奔着，我第一个到达山沟。啊！我的天，中尉倒下了，上校倒下了，兵士倒下了！一个样！这样，没有鞋子的人有鞋子穿了，那班识字的阴谋家有肩章戴了……胜利！那是用一路的叫喊换来的啊。举个例子吧，有二万五千个法国人倒在了地上，那是从来没有见到过的。真有点儿抱歉的。正像一块收割了的麦田：人代替了麦穗！我们这班人清醒过来了。那个人来了，大家围住了他。就这么样，他哄着我们，因为什么时候他高兴，他就变得和蔼可亲，把我们的怒火压了下去。当时，我们的慰劳人亲自分发了十字勋章，向死者致了礼；然后对我们说：

"'向莫斯科进军！'

"'到莫斯科去！'三军说。

"我们拿下了莫斯科。俄国人烧了他们的城！稻草有八公里长，两天两夜，火光不绝。房屋纷纷倒了下来！熔化了的铁块和铅块像雨点那样落下来，那当然是吓人的，不过我对你们说，我们倒霉的日子总算一闪过去了。皇帝说：

"'行，我的全体士兵就留在这里吧！'

"我们稍稍休整了一下，恢复了元气，乐了一阵子，因为我们实在够疲乏了。我们从克里姆林宫上拿走了一个金十字架，每个兵士都发了一点小财。但是，在回来的当儿，冬天提前一个月来临了，那班像笨蛋一样的学问家都说不清这个道理，我们都冻僵了。你知道吗，军队不像军队了，甚至将军不像将军，班长不像班长了！就这么样，不幸和饥饿统治了我们，我们在这个统治下面，实实在在，一律平等！大家想的只是回到法国去，大家不再弯下腰去拾他的枪支或是拾他的钱币；每个人都抢先走着，愿意拿什么武器就拿什么武器，荣誉也管不上了。总之，天气这么坏，皇帝看不见他的星宿了。一样什么东西把天空和他隔开了。可怜的人儿，他看到他的雄鹰们背脊朝着胜利，多么心痛啊！这使他又狠了一下心肠，走吧！到别列雪那去。在这儿，我的朋友们，我对天发誓，用荣誉作担保，对你们可以肯定地说，自有人类以来，从来没有，绝对没有看到过这么乱糟糟的一支军队，车辆啊，大炮啊，在这样的大雪里面，在这样讨厌的天空底下。手一碰上枪管，像烧着似的，天气是那么地凛冷。架桥兵救了部队的命，他们一直坚守在岗位上。龚特伦也是好样的，只有他一个人没有死掉，他们顽强地泡在水里架设桥梁，让军队从上面通过，俄国人终于逃走了，他们对这支常胜的大军还是尊敬的。

"'再说，'他一面指指带着聋子特有的神情注视着他的龚特伦，'龚特伦是一个再好也没有的兵士，是光荣的化身，他值得你们给予最大的崇敬。'

"'我看见，'他继续说，'皇帝站在桥边，岿然不动，一点也不冷。还是那句话儿，这是可能的吗？'

"他看到他的财宝没了，他的朋友没了，同他一起到过埃及的老人马没了。罢了！什么都完了，女人，大车，大炮，什么都消耗掉了，被吃掉了，毁灭了。最勇敢的人们保卫了雄鹰，因为雄鹰，你们瞧，就是法兰西，就是你们全体，就是军民的光荣，它应该保持纯洁无瑕，决不为了寒冷而低头。大家只有站在皇帝的身旁才感到温暖，因为，当他千钧一发的时候，我们，冻得僵僵的，没命似的奔了过去，我们这班人，为了救援我们的朋友们，是决不犹豫的。有人说，他为了可怜的子弟兵哭了一夜。只有他和法国人才能从那样的险境中脱出身来；大家到底脱险了，但是遭受了损失，而且是巨大的损失，我说！联军吃掉了我们的军粮。谁都开始背叛他了，正像那位红人以前对他说过的那样。巴黎那班嚼舌头的人，自从建立了皇家卫队以后，一直连哼也不敢哼一声，现在以为他是死了，瞒过了警察总监，发动了一次阴谋，要把皇帝推翻。他得悉了这件事情，心里发愁，在他离开的当儿，他对我们说：

"'再会吧，我的孩子们，坚守你们的岗位，我就会回来的。'

"罢了！将军们一筹莫展；因为，没有了他，事情就不一样了。元帅们自说自话，尽干蠢事，这是理所当然的事喽；拿破仑本来是一个好人，用黄金喂饱了他们，他们变得膘肥肉厚，不再愿意向前进了。霉就倒在这儿，有好多人都缩在驻地里，正当人家把我们向法国驱赶的时候，也不肯搔一搔我们后面敌人的背脊。但是皇帝却带着新兵到我们这儿来了，而且是出色的新兵，他把他们的士气鼓得足足的，把他们训练成只只凶猛无比的警犬，碰到谁就咬谁，还带来了资产阶级组成的仪仗队，一队漂亮的兵士，像烤架上的黄油那样，软绵绵的。不管我们始终坚强不屈，这会儿却什么事都不顺，但是全军还是干出了一些轰轰烈烈的奇迹。就这么样，在德累斯顿、卢森、鲍岑，打了几次硬仗，双方都倾国而上……你们这班法国人啊，都得牢牢地记在心上，因为法国人显出了那样无比的英雄气概。在那个时候，一个身强力壮的掷弹兵只能支持六个月哪。我们常常得胜；但是，在我们的后方，英国人老是向各国人民说上一些胡话，煽动他们起来反抗！终究，我们在这一帮子国家中间打开了一个缺口。只要皇帝在哪儿出现，我们就如入无人之境，因为，不管在陆上或是海上，他一下命令：'我要过去！'我们就过去了。归根到底，我们回到了法国，只有几个可怜巴巴的步兵，他们虽然饱受风霜，祖国的空气却使他们变得精神抖擞的。我吗，我可以说，我这个家伙哪，又活了过来……但是，在这个当儿，又来了一个问题，保卫法兰西，保卫祖国，总之是美好的法兰西，对方是整个的欧洲，它怪怨我们，因为我们给了俄国人一点王法，把他们赶回到他们的国境里面，不让他们吃掉我们，北方人素来喜欢吃吃南方人的，这是我听几个将军说的。当时皇帝去看他的丈人，曾经靠他做了国王的朋友们，再有那班由于他的大力才恢复了他们王位的坏蛋。总而言之，甚至法国人和盟国，听从了上面的命令，在我们的营垒里倒了戈，如像莱比锡的一战。我们普通的兵士怎忍看到这样的丑事？那帮人啊，说出的话一天里要反悔三次，那帮自称为亲王的人！就这么样，大举侵犯来了。只要我们的皇帝在哪儿一露他的狮子脸儿，敌人就抱头鼠窜，在保卫法兰西的时刻所创造的奇迹，比在征服意大利、东方、西班牙、欧洲和俄罗斯的时候还要多。就这么样，他打算把所有的外国人都埋在地下，教训教训他们不要小看了法兰西，让他们迫近巴黎的时候，一举把他们吞到肚里，在一次空前的大仗里，尽量发挥他的天才，总而言之，是惊天动地的一仗！但是巴黎人却害怕丢掉他们不值钱的臭皮囊和他们只值两个苏的小铺子，打开了他们的大门；这会儿就开始了疯狂的行动，结束了幸福的日子，他们缠住了皇后娘娘，在窗子里举起了白旗。结果，他以前引为挚友的那班将军们丢下了他，投奔到波旁那儿去了，这班人，大家都从来没有听到有人谈起过。这时候，他在枫丹白露向我们告别说：

"'兵士们！……'

"话好像还在耳边，我们大家都哭着，像小孩子一样；雄鹰和旗帜都倒了下来，像举行葬礼似的，因为，我告诉你们，这是帝国的葬礼，漂亮的三军战士现在都成了残尸骸骨。因而，他站在他宫殿的台阶上，对我们说：

"'我的孩子们，我们被一次背叛战胜了，但是我们还要

回到这个天堂、这个英勇之士的祖国来的。保卫我的儿子,我把他托付给你们: 拿破仑二世万岁! '

"他想自杀,为了不让人家看到拿破仑被人打败,他服了毒,分量可以杀死一个联队,因为,正像耶稣基督面对他的十字架那样,他相信他已被上帝和他的护身符丢弃了; 但是毒药在他的身上没有产生一点点儿的效力。又是一宗奇迹! 他知道自己是不朽的。他对他的事业和他的皇位抱有坚定的信心,他暂时到了一个岛上。他等待时机,名为韬晦,心实不甘。那班非洲海岸上的蠢货、蛮子们和别的人们,他们都是最不随随便便的人,却把他看做神道,对他崇拜得五体投地,说他的旗子是碰不得的,碰了它,就是触犯了上帝。他名扬全球,可是他自己的法兰西却向他关上了大门。这会儿,他又登上了以前乘了从埃及回来的那种小船,在英国人的眼皮底下,在法国登陆了; 法兰西认出了他,教堂里的钟声都响了起来,整个法兰西呼喊着: '皇帝万岁! '对于这个千古奇迹,人们的热情是从心底里产生的,杜菲纳表现得太好了,我听说,大家又一次看到他的灰色大礼服,都高兴得哭了起来,听了这个消息我感到特别的满意。三月一日,拿破仑带了两千兵丁,乘船去征服法兰西王国和纳瓦尔,在三月二十日,恢复了法兰西帝国。这一天,这个人出现在扫除得干干净净的巴黎,他又拿到了他的亲爱的法国,他把他的士兵们重新召集拢来,对他们说话,话只有四个字: '我在这儿! '这是上帝创造的最大的奇迹! 在他之前,曾经有过一个人只消扬一扬他的帽子,就能抓到一个帝国的吗? 他们以为法国已经倒下了吗? 一点也不。一看到那只雄鹰,一支国民军就组织了起来,于是我们向滑铁卢进军了。就这么样,警卫队全都死啦! 拿破仑悲痛万分,三次率先冲到敌人的大炮前面,没有死! 我们是亲眼目睹的,我们这班人! 战争失败了。那天晚上，拿破仑把他的老兵们叫到身边，就在战场上，涂满了我们鲜血的战场上，烧了他的旗帜和他的雄鹰；这些可怜的雄鹰啊，常胜的雄鹰，在战争时高叫着'向前!'、曾经飞翔在整个欧洲的上空的雄鹰，没有落到敌人的手里，保持了它们的清白。即使把英国的财宝都拿出来，也不能买到一只雄鹰的一根尾巴毛。更不要谈雄鹰了！其余的事，大家都很熟悉了。那红人现出了他无赖的原形，投奔到波旁那儿去了。法国被压得抬不起头来，当兵的根本不在人家的眼里，他们的义务被剥夺了，他们被遣返他们的老家，一批走也走不动、看了使人发愁的贵族代替了他们的位置。他们用阴谋逮捕了拿破仑，英国人把他禁闭在汪洋大海中的一个无人岛上，在一个超出世界一万英尺的悬崖上面。

"天长地久，他不得不待在那儿，直到那红人为了法国的幸福把权力重新送到他的手里。好多人都说他死了！那么，没有错，他是死了！明眼人都知道，他们哪里会认识他。他们一遍一遍地造谣，为的是欺骗大家，让大家在他们的小朝廷的统治下俯首帖耳。请仔细听着：唯一实在的一件事就是，他的朋友们让他一个人待在沙漠里，为的是实现关于他的一个预言，因为我忘记告诉你们了，拿破仑他这个名字意思就是'沙漠里的狮子'。

"这是同福音书一样的真实。你们听到人家说的关于皇帝的一些别的东西都是些不是人讲的胡话。因为，你们瞧，哪一个妇人生的孩子，上帝给他过这样的权力，把他的名字红艳艳地写在大地上面，永远地被人们所记住！……拿破仑，人民和士兵的父亲，万岁！"

"埃勃雷将军万岁！"架桥兵喊道。

"你怎么会在莫斯科的山沟里没有死掉的呢?"一个农民

问。

"我怎么会知道呢! 我们有一个联队进入了山沟, 没有倒下的只有一百个人, 因为能够把这个任务担当下来的, 只有步兵啊! 你们瞧, 在军队里, 步兵就是一切⋯⋯"

"那么, 骑兵呢?" 叶纳斯塔一面嚷着, 一面从干草堆上滑下来, 出现在众人的面前, 其行动之迅速, 会使最胆大的人惊叫起来。"嗨! 我的老先生, 你把波尼托夫斯基的红枪骑兵, 把铁甲骑兵, 把龙骑兵, 把所有使敌人丧胆的事儿都忘掉了吗? 当拿破仑看见胜利已经在望, 战争却没有进展、心里觉得不耐烦的时候, 就对缪拉说: '阁下, 替我把他们切成两块!' 我们开始时骑了马快步而行, 继而就奔驰起来: '一, 二!' 敌军像被一把刀子切成了两半。我的老朋友, 骑兵队的冲锋就像大炮的一串炮弹呢!"

"还有架桥兵呢?" 聋子嚷着。

"哎哟! 我的孩子们," 叶纳斯塔继续说道, 一看到他周围的人鸦雀无声, 目瞪口呆, 他对自己冲口而出的那句话感到惭愧, "这儿没有挑拨的警探! 喂, 那么就替小伍长祝一杯吧。"

"皇帝万岁!" 做夜作的人齐声喊着。

"嘘! 孩子们," 军官说, 他竭力抑制住他的深切的悲痛, "嘘! 他死了。临死的时候, 他说: '光荣, 法兰西和战争!' 我的孩子们, 他呀, 他准是死了, 但是对他的怀念⋯⋯是决不会死的!"

古格拉做了一个不相信的姿势, 然后他低声向他旁边的人们说:

"这军官还在军队里呢, 他接受了命令, 对民众说皇帝已经死了。这也不能怪他, 因为毕竟一个兵士只知道服从命令啊。"

在走出谷仓的当儿，叶纳斯塔听见拉·福绥斯说：

"这位军官，你们知道，是拿破仑的朋友，也是倍纳西先生的朋友。"

做夜作的人赶忙走到门边，想认一认这个指挥官；在月光下面，他们看见他挽住了医生的胳膊。

"我干的尽是些傻事，"叶纳斯塔说，"快回去吧! 雄鹰，大炮，战斗! ……我已经忘记我究竟身在何处了。"

"那么，你对我的古格拉有什么看法呢! "倍纳西问他。

"先生，只要有这样的故事流传下去，法兰西就会在共和国的内部随时保有十四支大军，完全可以用大炮的轰鸣来支援同欧洲的谈判了。"

没多久，他们到达了倍纳西的居处，立刻在会客室壁炉的两边坐下来，双双沉思起来。行将熄灭的炉火还有几星余烬。虽然医生没有把他当做外人看待，叶纳斯塔还是犹豫不决，要不要向他提出一个最后的问题，因为这个问题看来有点儿冒昧；但是，向他试探性地看了几眼之后，他的和蔼可亲的微笑把他的勇气鼓起来了，这是浮在真正坚强的人们嘴角上的微笑，凭了这种笑意，倍纳西显然已经给了他一个首肯的回答。于是，他对他说道：

"先生，你的生活和普通人的生活截然不同，听到我向你询问一下你的退隐的原因，你总不至于吃惊吧。如果我的好奇在你看来有点儿失礼，那么你得承认这是非常自然的。请你听着：我曾经有一些从来没有和我相称过的同事，虽然我同他们一起打过不少次的仗；但是我也有一些别的同事，和他们小醉三天之后，我会对他们说：'一起到军需官那儿去拿钱吧! '因为有的时候，再老实不过的人也会逢场作戏的。是啊，你就是这样的一个人，同他，我可以不预先征求他的同意，交上一个朋友，甚至为了什么原因，自己也没有个数。"

"勃罗多上尉……"

当医生叫着他的客人的假名时，他总是现出一副微妙的怪相来。这时，他碰巧抬起头来，看到了他的厌恶的表情，心里感到惊奇，便定睛瞧着军官，竭力想找出那个原因来；但是，他总看不出所以然来，他就把这种表情归因于肉体上的痛苦。他继续说道：

"上尉，我就来讲讲我自己吧。从昨天开始，当我向你诉说我在这儿作出的一些改革的时候，有好几次，我早想改变话题；不过，改革既然牵涉到村社和它的居民们的利益，它和我自己的利益总是分不开的。现在，讲我自己的历史，我只能向你谈谈我自己的事了，可是我的生活听起来是没有什么味道的。"

"即使你的生活和福绥斯的生活比较起来要平淡得多，"叶纳斯塔答道，"我还是愿意听一听的。想了解一下是什么世事的沉浮把像你这种性格的人送到了这个区里来的。"

"十二年来，我默默地过着生活。现在，我已是一个行将就木的人了，随时都有不测，我老实告诉你吧，这一种沉默已经开始把我压得透不过气来。十二年来，我这颗伤痛的心儿从没有受到过慷慨友情的安慰。我的一些可怜的病人、我的农民们给我作出了很好的榜样，他们什么事情都能够忍受，我了解他们，他们也知道我了解他们；然而这里却没有一个人能够看到我吞到肚子里的泪水，也没有一个诚诚恳恳的人握一握我的手儿，这是一种最好的褒奖，什么人都会得到，甚至龚特伦也有幸能够得到。"

叶纳斯塔骤然间向倍纳西伸出一只手，这一个动作深深地打动了倍纳西。

"也许天使般的拉·福绥斯能够了解我，"他用一种改变了的声调继续说道，"但是，她说不定爱上了我，这就糟糕了。上尉，你听着，只有像你这样一个宽容的老兵或是一个充满了幻想的青年能够听得进我的忏悔，因为只有一个对生活非常熟悉的成人或者对生活一窍不通的孩子才能够理解它。古代的将军们在战场上临死的时候，如果没有神甫在场，他们就向剑柄上的十字架做忏悔，用这个方法把他们的一片诚心奉献给上帝。可是你啊，拿破仑的一把宝刀，你啊，像钢那样的坚韧，你能够很好地领会我的话吗？要对我的故事发生兴趣，必须对其中某些细致的感情发生共鸣，对纯朴心儿里的真诚的信仰具有同感，但是这些，对那班为了个人的私利、惯于利用适合各国政府的小心谨慎的格言的哲人们，显得太可笑了。我要对你推心置腹地谈一谈，对于我的或善或恶，我一概不置一词。我不想隐瞒什么，因为我现在已经远离人间，对人们的说长道短，早已置之度外，一心期待的只是上帝罢了。"

倍纳西停了一下，于是站起身来，又说：

"在开始讲述我的故事之前，我要弄点儿茶来喝喝。十二年来，约各蒂总要来问我要不要喝一点茶，她一定会来打扰我们的。你要不要，上尉？"

"不，谢谢你。"

倍纳西马上又走了回来。

乡村医生的忏悔

　　"我生在郎格多克那个小小的城市里，"医生接着说，"父亲很早就定居在那儿，我最早的童年时代也是在那儿度过的。八岁那年，我被送进索雷兹中学，后来离开了那个学校，到巴黎去完成我的学业。

　　"父亲年轻时疯疯癫癫，挥金如土；他把家产花得精光，后来靠着一门幸运的婚姻，加上像外省人那样的节俭度日，慢慢地他又重新建立起他的家业。在外省，人们总是以积财为荣，而以花钱为耻，不是把人的天性中的雄心壮志化为乌有，便是视钱如命，因为他们缺乏宽宏大量的养料嘛。父亲只有我这个独生儿子，一旦有钱，就想把他以破灭了的幻想为代价所换来的寒心的经验传授给我：老人们最后的和高尚的过错就是妄想把他们的深思熟虑、谨慎小心的美德遗赠给被生活逗得如醉似痴、被享乐引得像热锅上蚂蚁似的小辈们。这一种高瞻远瞩替我的教育规定了一个计划，我就成了这个计划的牺牲品。他小心翼翼地对我隐瞒了他的财产的数额，因为这样，为了我好，他可以迫使我在我最美好的年纪忍受到一个努力想获得独立的青年人的一切艰辛和忧虑；他希望在我的心里激发起穷苦人的种种美德：忍耐性、求知欲和对工作的热爱。他用这个方法教我懂得财富的来之不易，同时也巴望我学会守住我的家业；因此，一旦我年龄稍长，能够领会他的劝告的意义时，他就催促我选定一个职业，而且要持之以恒。我的爱好是研究医学。我在索雷兹耽搁了十年，像在庙里做一个小和尚似的，在外省的这所中学里过着孤独的生活，后来就直接转到首都。父亲陪我进城，把我托给了他的一位朋友。两位老人背着我采取了无微不至的预防措施，以防青年人的心血来潮，实际上那时候我是很天真无邪的。我的生活费用是按照生活的实际需要严格计算好的，每隔三个月我还得交出医科学校注册的收据才能领到一次生活费。这种相当侮辱人的不信任却被什么要有条有理啊，要学会打打算盘啊的理由给掩盖起来了，何况我读书需要什么新的费用，生活在巴黎需要什么娱乐用钱，他总是竭尽所有满足我的。他的老朋友有我这个像踏进迷宫的小伙子把他当做识途老马，倒也喜欢不迭，他正属于这么一种人，他们把感情、思想、意见分门别类，有条不紊，整理得像文件一样。他只要查一查去年的记事本，就可以确切地说出上年同月、同日、同一个时辰做了些什么事情。生活对他来说正像一个企业单位，账面上算得不差分毫。再说，他是一个有才能的人，但是生性狡黠，谨小慎微，对人多疑，他总是以似是而非的理由来掩饰他对我所采取的各种预防措施；他常常给我买书，为我付学费；要是我想学习骑马，这位好人儿便亲自去调查最好的练习骑术的马房，然后领我到那儿去，他能够钻到我的肚子里面，逢上节假日，弄一匹马来供我使用。虽说老头儿诡计多端，而且只要我高兴同他交一交锋，就可以拆穿他的西洋镜，可这个妙人儿倒是我的第二父亲哪。

"'我的朋友，'他对我说，当他猜想假如他不把绳子放宽的话，绳子会被我绷断的。'年轻人常常会干出荒唐的事来，招来上了年纪的人的恼怒，如果你需要钱用，上我这儿来吧。从前，你父亲对我殷勤相助，如今我身边总有几个埃居替你准备着的；但是千万别对我说谎，也别怕难为情向我认错：我也是年轻过的，我们会永远相互谅解，像两个好伙伴那

样。'

"父亲给我安顿在拉丁区的一家市民阶级的膳宿公寓里，这儿住着一些有身份的人。在我的这间房间里，家具陈设相当讲究。可是，我第一次的独立生活，父亲的一片好心，他仿佛为我作出的牺牲，却并不使我高兴。也许，为了感受自由的价值，应该为这种自由而高兴起来吧。可是，我在中学里所受到的压抑的心情，已经使我对于自由自在的童年的回忆几乎忘记得干干净净，我的精神一直还没有振奋起来；后来，父亲又嘱咐我去完成新的任务；总之，巴黎对我来说正像是一个谜，你不研究这个花花世界，你就不会在巴黎心花怒放。我看不出我的处境有什么变化，除了那所新进的公立中学大了一些，名叫医科学校罢了。

"话虽如此，开始时我勤奋读书，认真听课；我拼命工作，根本不想去散散心儿，因为巴黎丰富的科学宝库迷住了我的心窍。但是不久，我不慎结识了一些人，我不知不觉地陷进了巴黎的放荡生活之中。他们装得和你亲如手足，生死相交，使所有的年轻人都忘乎所以，而危险也就在这儿。剧院，那儿我所迷恋的一些演员，使我走上了道德败坏的道路。首都上演的戏都是非常有害于青年人的，他们都无法从中摆脱出来，而要反抗感情的强烈冲动几乎总是徒劳的。因此，依我看来，社会，法律，也是青年人腐化堕落的同谋者。我们的立法，可以说，对于折磨着一个二十到二十五岁之间的青年人的情欲是不屑一顾的。在巴黎，一切都向青年袭来，他们的欲望不断地被挑了起来；宗教劝告青年规规矩矩，法律命令他们规规矩矩，但是有些事情和有些习俗却引诱他们去为非作歹；难道最老实的男人和最虔诚的女人都不在嘲笑着禁欲吗？总之，这个大城市好像承受了一个只是鼓励邪恶的任务。因为在社会地位的四周，设置了重重的障碍，不让青年人踏到里面，体面地飞黄腾达，其障碍之多，远远超过为利用情欲窃取他的钱财所设下的圈套。有好长一段时间，我天天晚上去剧院，逐渐养成了懒惰的习惯。我做作业拖拖拉拉，常常把当天急需完成的工作放到第二天；不久，我就不求上进，只是做些为了获得医师学位而非做不可的工作。在上公共课的时候，我不再好好去听教师们讲课了，我觉得他们都是啰里啰嗦的。我已经砸碎了我的偶像，我变成巴黎人了。简而言之，我过着一个踏入首都的外省青年的糊涂生活。起初，我还保持着某些真实的感情，还相信某些道德准则，后来，坏样儿腐蚀着我，尽管我一心想加以防卫。我无法抵挡，因为在我自己心里还有一些共谋的人。是啊，先生，我的脸儿是骗不了人的，我所有的情欲都在我的脸上留下了道道痕迹。可是在我的心灵深处还保存着要做到道德上完美无瑕的情操，在我放荡的生活中，它与我形影不离，有朝一日，它会使我带着厌倦，带着内疚，像在青年时代以宗教的清泉解渴的那么一个人回到上帝的身边。难道一个享尽人间快活的人，不想或迟或早，尝尝天堂里鲜果的味道吗？

"起初，我有千百次的幸福和千百次的失望，这是所有的青年都会碰到的，只是剧烈的程度各不相同而已。有的时候，我把感觉到自己的力量看作意志坚强的表现，错误地过高估计了自己的能力；有的时候，我看到我即使碰上最微弱的障碍，也会摔下来，摔得比自然地跌落下来时更沉；我设想了一个极其宏伟的计划，我梦想着荣誉，我准备去干一干；但是一次欢聚就带走了这些崇高的薄弱意志。我只是依稀记得这些流了产的伟大的构思，它向我射出了一道道骗人的光芒，它们惯于使我相信自己，但是却并没有给我创作的毅力。这种充满了自负的懒惰导致我成了一个蠢人。一个不能正确估价自己的人，难道不就是一个蠢人吗? 我忙忙碌碌, 漫无目标, 我期待不劳而获得生活的花朵, 而生活的花朵只有付出劳力才会绽放的。我不懂得什么叫障碍, 我以为一切都是容容易易的, 科学上的成功和财产上的成功都靠机缘, 碰运气。依我看来, 天才无非是靠一套江湖骗术。我想象我是个大学问家, 因为我能够变成一个大学问家, 而且, 既无须考虑, 也无须造就伟大事业的耐心, 也无须其中会出现许多艰难困苦的实干, 我就能预支到一切的荣誉。

"没过多久, 我游兴阑珊; 剧院好久懒得去了; 因此, 巴黎在一个穷大学生的面前马上变得既空虚又荒凉, 交往的只有一个与世隔绝的老头儿, 还有一家人家, 在那儿出入的尽是些讨厌的家伙。就这样, 我像所有厌恶自己所从事的专业, 既没有固定的主意, 头脑中也没有一定的体系的青年人那样, 我成天东游西荡, 穿街巷, 逛码头, 上博物馆, 游公园。无聊的生活对这种年纪的人比对其他的人更加难受, 因为这种生活完全在消耗他们的活力, 忙忙碌碌, 劳而无功。我不理解一个青年一旦掌握了坚强的意志, 就会有多大的力量, 如果这时候他有理解的能力, 实行时又能豁出他全部的精力, 青年人大胆的信念又使他如虎添翼。在孩提时代, 我们天真未凿, 不懂得生活的险情; 长大以后, 我们看出了生活的艰难和生活的苍茫: 在这样的景象前面, 勇气有时候就低落下来; 在社会生活中还是一个新手, 我们傻头傻脑, 目瞪口呆, 心如油煎, 好像身在异国, 举目无亲。不论什么年龄的人, 不了解的事物总会引起不自主的恐惧。一个青年人有如一个迎着大炮前进的士兵, 在幢幢的鬼影前面退缩下来。他在社会的格言之间犹豫不决; 他不懂得给予, 也不懂得接受, 不懂得自卫, 也不懂得进攻; 他喜欢女人, 也怯生生地尊敬女人; 他的品质损害了他, 他是那样的慷慨大度，那样的谦虚谨慎，完全没有吝啬鬼那样的自私自利的打算；如果他撒谎，这是为了打趣，而决不是为了发财；在十字街头，他还没有泯灭的良心给他指明一条康庄大道，但是他却迟迟不前。人是注定依靠心儿的灵感而活在世上的，而决不是依靠听从头脑里散发出来的杂念，老是停留在那样的状态里面。这就是我的经历。我变成了两种矛盾着的因由的玩物。我被青年人的希望推向前去，同时又常常被青年人多愁善感的傻念拉住了。巴黎扰扰的生活对于一个非常敏感的灵魂是残酷的：达官富人们在这儿所享受的利益刺激着人们的欲望；在这个伟大和渺小的社会里，嫉妒与其说是像根刺棒，不如说是像把匕首；在这场野心、欲望和憎恨的持续不断的斗争中，不可能既不做这场波及众人的运动的牺牲品，也不做它的同谋者；不知不觉地，邪恶走运、美德受气的走马灯式的画面使一个年轻人摇晃不定；巴黎的生活很快就剥去了他良心上的绒毛；于是，使他道德败坏的恶事就开始了，而且完成了。一次最大的寻欢作乐，一开始就包括其他的寻欢作乐，于是四面都是风险，风险使人步步留心，必得估计到一切的后果。左估右计，致人于自私自利。某个穷学生要是热情满怀，不计个人的得失，而他周围的人却向他指指点点，对他引起种种的怀疑，那么他也很难不怀疑对方，对他慷慨之志抱有戒心了。这样的斗争使他的心儿变得干枯狭窄，把生命推进了脑壳，产生了那种巴黎人式的麻木不仁。他们的风尚么，在雅致不堪的轻浮之下，在迷恋被装作激赏之下，隐藏着政治或是金钱。在那儿，最最淳朴的女人，就是陶醉在幸福之中，也能时刻保持她的理智的。当然，这样的气氛影响着我的行为和我的感情。错误在许多人的心灵上也许只是轻微的负担，然而它却毒害了我的岁月；但是南方人有一个宗教的信仰，它使他们相信基督教的教义，相信另外的一种生活。这种信仰使他们的热情更加深厚，使他们的内疚更为持久。

"在我学医的时代，军人处处是主人；为了讨得女人的欢心，他起码应该当个上校。一个穷大学生在这个社会上是个怎样的人呢？渺而小之。火样的热情燃烧着我，但是没处可以发泄感情，每走一步路，每产生一个主意，没有钱就寸步难行，一筹莫展。我认为埋头读书，求得荣誉，以遂我的梦寐之乐，是远水救不了近火。在内心的羞怯和学习坏榜样之间，我动摇不定；过放荡不羁的生活，容易得像顺水推舟，但是要结识良朋益友，却难如登天；我过着痛苦的日子，浪潮似的情欲、厌烦得要命的无聊折磨着我，灰心丧气夹杂着心血来潮。最后，在年轻人身上发生的危机就以平平常常的结局收了场。

"我对破坏人家的家庭幸福一向是深恶痛绝的；再说，我生性坦率，我不会掩盖自己无法控制的感情。因此，实实在在，我不可能靠地道的谎言过活。我不再迷恋一饮而尽的欢乐，我喜欢浅斟低酌地品尝幸福。放荡之余，我又不耐寂寞。我多少次徒劳地努力想钻进上流社会，在那里我也许会遇上一个女人，她一心一意地为我解释每条路上的暗礁，教给我高雅的礼貌，她劝告我，但并不伤害我的自尊心，她到处带着我介绍给人家，使我结识许多有利于我前途的人。在失望之中，最危险的幸福也许会把我引诱过去；可是我什么都没碰上，即使是风险吧！我涉世不深，所以我又回到了孤独的生活里，面对着骗人上钩的欲望。后来，先生，我和一个少女发生了关系，开始时是秘密的，我追求她，不管她愿意与否，一直追求到让她嫁我为止。她的家庭是正派的，但不大宽裕。为了我，她不久就抛下了小康的生活，毫无畏惧地将未来托付给我，相信大家永不变心，未来一定是美好的。我境况平庸，这对她来说无疑是最好的保证。打这以后，那扰乱我心儿的风暴，我那些荒谬的念头，我的虚荣心，一切一切，都融化在幸福之中了。这是一个年轻人的幸福，他还不懂得社会的风尚，也不懂得关于等级的格言，更不懂得偏见的力量；然而是完美无缺的幸福，像一个孩子那样的幸福。难道初恋不是在我们充满劳苦的生活中间开放出来的第二个童年吗？有的人，一下子就能懂得生活，判断出生活究竟是怎么回事，观察人世间的过失以便从中得到教益，观察社会的法则以便转而有利于他们。他们估计事物，百无一失。按照人类的法则，这种冷静的人才是聪明人哩。但还有一种穷诗人，他们是神经质的人，感觉灵敏，常犯错误；我就是这后一种人。我的初恋开头并不出于真正的爱情，我听从了我的本能，而不是听从了我的心儿。我让一个可怜的姑娘为我做了牺牲品，而且还振振有词地为我辩护，说我没有干过任何的坏事。至于她呢，她是忠诚的化身，她有一颗黄金的心儿，正直的头脑，美好的灵魂。她总是谆谆地告诫我。起初，她的爱情重新燃起了我的勇气；后来，她温柔地强制我重新读书，她信任我，她预言我会取得成功、荣誉和财产。现今，医学涉及一切科学，因此，要在医学界中出类拔萃是一件很难取得的荣誉，但是他得到的酬报却是优渥的。在巴黎，有名总会有利。这位善良的姑娘为了我把她自己都忘了，和我患难与共，靠了她的勤俭节约，我中等的生活居然过得不错。我们两个人共同生活，比我从前一个人生活时有更多的钱可以满足我的幻想了。先生，这是我最美好的时光。我热情地工作着，我有奔头，我来劲了；我把自己的思想、自己的行动告诉我这位懂得逗我喜欢的人，而且更重要的是，我钦佩她的智慧，她的智慧仿佛是在一种不可能发挥的环境中发挥出来的。

　　"但是，先生，我的日子过得都是一样的呀！这种单调的幸福生活是世上的仙境，只有心儿经过风风雨雨的人才会感到它的可贵，在这个温柔之中不再对生活感到厌倦了，最秘密的思想可以得到交换了，而人之相知，贵相知心啊！也罢，对于一个热血沸腾的人，一个渴求在社会上出人头地的人，一个因为荣誉姗姗来迟而对它懒得追求的人，这种幸福不久就成了一种恩赐。过去的幻想又重新纠缠着我。我焦急地希望享受有钱的欢乐，而且以爱情的名义来要求这种欢乐。每晚，当我忧忧郁郁、胡思乱想，沉浸在富裕生活的欢乐的遐想之中时，一个温柔的声音询问我到底是为了什么，我坦率地说出了自己的心思。这位把她自己献给了我的幸福的温柔的人儿，听了我的话，无疑发出了一声叹息。对她来说，最苦恼的就是她知道对于我所追求的东西，她一时还爱莫能助。噢！先生，女人的忠诚是多么地高尚啊！"

医生发出的感叹表达了他内心的苦楚，他沉思了片刻，叶纳斯塔没有打断他的思索。

"唉，先生，"倍纳西继续说，"有一件事本来会使已经着手进行的婚事巩固起来的，但结果却破坏了它，而且成了我的不幸的祸端。我父亲过世时留下了一笔巨额的家产：为了料理遗产继承的事务，我必须得去郎格多克住几个月，我独自一个人去了那里。这样我重新获得了自由。每一项义务，哪怕是最轻松的义务，都使青年人感到难受：只有有了生活的经验，才能认识到约束和工作的必要性。我是个活泼的郎格多克人，我觉得独来独往，不必向任何人汇报我的行动，甚至是故意的，那是何等的快活啊。尽管我没有完全忘记我身上的束缚，但是我已经沉醉在欢乐里面，对往事的回忆不知不觉地消失得一干二净了。我怀着沉痛的心情打算回去以后恢复我们的关系；接着，我又自己问自己为什么要恢复关系呢。可是，我收到了一封封充满真情实意的信札；不过，一个二十二岁的青年设想所有的女人都是柔情脉脉的；他还不会区别爱情和情欲；他把所有的东西都混淆为快意，好像它首先可以包括一切；只有到了后来，当我比较了解了人和事，我才懂得评价她信里包含着的真正的高尚感情，在信里，她倾诉着深情，但没有一句话讲到她自己，在信里，她因为我有了钱而感到高兴，在信里，为了她自己而感到惋惜，在信里，她不能想象我会变心，因为她认为她自己是不可能变心的。但我已经被野心勃勃的盘算迷住了心窍，想过有钱人的纸醉金迷的生活，想变成一个大人物，想结一门美美的亲事。我只是克制住自己，带着一个自命不凡的人的冷淡神气说道：'她爱得我厉害哪！'可是怎样和她脱离关系呢，这就弄得我尴尬起来了。这一种尴尬，这一种羞愧，会导向残酷；为了在他的牺牲品面前脸儿不红，男子们先使她受伤，然后再把她杀死。当我回想起犯错误的日子时，在我面前便展现出了人们心儿上的许多深渊。是的，请相信我吧，先生，最能深测人类天性中的恶德和美德的人，就是老老实实地研究过他们自己的人。我们的良心是个出发点。我们从自己走向人家，而决不是从人家走向自己。我重新回到巴黎，住在已经叫人租好的一家大旅馆里，关于我情况已变和人已回来的事，我事先没有通知那个唯一予以关心的人。我想在时髦的年轻小伙子中间显一显身手。我过了几天的豪华生活，尝到了莫大的乐趣，当我如痴似醉的时候，我一鼓作气，去看望我想要抛弃的那个可怜的人。出于女人天生的敏感，她看出了我的鬼主意，但是当着我的面，她忍住了眼泪。她有十足的理由瞧不起我；但是，老是那么温柔，那么善良的她，没有对我显出一丝一毫的轻视。这样的宽宏大量却残酷地折磨着我。无论是做沙龙里的或是大路上的杀人犯，我们总喜欢我们的牺牲者奋起自卫，搏斗一场，好像可以证明他们是死有应得。我起先十分亲热地一次一次去看望她。纵使我不是个温柔的人，我却竭力装出一副和蔼可亲的样子；后来我不知不觉地变得彬彬有礼了。有一天，她以一种默许的方式，答应我像对待一个陌生人似的对待她，我呢，以为我已经做到仁至义尽了。话虽如此，我几乎疯狂地沉溺在社交界里，寻欢作乐，为的是要减轻残留在我心里的一点儿悔恨之意。一个自暴自弃的人，不可能独自一人过日子的，我就像巴黎的富家子弟那样，过着挥霍的生活。我这个人受过教育，记忆力惊人，看上去比实际上的我更有才智，而且我还自以为比别人更高明呢：有求于我的人证明我是个佼佼不凡的人，他们发现我对此倒也深信不疑。我的优越性很快得到大家的承认，我也并不费心去证实这一点。在世上所有的手法里面，奉承是最巧妙、最狡猾的一种。特别是在巴黎，各色各样工于心计的人都懂得把花冠堆在他的摇篮里，把一个初生的天才闷死。我因而并没有以我的盛名搞到荣誉，我没有利用我的声望为自己开辟一条人生的道路，也没有拉上任何有用的关系。我沉湎在许许多多、各色各样的浪荡行为里面。我在巴黎的沙龙里得到的是一瞬即逝的情欲，这是巴黎沙龙的耻辱。因为每个人上那儿去，为的是寻找真正的爱情，我追求不到真正的爱情，感到厌倦，于是就陷入到时兴的放荡生活中去，结果，我对真正的爱情反而感到惊奇，正像世人对一件卓越的行为感到惊奇一样。在我学着别人的样，常常在戕害纯洁和高尚的灵魂的同时，也暗暗地伤害着我的心。

"尽管有这些使人家看歪了我的表面上的错误，我身上还保持着一种难以对付的优美的情操，我经常对它俯首听命。我好几次上了人家的当，因为如果不这样做，我会感到脸红，我坚守信义，为此人家瞧不起我，而我自己心里却暗自高兴呢。事实上，社会上对巧妙的人总是佩服得五体投地，不管他们出之以什么样的方式。对他们来说，凡事只看结局。世人因而把我所没有的恶习、美德、胜利和失败都归到我的身上；他们硬说我情场得意，我自己却莫名其妙；他们指责我行为不端，我自己乃局外之人。出于自负，我不屑对这样的诽谤加以驳斥，由于自尊，有利的谗言则正中下怀。我的生活表面上是幸福的，实际上却是悲哀的。要不是灾难立刻落到我的头上，我会逐渐失去我的美德，让邪恶获得全胜，因为我无休止地耽于逸乐，因为过分的享受亏损了我的身体，因为利己主义的恶习消耗了我精神上的力量。我破产了。事情是这样的，在巴黎，一个人不管他多么有钱，他总会遇上一个比他更有钱的人，他把那个人作为目标，一心要超过他。我像许许多多没头脑的人一样，做了这场斗争的牺牲品。四年以后，我被迫卖掉了一部分产业，其余的抵押掉了。接着，一个可怕的打击落到了我的头上。我已有两年没有看见那我遗弃的人了；但是，依照我生活的路子，我的不幸无疑会让我回到她身边去的。一天晚上，在一次兴高采烈的集会上，我收到一张便条，字迹歪歪斜斜，信的内容大致是这样的：

"'我没有多少日子好活了，我的朋友，我真想见见你，知道一下我的孩子的命运，今后你会不会再认他做儿子，这样，我死的时候就可以减轻可能留在你心头的悔恨了。'

"我读完信，全身像浇了一桶冰水。它勾起了我的心酸往事，同时它也隐藏着未来的秘密。我等不及坐我的马车，徒步出门。我悔恨交加，穿过整个巴黎城，晴天霹雳，剧痛折磨着我的心儿，痛苦一直持续到看见我的牺牲者的时候。她的住处很整洁，掩盖了这位女子的穷困和她生活的苦恼：当我正式答应抚养我们的孩子时，她以一种高尚的克制精神向我讲起了我给予她的耻辱,她既往不咎,宽恕了我。这位女人死了。先生,尽管我无微不至地照管她,想尽了一切科学的办法,但是回天乏术。这样的照管,这样的忠诚已经迟了,只是在她生命的最后一刻减轻了她的一点痛苦。

"她为了抚养孩子,日夜操劳着。母爱支持她度过了艰难的岁月,但是没有什么东西支持她忍受最强烈的悲痛,那就是我的遗弃。多少次她想来瞧我,多少次她的女性的高傲使她止步不前;我异想天开,挥金如土,却没有念一念旧情,让一滴金子落到她的贫苦的家里,帮助母子俩维持生活,当她想到这一点时,她只是落落眼泪,并不来责怪我。她认为这种巨大的不幸是对她错误的理所当然的惩罚。圣絮尔皮斯教堂有一位善良的神甫帮助了她,他的宽容的声音使她平静下来,她站在祭坛的阴暗处抹去泪珠,在那儿寻找着希望。我倾注在她心里的痛苦不知不觉地淡薄起来了。有一天,她听见她的儿子喊着:'我的爸爸!'这话她没教过他,这时候她就宽恕了我的罪过。但是,眼泪、辛酸、日日夜夜的操劳可把她的身体折腾垮了。宗教没有及时给她带来安慰和支持她度过艰难生活的勇气。她焦急,她苦恼,她得了心脏病,因为她时时刻刻盼我回去,尽管希望一次又一次地破灭,可是希望一次又一次地复活了。后来,当她知道自己快要死了,她在临终的床上给我写了这么寥寥的几句话,她毫无怨言,因为宗教的感情启示了她,也因为她相信我是个善良的人。她对我说,她相信我只是受了蒙蔽,而不是甘心堕落;她甚至责备自己过分保持了女性的高傲。

"'如果我早就写信给你的话,'她对我说,'也许我们还来得及结婚,让我们的孩子合法化。'

"她就是为了儿子才希望取得这样的关系的,要是她没感到死亡会使这样的关系化为泡影的话，她是不会提出这种要求的。但是现在太晚了，她已经没有多少时候好活了。先生，就在她的床边，我开始懂得一颗忠诚的心是多么珍贵，我的感情彻底变了。像我这样年龄的人还是会掉眼泪的。在她宝贵的生命奄奄一息的时刻，我说的话，我的行动，我的眼泪表明了翻滚在一个男人心里的悔恨。我认识一个优秀的心灵已经为时太晚了，我认识了世人的卑鄙，时髦女子的无聊、自私自利，我一直向往着它，我一直追求着它啊。我看够了那么多的假面具，听腻了那么多的谎言，我呼唤真正的爱情，虚假的热恋使我做着真情的梦；现在它就躺在我的怀里，我赞美它，可是它被我扼杀了，我没法把它长留在我的身边。四年的经验使我看清了自己固有的、真正的性格。我的气质，我的空想的本质，我的与其说是毁灭了倒不如说是麻木了的宗教原则，我的性格，我那颗没有被人了解的心：我身上的一切，过了一段时间，使我明白我需要有一个心情欢畅的生活，需要有一种享受天伦之乐的热情——这是最大最大的乐趣。由于我毫无目的地在动荡生活的虚空中挣扎，追求那经常没有情感的快乐（而情感使快乐变得更美），亲密生活的图景就深深地感动了我。这样，我的品行发生了突然的转变，也是持久的转变。我有那种南方人的气质，而被巴黎的生活熏黑了，当然我决不会去同情一个受了骗的穷姑娘的命运的，如果有某个贫嘴的人在欢乐的聚会上跟我谈起她的痛苦，我也许会笑话她；在法国，一句巧妙的俏皮话往往可以把可怕的罪行一笔勾销；但是，在这位天使面前，我一点也不能责怪她，所有的诡辩都说不出口了：棺材放在那儿，我的孩子在向我微笑，他不知道我是杀害他母亲的人呢。

"这个女子死了，她幸福地离开了人间，她意识到我现在是爱她的，这个新的爱情既不是出于怜悯，也不是出于把我们俩必然地联结在一起的那种关系。我永远忘不了她临终的最后时刻，这时候爱情又重新获得，得到满足的母性使痛苦咽到了肚里。她眼睛所看到的周围的富裕和阔绰，穿着漂亮的童装显得格外好看的孩子的高兴样子，都保证这小家伙的幸福的未来，在他的身上她看到自己又再生了。圣絮尔皮斯教堂的副本堂神甫看见我灰心失望，没有给我惯常的安慰，而使我意识到我责任的重大，这使我更加灰心失望；但是，我不需要激励，我的良心大声地和我谈着话。一个女子高尚地信赖我，而我却对她说谎，向她说我爱她，同时又抛弃了她；我害这个可怜的姑娘吃尽了苦头，她忍受到了人世间种种的耻辱，对我来说，她应该是一个神圣的人；她死的时候宽恕了我，忘记了她所有的苦难，因为一个早已对她食言的男人的话竟使她迷迷糊糊地睡去了。阿迦达把少女的一片诚意献给了我，如今发现在她的心里又有一片母亲的诚意要交付给我。噢，先生，这个孩子呀！她的孩子呀！……只有上帝才知道我是怎样地爱他的啊。可爱的小家伙，跟她妈妈一样，举止文雅，谈吐不俗，思想优美；但是，在我的眼里他不仅仅是个孩子哩！难道他不是我的赦免，我的荣誉吗！我以父亲的身份钟爱着他，我要像他母亲那样地爱他，如果我能够做到使他相信他并没有离开他母亲的胸怀，那么我的悔恨就可以变成幸福了；就这样，人类的感情和宗教的希望使我和他紧紧联结在一起。因此，我的心里充满了上帝赋予母亲的那种慈爱。我听到孩子的声音就浑身颤抖。他睡着了，我久久凝视着他，心里往往充满着新的喜悦，我的眼泪也常常滴落在他的额上；我教他养成一种习惯，只等他一醒，就到我的床上做祷告。出自孩子新鲜和纯洁的口的《主祷文》的简单祷词挑起我多么甜蜜的情感啊！但是又挑起我多么可怕的情感啊！一天早上，他念了：'我们在天上的父……'

便停下来：

"'为什么不是我们的母亲呀？'

"这句话使我大吃一惊。我热爱我的儿子，可是我已经在他的生命里播下了许多不幸的种子……尽管法律承认青年人的错误，而且勉强给予私生子一个合法的存在，近乎包庇了他们的错误，但是世人却带着不可克服的偏见加强了对法律的反感。先生，从那时候起，我就开始认真考虑各种社会的基础，它们的机构，人类的义务和激励公民的道德。天才一眼就可以洞察人们的感情和社会的前途之间的联系；宗教把求得幸福所必须的道德准则激发起善良的人们；但是只有后悔才能把这些准则注入热情奔放、善于想象的人的心里：悔恨使我豁然开朗。我是为了孩子才活在世上的，孩子促使我思考社会的重大问题。我一开始就决心让儿子本人具备成功的才能，为他的高升做好有效的准备。这样，我连续地请各国的人来教他英语、德语、意大利语和西班牙语，负责教他从小就学好各种语言的发音。我高兴地发觉他有杰出的才能，我常常一面和他玩耍，一面教育他。我不希望任何一种错误的思想侵入他的灵魂。我尤其竭尽我的力量，让他从小就习惯于脑力劳动，培养他具有迅速和正确的概括能力和深入细致地钻研个别事物的耐心；最后，我教他能够忍受痛苦而无一点怨言。我不许别人在他面前讲一句下流话或者仅仅是不恰当的话。在我的照管之下，他周围的人和事都能够促使他的心灵变得高尚起来，向上起来，热爱真理，憎恨虚伪，言谈朴素，举止大方，风度自然。他具有丰富的想象力，善于敏捷地掌握课外知识。同样，他禀性聪明，他感到其他的学业都是容易的。栽培着的这一棵树木多好看呀！母亲们多高兴呀！这时候我才明白他的母亲所以能够不辞艰辛而活下来的原因了。

　　"先生，这就是我一生中最重大的事件，而现在，就轮到我讲讲把我扔到这个区里来的那件灾祸了。我现在要给你讲的是世界上最平常、最简单的一则故事，但是对我来说，是最最可怕的。几年来我的全部心血都花在那孩子的身上，盼他能够长大成人，我却怕着将来孤单的日子；我的儿子长大了，他总要弃我而去的。在我的心灵里，爱是我生存的要素。我感到我需要爱情，由于它屡遭失败，随着年月的增长，这种复燃的要求变得更加强烈了。我的身上有真诚恋慕的一切条件。我曾经受到过考验，我懂得矢志不渝的幸福，懂得把牺牲变为乐事的幸运，懂得我心爱的女人在我的行动和思想中应该永远占第一位。我想象着那种坚如铁石的爱情，两个人心心相印，幸福充满了他们的生活、他们的相视和他们的言谈，他们相敬如宾。这样的爱情之在生活里正像宗教感情之在心灵里那样，激励着生活，支持着生活，照亮着生活。

　　"我对夫妻爱情的理解和大多数男人的见解不一样，我觉得它的绚丽多彩恰恰隐藏在那些在无数的家庭中使它毁灭了的事物里面。我深深体会到，在两人亲密无间的共同生活中，需要的是崇高的道德，这样，最庸俗的行为就不至于成为白首偕老的障碍了。但是哪里见过两颗心跳得完全等时——请原谅我用了这么一个科学词语——达到那样天仙似的结合呢？如果真是存在的话，本性或者意外又把他们分隔得远远的，破镜不能重圆，一旦醒悟，死别又临。这样的命运自有它的原因，可我从来没有去寻根究底。我的伤痛已经够重了，我不想去研究它。也许，完满的幸福是一个怪物，它不会在我们人类中永世长存的。

　　"我热烈地向往这类的婚姻，还有其他的种种原因。我连一个朋友也没有。对于我，世界是一片沙漠。我的身上有某种不能享受肺腑相交的甜蜜景象的东西。有些人追求过我的友谊，但是，尽管我对他们做了一些努力，我还是一无所得。在很多人面前，克制住世人所谓的优越感；我亦步亦趋，人云亦云，人笑我也笑，我原谅他们性格上的缺陷；如果我获得荣誉的话，我会把荣誉出卖给他们以换取微薄的友情。这班人却毫不惋惜地和我断绝往来。在巴黎，对于寻求真情实感的人来说，一切都是陷阱，一切都是苦恼。在这个世界上，不论我走到哪里，我的四周到处是烫脚的土地。有些人把我的好心好意当作软弱可欺；但是如果我对他们装出张牙舞爪，相信有一天我总会大权在握的样子，那么我又变得穷凶极恶了……对另一些人来说，那种在二十岁上消失不见，后来我们又几乎羞于显露出来的欢笑，却成为嘲弄的题目，我一直被他们捉弄。在我们这个时代，人们苦闷不堪，但是哪怕在极其无聊的谈话之中，仍旧力求一本正经。可怕的年代啊，人们在一个彬彬有礼、平平庸庸和冷若冰霜的人面前卑躬屈膝，明明大家都痛恨他，但却要服从他！

"后来我才找到了这种明显的不合情理的原因。先生，平庸从来不会过时；它是社会上日常的装束；凡是离开庸人们投下的柔和的影子的一切，都是过于耀目的东西；天才啊，独创性啊，都是给深藏起来的饰物，偶有一天把它们拿出来打扮打扮罢了。

"总之，先生，我孤独地生活在巴黎，尘世茫茫，一无所得，我已经把一切献给了人世，而它却什么也没有给我；我的孩子不能填补我心灵的空虚，因为我是个男人：我感到生活是冷冰冰的，我心头的悲痛压得我直不起腰来，有一天，我遇上了一个女人，她使我懂得爱情的力量，懂得珍惜相许的爱情，孕育着幸福和希望的爱情，总之就是爱情……我和父亲的老朋友又恢复了关系，从前他曾经无微不至地关心过我。就在他的家里，我遇见了一位少女，我对她一见钟情，觉得这个爱情应该和我的生命共终。先生，人越老，越能懂得思想对于种种事情会产生多么不可思议的影响。那非常值得尊敬的、从崇高的宗教思想中产生出来的偏见，是造成我不幸的原因。这位少女出生于一个笃信宗教的家庭，他们的天主教观点属于一种教派的思想，这就是被不恰当地称作的冉森教派，从前它曾经在法国引起过纷争；你知道是什么原因吗？"

"不……"叶纳斯塔说。

"伊普雷①城的主教冉森②写了一本书，有人认为他的主张和罗马教廷的教义不一致。后来，原文的提法看来并不是宣扬异端邪说，而有几个作者却走得更远，竟然否定箴言是根本不存在的。这场毫无意义的论战使法国天主教会分裂成两大派：冉森教派和耶稣会派。两派的大将摆开了阵势。双方势均力敌，开始了一场斗争。冉森教派斥责耶稣会派宣扬一种过于松弛的道德，而自己却假装出一副在道德和法则上高度纯洁的样子；因此冉森教派在法国成了天主教中清教徒的一种，如果'天主教'和'清教徒'这两个词可以搭配起来的话。在法国大革命期间，和解协议产生了无关紧要的分裂，接着就组成了一个纯粹天主教的团体，他们不承认那些由革命政权指定的，并获得罗马教皇同意的主教们。这么一群信徒就组成了所谓的'小教会'，它的教徒们像冉森教派教徒一样，主张模范式的生活规律性，这好像是所有被取缔的、受迫害的教派的存在所必需的法则。许多冉森教派的家庭是属于'小教会'的。这位少女的父母对这两种同样严格的清教主义兼收并蓄，它们给予

---

① 伊普雷，地名，现在比利时西部。
② 冉森，荷兰神学家（1585—1638）。

人的性格和外表一种庄严威重的味儿；因为这些绝对教义的本质在把它们和未来的生活联系起来的同时，使最普通的行为也变得崇高起来；由此产生了心灵的那种出色和美妙的纯洁性，它既尊重别人，也尊重自己；由此产生了那种无法形容的对公正和不公正的灵敏的感觉；其次是伟大的慈悲心；还有那种严格的公平，可以说是铁面无私的；最后，就是对邪恶的憎恨，特别是对谎言，因为它包括了一切的邪恶。

　　"当我初次在老朋友的家里赞赏着那位年轻的姑娘时，我记不起以前还有过比这更美妙的时刻了，她真诚、羞怯、温顺，女性的一切特有的美德都在她身上熠熠发光，可是她却没有一点儿的娇气。她纤腰一搦，体态轻盈，她那过分严肃的神情也不能使她有所减色；她的脸儿从侧面看去，轮廓分明，眉清目秀，显然是个大家闺秀；她眼儿一瞟，既亲切又端庄，前额坦坦荡荡；她长着一头浓密的头发，朴朴素素地梳着辫髻，连她自己也不知道，这倒把她装点得更美了。总之，上尉，在我的眼里，她是一个十全十美的女人的典型，我们爱上了一个女人，常常是情人眼里出西施的；为了爱她，难道不应该在她的身上去找寻那种梦寐以求的、符合我们特殊观念的美的特征吗？我和她交谈时，她三言两语地回答我，既从容不迫，又不忸怩作态，她不知道，她声音的悦耳和外表的匀称给了我多少的欢愉。所有这样的天使都有同样的特征，我们的心儿会根据这些特征辨认出她们就是天使：同样温柔的声音，同样含情脉脉的眼神，同样洁白的脸色，以及举止中那种动人的味儿。这些优良的品质是和谐一致的，融为一体，互相协调，使人倾倒，但是人们却摸不透那种魅力到底从何而来。一个崇高的灵魂是从所有的举动中透露出来的。我热恋着。这种熏苏的爱情满足了曾经骚乱过我的一些感情：名，利，总之，我的一切幻想! 这位姑娘长得漂亮, 人品高尚, 既有钱, 又有教养, 世人苛求于一个上层社会女人的优点她都具备, 我就是要爬进这样的上层社会里去嘛; 她素有训练, 讲起话来口齿伶俐, 这在法国既少见又常见。因为在法国, 很多女人言词漂亮得不得了, 但是却言之无物, 然而她呢, 却在才智里充满了见解。总之, 她特别对她的尊严有一种深刻的感觉, 这就博得了大家的尊敬; 我想象不出还有比她更美的妻子了。我就到此为止吧, 上尉! 我们对一个心爱的女人决不能描绘得淋漓尽致的; 在她和我们之间, 早就存在着一些无法分析的神秘东西啦。

"不久, 我便向老朋友吐露了我的心事, 他带我到了她的家里, 由于我老朋友的使人肃然起敬的威信, 他们接待了我。起初, 他们用冷冰冰的礼貌接待着我, 这是一班固执的人的特点, 但他们一旦和人有了交情, 就不再把朋友抛弃了, 我终于受到了亲切的接待。由于我在这种场合下所表现的行为, 无疑我是应该受到尊重的。尽管我热恋着她, 我却没有做过任何在我看来败坏自己名声的事情, 我没有丝毫奴颜婢膝的样子, 我一点儿也不去奉承那些决定我命运的人, 我就是这么一个人, 首先是一个男子汉。我的老朋友和我一样, 渴望早日结束我那痛苦的独身生活, 当他们把我的性格摸透以后, 他便向姑娘的父母谈了我的希望, 他们表示了赞同, 但却用了一种微妙的方法, 这一点上流社会的人是不大会扔掉的; 我的老朋友满心希望我结一门'美满的婚姻'(当夫妻中有一方企图欺骗另一方的时候, 这句话就把一件十分严肃的事情变成一宗商业的交易了), 因此, 老头儿对我年轻时所犯的一桩所谓错事, 一直守口如瓶。他认为, 我的孩子的存在会引起人家道德方面的厌恶的, 相比之下, 财产根本算不了一回事, 这样就免不了会导致决裂。他说得有理。

"'这件事你要和你妻子处理得好,'他对我说,'你会很容易得到她完全的宽恕的。'

"总之,为了打消我的顾虑,他对我提供了许多巧辩式的理由,只要一个精于世故的精明人想得到的,他都说出来了。我承认,先生,尽管我向他许下了诺言,我的初衷却是要向那个一家之主忠实地打开天窗说亮话。但是他的犟脾气使我考虑再三,这样承认的后果也叫我害怕;我怯懦地和我的良心妥协起来,我决定等待一下,等到我的心上人和我倾心相爱,我的骇人听闻的秘密不至于葬送我的幸福的时候。我决心在适当的时刻向她承认一切,这无异是在证明世人的巧辩有理,那个谨慎小心的老头儿的巧辩有理啊。这样,姑娘的父母把我当做未来的女婿看待,而没有把这件事告诉他们家的朋友们。凡是这类笃信宗教的家庭,他们与众不同的特点是极端的谨慎,他们对任何事情都闭口不谈,甚至是无关紧要的事情。你无法相信,先生,这种在最细小的行为中流露出来的稳重的一丝不苟,表示出多么深厚的感情啊。在他们那儿,所有的工作总是有益的;女人利用空暇的时间替穷人缝制衬衣;从来听不见无聊的闲谈,可是笑声却是不绝的,他们开的玩笑都是质朴的,不是挖苦人的。起初,我听了正教徒的谈话,感到陌生,他们没有一句尖刻的话儿,而在上流社会的交谈中却充塞着诽谤和丑恶的故事;她的父亲和叔叔只是看报,我的心上人对报纸从来不望一眼,因为最纯洁的报纸讲的也只是些犯罪的行为或是公开的恶习;可是后来,在这样纯洁的气氛中,我的头脑里却产生了一个印象,我眼睛接触到的都是些暗淡的颜色,一种甜蜜的安宁,一种美好的恬静。

"这样的生活,从表面上看来,是吓人的单调。屋内的景象有点冷冰冰的味儿:我每天看见所有的家具,哪怕最常用的东西，都以毫无改变的样儿放置在那儿，而且连最细小的物件也总是弄得干干净净的。话虽这么说，这样的生活方式却强烈地吸引着我。我这个人，以前耽于逸乐，习惯于巴黎的花花绿绿和来来往往，我克服了初时的厌恶情绪，认识到这种生活的好处：它开拓了人的思路，引起人的自然而然的深思；于此心神凝一，不受外物纷扰，方寸洞明，浩如大海。在这儿，人仿佛生活在修道院里，不断看到同样的事物，思想必然会脱开尘世的俗事，完全转到感情的无限中去。对于像我这样一个曾经真心诚意地恋爱过的人来说，那寂静，那简单的生活，几乎像在修道院里一样，在同样的时候履行同样的事儿，天天如此，月月如此，这倒使爱情有了更强大的力量。从那种深沉的宁静里，从最细小的动作上，从一句话里，从一个姿势里，我得到了不可思议的乐趣。在毫不做作地倾吐爱情的同时，一笑，一顾，对两个心领神会的人儿提供了一幅幅取之不尽的幻象，让他们描上他们的欢乐和他们的哀愁。那时我才明白，言谈，不管说得多么天花乱坠，总及不上相视一笑那样的美好动人。多少次啊，我真想让我的心儿放到我的眼睛里或者我的嘴唇上，可是同时，我却一句话也说不出来，或者想一股脑儿把我似火一般的对一个少女的爱情倾吐出来。她呢，就坐在我的身边，总是安安静静的，她还没有觉察出我到她家来的那个秘密；因为她的父母希望在她终身大事上面，让她有绝对的自由。但是，当我们考验真正的爱情时，面对那心爱的人儿，难道不能满足我们最强烈的愿望吗？当我们被允许站在她的面前时，难道不是像基督教徒站在上帝的面前那样的幸福吗？亲眼一见，不就是五体投地了吗？如果，对我来说，因为我无权表达我内心的激情，比别人更觉得痛苦；如果我的火热的话在表达时不足以表示我更为火热的感情，而不得不把它吞到肚里；那么，这种束缚既然压制了我的感情，却促使它在一些小事上更加强烈地奔腾出来，最小最小的偶然事件于是也变得极其宝贵了。我随时随刻赞赏着她，等待她的反应，久久地品味着她那抑扬婉转的声音，想从这儿寻找她内心的思想；当我递给她正在找寻的某样东西时，我察看她的手指有没有发抖，我想出各种借口想摸摸她的衣服或是她的头发，捏捏她的手，逗她多说些话儿：所有这些微不足道的事情都成了天大的事件。在这种如醉似痴的时刻，那眼睛，那姿势，那声音常常给心儿提供了爱情的不可言传的证据。这就是我的语言，这位少女的处女的审慎和冷静允许我使用的唯一的语言；因为她的态度始终不变，她对待我常常好像妹妹对待哥哥那样；不过，随着我爱情的增强，我的话和她的话，我的眼色和她的眼色之间的对比变得越来越明显，我终于识破这种羞羞怯怯的沉默是这个少女表达她的感情时能够使用的唯一方法。每次我去客厅时，她不是都在那里吗？我去她家做客时，她不是始终伴在旁边吗？也许她早就盼望着和预感到我的登门了。这种默默无言的忠诚不是承认了她那颗纯洁的心灵的秘密吗？总之，她不是乐滋滋地听着我讲话，也不想掩盖她那股高兴劲吗？我们俩质朴的态度和我们的爱情的郁闷无疑终于使她的双亲焦急起来，他们看我几乎和他们的女儿一样的腼腆，很赏识我，也很看重我。他们相信我的老朋友，在他面前讲了许多好话：我成了他们的干儿子，他们特别赞赏我的思想品德。那时候我真的又变得年轻了。在这个笃信宗教纯洁无垢的圈子里，一个三十二岁的男子又变成一个充满信心的年轻人了。夏天过去了，这一家一反惯例，因忙于事务，留在巴黎；但是，到了九月里，全家才脱出身来，到奥弗涅的田庄上去，她的父亲邀我到一个古老的别墅里住两个月，别墅孤零零地坐落在康塔尔山冈子里。他向我发出这个友好的邀请以后，我没有立即答复他。使我感到甜滋滋的是，正当我犹豫不决的时候，那个朴实的少女脸上不由自主地流露出快活非凡的神情，泄露了她心头的秘密。艾芙利纳……上帝啊！"倍纳西叫了一声，便沉思起来，默不作声。

"请原谅我，勃罗多上尉，"过了好久，他又接着说，"十二年来，我第一次叫这个名字，它老是在我的脑际萦回，在睡梦中，我常常听见有人唤着她的名字。艾芙利纳，我一叫她的名字，她猛然抬起头来，那种迅速的举动和她天生温婉的模样完全不同；她凝视着我，没有一点傲慢的神情，但却带着一种痛苦的不安的模样；她的脸涨得绯红，眼睛低了下来。后来她的眼睑又慢慢地张开，使我感到说不出的、从来没有尝到过的高兴。我只能用断断续续的声音，结结巴巴地来答复她。我内心的激动在她身上找到了热烈的反响，她向我甜蜜蜜地瞅了一眼，表示对我的感谢，眼睛隐隐然湿蒙蒙的。我们俩千言万语，尽在不言中了……

"我跟着他们全家一起到田庄上去。自从我们俩心心相印的那天起，我们周围的事物都带上新鲜的样儿；什么东西都引起我们的兴趣。真正的爱情总是一模一样的，但爱情的表现形式该受到我们见解的支配，每个人的爱情总是既有相似的地方，又有不同的地方，而人的热情则是表达同情的唯一方式。因此唯有哲学家、诗人才理解那个已经被庸俗化了的爱的定义：双方的自私自利。我们爱'人'，也就是爱己嘛。然而，尽管爱情的表达方式是如此的五花八门，可以说有史以来每一对情人找不到相同的第二对，可是，表白爱情的方式毕竟是一样的。因此，就连最虔诚、最贞洁的少女都使用着一样的语言，只是她们的雅见各不相同罢了。其不同的地方，仅在于别的姑娘认为天真坦率地表白她内心的感情是理所当然的事情，可是艾芙利纳呢，虽然这位虔信宗教的少女平时的幽娴镇静被这种感情搞得回肠九转，但还是认为不该把它倾吐出来。她偷偷地瞅你一眼，对她来说，就是爱情的强烈的表示了。她的心儿和她的原则之间经常不断地斗争使她的生活静如止水，表面上涟波不起，底子里却汹涌奔腾。这种个性的力量比一般少女的夸张要高明多了，因为后者的作风已经被世俗的生活习惯弄得变形了。

"一路上，艾芙利纳欣赏着大自然的美丽，赞不绝口。当我们还没有权利表达和心爱的人儿相处在一起时的幸福时，我们便把充溢在我们心头的感觉倾注在外界的事物中间，我们隐藏着的感情把这些外界事物变得更美了。不断展现在我们眼前的景色的诗情画意，是我们俩的非常了解我们心曲的代言人，我们对大自然的赞美，彼此都心里明白，包含着爱情的秘密。在好几个场合艾芙利纳的母亲耍出女人的狡黠手段，捉弄她的女儿，开开心儿：

"'你在这个山谷里已经走过二十次了，亲爱的孩子，却从来没有听你称赞过它呢！'艾芙利纳说了一句稍稍过于热情的话后，她对她说。

"'妈妈，那时候我人还小，还不懂得欣赏这样的美呢。'

"请原谅我讲了这么些琐琐碎碎的对你没什么兴趣的事情，上尉；但是这么一句简简单单的回答，却使我高兴得什么似的，而最根本的东西却是她向我投来的一瞥。这样，我们一起凝视着的被冉冉升起的太阳照亮了的那样的村庄，爬满了常春藤的那样的废墟，就更加深刻地镌刻在我们的心坎上了，因为一想起一件物质的东西，就连带想起了同我们整个未来息息相通的甜蜜的激情。我们到了她家祖传的别墅里，我在这里耽了四十天光景。这些日子，先生，是我一生中唯一美满的部分，是老天赏赐给我的。我尝到了城里人从未尝到过的欢乐。一对情侣享受着幸福的生活。我们住在一起，成婚在望，踏遍了乡间的田野，有时只有我们两人，坐在某一个秀丽的小山谷底的一棵大树下面，注视着一所古老磨坊的建筑，偷看片刻，甜甜蜜蜜、低声细语地互诉衷肠，你要懂得，一天一天，这就使两个人在心里离得又近了一点。啊，先生，空气充足的生活，天上和地上的美，与心灵的完美和欢乐配合得多么好呀！我们一面微笑着，一面凝望着天空，简单的话语和栖息在潮湿的树叶下的鸟儿的歌声融成一片，我们听到敲得太早的钟声，便拖着缓慢的步子回家，一起赞赏着风景的一个小小的细节，跟踪着一只忽东忽西的昆虫，端详着一只金色苍蝇，一只勾住了一个多情纯洁的少女心儿的脆弱小动物，我们不是一天一天地向九天越飞越高了吗？这幸福的四十天给我留下了使我的一生变得绚丽多彩的回忆，由于这是最美好和最浩茫的回忆，从那时以后，我就从来不再以心许人了。

"如今，这些表面上平平常常，但对于一颗破碎了的心来说，却充满着辛酸的含意的图片，使我回想起已经消失了的，但又是忘不了的爱情。我不知道你有没有注意到小雅克草屋上面的夕阳的余晖？刹那之间，太阳的光芒使大自然重放异彩。接着，景色突然又变得昏黑了。这两种不同的景象在我的眼前呈现出我当时生活的真实写照。

"先生，我受到了一位天真烂漫的少女可能表示的初次的、唯一的和崇高的爱情，它越是偷偷摸摸，就越是坚如磐石：美妙的爱情的许诺，在极乐世界里的谈话的回忆啊。我确信，那时候她是爱我的，我发誓要把所有的事情都说出来，不向她保守一点秘密。我惭愧，到了现在，还没有把自己亲手造的悲痛向她诉说过呢。不幸的事发生了，就在这美好的一天的翌日，我收到我儿子的家庭教师的来信，它使我为了我如此珍爱的一条性命发起抖来。我没有把我的秘密告诉艾芙利纳，就动身走了，也没有向她的家人讲出其他的理由，只是说有一件要事。我走了以后，她的父母惊慌不安，生怕我另外心有所属。他们写信到巴黎，向我询问情况。他们违背了他们的宗教原则，不相信我，甚至也不让我消除他们的疑团；他们的一位朋友，瞒着我，把我年轻时代的事情一一告诉了他们，对我的过失添油加醋，坚持说我有个孩子，他还说，我存心瞒着他们。我写信给我未来的岳父母，可是我没有收到回音；他们回到巴黎，我就去他们家里，我吃了闭门羹。我忧心忡忡，托我的老朋友去打听他们这样的做法，究竟是什么原因，这个我实在一点也不知道。知道了原因以后，这好心的老头儿表现出了崇高的献身精神。我所以闭口不谈，这失职的责任全由他自己承担下来了，他还想为我辩护，但是毫无所得。艾芙利纳的家里人，利害和道德观念太重，他们的偏见太根深蒂固，要想改变他们的决定是不可能的。我灰心失望到了极点。起初，我竭力想避免这场风暴；但是我发出去的信，没有启封就被退回来了。世间一切办法都用尽了；艾芙利纳的父母对自己承认是我不幸的主犯的老头儿说，他们永远拒绝让他们的女儿嫁给这样的男人，他妻子的死和私生子的生都得归罪于他，艾芙利纳甚至跪在地上，苦苦哀求他们，也无济于事。先生，事到如今，我只剩最后的一丝希望了，我抓住这个希望不放，好像一个不幸人快淹死时抓住一根柳条不放一样。我敢于相信艾芙利纳的爱情的力量一定会超过她父母的决定，她一定会战胜她父母的固执的；也许她的父亲向她隐瞒了拒绝这门婚事的原因，杀死了我们的爱情，她知道这个原因之后，会决定我的命运的，我给她写了信。唉! 先生, 我含着眼泪, 忍着痛苦, 犹豫不决, 受尽折磨, 提笔写了我一生中唯一的一封情书。我现在只能模模糊糊地记得在失望中我写了些什么; 没有疑问, 我对艾芙利纳说, 如果她是个真诚的人, 真实的人, 她决不能, 她绝不该爱除我以外的什么人; 她不就糟蹋了她的一生, 她不就欺骗了她的未来的丈夫或者说欺骗了我吗? 如果我们在心里结成的婚姻已经举行了仪式, 拒绝向被人误解的她的情人表示她应该表示的忠诚, 她不就是背叛了一个女人的德行了吗? 哪个女人不希望认为心儿相许比法律的锁链更有约束性吗? 我替自己的过失辩白的时候, 使用了所有天真老实的话, 只要能打动她那颗高尚的、宽宏大量的心的, 我毫不遗漏……但是, 我既然把一切都坦白地告诉了你, 我不妨把她的回信和我的最后一封信找出来拿给你看。"倍纳西一面说, 一面走出去, 上楼到他的房间里。

不一会儿, 他回来了, 手里捏着一只破旧的皮夹子, 从里面抽出几张乱糟糟的纸儿, 情绪十分激动, 两手颤抖着。

"这儿就是那封不祥的信," 他说, "写了这些字的那个女孩子, 她不知道这张满篇都是她的想法的纸儿对我是多么的重要啊……这儿," 他指着另一封信, 继续说道, "是我从痛苦中迸发出来的一声最后的叫喊, 等会儿你自己可以判断。我的老朋友把我那封苦苦哀求的信秘密地捎给艾芙利纳, 老头儿两鬓斑白, 卑躬屈膝地恳求她读一读信, 恳求她回一封信, 这就是她写的:

"'先生……'

"不久前, 她总是称我'亲爱的', 为了表达纯洁的爱情, 她用了这个纯洁的称呼, 如今她叫我'先生'了! ……仅仅这一个词说明了一切。现在你听我读读这封信吧:

"'一个少女把自己的一生托付给了一个男人，当她知道他欺骗了自己，这对她真是太残酷了；不过，我应该责备你的，就是我们太软弱了！你的信打动了我的心，但是请你别再写信给我了，因为你的笔迹给我带来了难以忍受的惶惑。我们永别了。你的种种解释使我心软，它平息了在我心头升起的对你的反感，我多么希望相信你是一个纯正的人！但是，你和我，我们在我父亲的面前都太软弱了！是的，先生，我敢于为你说好话。我只能克服我无比害怕的心情，去苦苦哀求我的父母，我毕生似乎从来没有这样做过。现在，因为你恳求我，我又让步了，我背着父亲给你写信，我成了有罪的人；但是我母亲是知道的：她溺爱我，允许给我单独地和你相处片刻的自由，这都证明她是多么爱我，而且使我下定决心，要顺从我父母的意志，而我差点儿没有认识到这一点。因此，先生，我这次写信给你，是第一次，也是最后一次。我真心诚意地原谅你在我的生活里所种下的痛苦。是的，你说得对，初恋是难以忘却的。我不再是一个纯洁的少女了，我也不会成为一个贞洁的妻子。所以，我不知道我的命运究竟会怎样。你知道，你充实了的时光将对于我的未来产生久远的深刻影响；但是，我一点也不责怪你……你将永远地爱我！你为什么要说这种话呢？这些话难道能够使一个孤独的可怜姑娘的心儿、回肠百曲的心儿平静下来吗？我将永远怀念你，但是在我未来的生命中你不是已经消失了吗！如果我现在皈依了耶稣，他会接受一颗破碎的心吗？但是他不会平白无故地扔给我这些悲痛的，他有他的意图，他一定想召唤我到他的身边，如今他是我唯一的庇护人了。先生，在这个尘世上，我是一无所有了。而你，为了掩盖你的悲痛，你有男子全部天生的虚荣心。我这么说并不是责备你，它是一种虔诚的安慰。我想，如果此刻我们肩负着痛苦的重担的话，那么我的担子比你的要更重些。我把我全部的希望寄托给他的这个人，你决不会对他嫉妒的这个人，把我们的生命结合起来了；他一定会按照他的意志拆散它的。我觉察你的宗教信仰不是建筑在那种强烈的、纯洁的信念上的，可是这种信念却会帮助我们忍受我们在尘世上的苦难。先生，要是上帝可以满足我不断的、虔诚的请求的心愿，他会把光辉的才能赐给你的。永别了，你，曾经当过我的引路人，你，我可以毫不犯罪地称你一声'我的亲爱的'，为你，我可以毫不惭愧地依旧祈祷。上帝可以随他的心意安排我们的岁月，我们两个人里面，他也许会首先召你到他的身边；但是，要是我一个人留在世上，那么，先生，你就把那孩子交给我吧。'

　　"这封洋溢着宽宏大量的感情的信，使我大失所望，"倍纳西接着说，"因此，起初我只听到了我的痛苦；后来，我吸到了芬芳，那是这位少女忘却了自己，竭尽全力，倾倒在我心灵的创伤上的芬芳；但是，在悲观失望之中，我写了一封略为僵硬的信给她：

　　"小姐，这个词说明我和你断交了，而且我是听你话的！男人总觉得顺从自己心爱的人儿有说不出的可怕的快乐，甚至在她责令他离开她的时候。你说得对，我自作自受。从前我认识不到一个少女的忠诚，现在人家应该认识不到我的热情。但是我不能相信我向她献出整个心儿的一位女人竟会实行如此的报复。我从来没有怀疑在一个在我看来是那么温柔又是那么可爱的心儿里，会有这么样的冷酷，也许是这么样的德行吧。现在我才认识到我的爱情是多么的深广，它经受住了闻所未闻的最大的痛苦和你对我表示的蔑视，在你毫不惋惜地断绝了把我们联结起来的关系的时候。永别了！我悔恨，我自卑，但还保持着一点自尊。我寻求赎罪的机会，而你，我在苍天面前的代言人，对我的罪孽却没有一点同情。也许上帝还比不上你这么的残酷。我的痛苦，全然为了你而产生的痛苦，对于一颗伤痛的心儿将是一种惩罚，它将在孤寂中不停地出血；因为，对于伤痛的心儿，只有阴影和沉默。任何一个爱情的形象再也不会镌刻在我的心上了。虽然我不是一个女人，但我像你一样明白，只要说一声'我爱你！'，我就终身有托了。是的，我在我的爱人耳边讲过的这句话并不是一个谎言；如果我变了心，那么你完全有理由瞧不起我；所以，你在我孤寂的生活里将永远是一个偶像。悔恨和爱情是两种美德，它们该能引起其他所有的美德；这样，尽管我们之间存在着鸿沟，但是你将永远是我行动的准则。尽管你把辛酸注满了我的心房，可是我只要想到你，就不会感到辛酸；不清除我灵魂中一切恶劣的病源，我就不能好好开始我的新的事业，不是吗？因此，我向你告别了，向我在这个世界上爱着的唯一的心儿告别了，我是从这个心儿里被驱逐出来的！一声永别，这儿决不包含着感情，也决不包含着柔情；它不是夺走我的灵魂、我的生命了吗？任何人都无法使它们复活了。永别了！祝你平安无事，祝我多灾多难！"

读完两封信后，叶纳斯塔和倍纳西相视片刻，大家都伤心地沉思着，没有交谈一下彼此的想法。

"我把这最后的一封信发出以后，把草稿保存了下来，这你已经看到了，今天这份草稿对我来说表示了我全部的欢乐，然而是凋谢了的欢乐，"倍纳西继续说，"我的沮丧是无法形容的。在这个尘世上，一个男子对生命的眷恋是和纯洁的希望结合在一起的，今后却是烟消云散了。我只好向啮臂之盟的快乐告别，让在我心灵深处蓬勃生长的美好的理想死亡吧。一颗痛悔的心的誓言渴望美好，渴望善良，渴望正直，但是它被真正虔诚的信徒们拒绝了。先生，在最初的时刻，极其荒谬的决心使我神志恍惚，幸亏我的儿子的笑容打消了我的胡思乱想。我感觉到我的不幸加深了我对他的眷爱，他是我不幸的无辜的根源，可是我应该责怪的只是我自己。就这样，他成了我唯一的安慰。三十四岁了，我还希望能够做一个对我的国家可贵有用的人，我决心以此做一个声名显赫的人士，仗着荣誉或者才华抹去玷污了我的儿子的出生的过失。我感激他给了我这么高尚的情操，当我想到我的未来的时候，我多么想活下去呀！——我闷死了！"倍纳西喊起来，"十一年过去了，我还是不忍想起那不幸的一年……先生，他没了！"

医生默然，两手捂住脸，等他稍稍恢复平静以后，两只手才放了下来。叶纳斯塔激动地瞧着他东道主眼里的汪汪泪水。

"先生，晴天一声霹雳，起初使我丧魂落魄，"倍纳西接着说，"只有当我脱离了尘世，移居到另一个世界的时候，我才会收集到完好道德的光芒。只是到了后来我才认识到我的灾难是上帝一手造成的，到后来一听到他的声音，我就懂得俯首听命了。我不可能一下子变得俯首听命的，因为我的狂热的性格会重新苏醒过来；最后一次的狂风暴雨才把我最后一点热情的火焰扑灭干净，在选定走只能做一个天主教徒的道路之前，我犹豫不决了好久。起初我想自杀。我饱经沧桑，忧郁成性，考虑再三，决定采取这个绝望的行动。我想，既然生活抛弃了我们，那么也许我们把生活抛弃。我觉得自杀是合乎情理的。痛苦可以毁灭人的灵魂，极端的悲痛同样会毁坏人的肉体；由此可见，一个精神上患着病痛的聪明人，完全有自杀的权利，正像一头母羊羊痫病发作，在树上撞得头破血流一样。精神上的创伤难道比肉体上的创伤更容易医治吗？我现在仍然表示怀疑。有的人永远抱有希望，有的人却不再抱有希望，两者之中我不知道哪种人更加懦弱。我认为自杀是精神上病痛的最后发作，正像寿终正寝是一个人肉体上病痛的最后发作一样；但是，精神生活服从于人的意志的特殊规则，智慧的外露一绝，精神的生活亦亡，难道不是这样吗？因此，杀死人的是思想，而不是手枪。再说，正当我们生活得无限幸福的时候，一声霹雳，祸从天降，这难道不可以原谅一个不愿在不幸生活中苟延性命的人吗？但是，先生，在那些哀伤的日子里，我的沉思把我提升到更高超的思考中去。有一些时候，我成了古代异教徒的伟大意见的赞助者，可是，正当我从中寻觅人类新的法权的时候，我相信，在现代火炬的照耀之下，我能够比古人更深入地钻研那些已经化为体系的问题。

　　"伊壁鸠鲁①允许自杀。这一点不是他的教训的补充吗？他认为应该十分重视感官的享受；这种状况一消失，一个朝气勃勃的人重新回到死气沉沉的大自然中去休息，是甜蜜的和可以容许的；人唯一的目的是幸福或者是对幸福的期望，因此，当一个人遭受了苦难或者陷入无望的苦难中时，死就变成了一种幸福：甘心自尽就是一个思想意识健康的人的最终的行为。伊壁鸠鲁既不夸奖这种行为，也不责备这种行为；他喝得酩酊大醉，轻描淡写地说：'死，没有什么开心的，也没有什么伤心的。'芝诺②及其信徒们比伊壁鸠鲁学派更主张道义，主张忠于学说，在某种场合还命令斯多噶派自杀。他是这样推论的：人与野兽的区别，在于人有权支配他自身；你剥夺了他自己的生死之权，你就使他沦为人和事的奴隶了。生死之权，被人正确地认识的时候，对所有自然界和社会的苦难会形成一个有效的平衡锤；这个同样的权利，握在一个人的手里，加在他同

① 伊壁鸠鲁（公元前 341—前 270），希腊哲学家，生于萨摩斯岛或雅典。
② 芝诺，希腊哲学家，斯多噶主义的创始人。

胞的头上，便产生所有的暴政。所以，一个人如果没有他行动无限的自由，他就根本没有力量之可言：一个人犯了不可救药的过错，应该怎样去避免可耻的后果呢？平庸者含耻而活，贤哲人饮鸩而亡；应该怎样去夺取他的余生呢？风湿病啃着他的骨头，癌症销蚀着他的肌体。贤哲人当机立断，打发开江湖郎中，向在他面前痛哭失声的友人说一声永别。手持武器反对暴君的人，一旦落入了暴君的权力之中，怎么办？屈服的文书已经写好，要么在上面签字，要么引颈受戮：低能儿伸出头颈，胆小鬼签上名字，贤哲人为自由殉身。'自由的人们，'斯多噶派当时这样大声疾呼，'你们要懂得永保自由！要有为了职责而牺牲你们情欲的自由，要有向世人出示匕首和毒药，叫他们不能近身的自由，要有不让他们碰你一根汗毛、不听天由命的自由，要有摆脱把偏见和职责混淆起来的那种偏见的自由，要有善于克制依恋不幸生活的粗野本能、摆脱一切动物恐惧的自由。'

　　"从古人乱糟糟的哲学堆里清理出了这个结论之后，我想使它具有一个基督教的形式，以自由意志的法则来证明这个结论。上帝赐给我们自由意志，目的是有朝一日在他的法庭上审判我们时，我就说：'我要申辩！'但是，先生，这样的辩解又迫使我想到身后的事情，我又放弃了本来是动摇不定的对于古人的信仰了。当来生的事情压在我们最最轻率的决定上面的时候，人类生活中的一切于是都变得重要起来了。这时候，这种思想以它全部的力量激荡着一个人的灵魂，使他感觉到在他身上有一股无可形容的巨大力量，它把他和无限联系起来，一切的事物奇异地改变过来了。从这种观点来看，生活是十分伟大也是十分渺小的。我的过错的感觉一点也不使我打算进入天堂，因为我对于地上还抱有期望，因为我发现某些社会事务可以减轻我的痛苦。爱，献身于一个女子的那种幸福，当一个家长，这一切难道不是补偿我的痛心的过错所必需的高尚药物吗？这一企图失败以后，献身于一个孩子难道不是另一种赎罪的办法吗？但是，在那两次追求爱情以后，当一次轻视、一次死亡使我的心儿永远蒙上了黑纱的时候，当我所有的感情一下子都受了伤的时候，当我在尘世上一无所望的时候，我就抬头向天，在那儿我看见了上帝。

"然而，我试图让宗教赞同我的死亡。我把《福音书》重读了一遍，根本没有发现禁止自杀的地方；但是读了以后，却使我深入思考那个神妙的问题、人类的救主了。诚然，他绝没有谈到灵魂的不朽，但是他讲到了他父亲的美好王国；他也无一处禁止杀父杀母之行，但他却谴责所有一切的邪恶。他的福音传教士们的光荣以及他们传教工作的证据与其说是在于制定了法律，还不如说是在世上传播了新的法律的新精神。这就使我想到，一个人在自杀时表现出来的勇气，本身就是他的判决：既然他有勇气去死，他应该有力量去斗争，拒不接受苦难不是力量的表现，而是懦弱的表现；况且，由于气馁而摆脱生活，岂不就是发誓弃绝基督教的信仰，信仰的根本就是耶稣的一句崇高的话：'受苦者有福了'！因此，我觉得一个人遭到了任何的危险，自杀总是不可原谅的，哪怕是像这种人，由于误解了精神的伟大，在刽子手举起斧子向他砍去之前的片刻，自寻短见。耶稣基督在让人家钉在十字架上的时候，不是教导我们要服从人间一切的法律，即使执行得不公正也罢？刻在十字架上的'忍受'两字，对懂得读出这两个神圣字眼的人都是清清楚楚的，所以在我的眼前显现出了它们奇妙的光芒。

"我身边还有八万法郎，我起先想远远离开人们，蛰居在某个穷乡僻壤，了此一生；但是厌世是一种隐藏在刺猬皮囊下的虚荣心的表现，并不是天主教的美德。一个厌世者的心不出血，但收得紧紧，而我的心则条条血管都在出血。我想起了教规，想起教会对受苦者的帮助，我终于懂得在孤寂的生活中做做祷告，多么美好，于是我决定，照我们父辈漂亮的说法，'进教'。尽管我的主意已经打定，但是我身上还保持着一个特性，就是要研究一下，达到我的目的，我应该采用什么方法。我把剩下的家产变卖了，几乎一无牵挂地出走了。'到上帝身边过安静的生活吧'，这是我唯一的希望，它不会使我失望的。首先，圣布律诺的教规吸引了我，我徒步走到大修道院去，认认真真的。这一天对我来说是一个庄严隆重的日子。我没有料到，一路上的景色是这样的壮观，每走一步，眼前便呈现出一种从未见过的超人的力量。悬崖峭壁，万丈深渊，险滩急流，哗哗的声音打破了四周的静寂，这一个偏僻的去处包围在崇山峻岭之中，然而却是无边无际的，这个使人望洋兴叹的幽静处所，那种被大自然美丽如画的创造物减弱了的阴森恐怖，那些千年的冷杉和正当盛年的植物，无一不令人肃然起敬。在穿过这个圣布律诺曾经住过的荒凉地方的时候，是难开口发笑的，因为那里笼罩着一片忧郁的气氛。我踏进了大修道院，在悄无人声的古老拱门下漫步，我停立在拱廊下面，倾听着泉水的淙淙声。我走入教士的小房间，以便在这儿体会一下我的万念皆空，我感到了我的前人曾经感到过的幽深的宁静，我按照隐修院的习惯，感动地读着门上的题词；三个拉丁字概括了我所追求的那种生活的准则：Fuge, late, tace……①"

叶纳斯塔好像理解似的点了点头。

"我的主意是打定了，"倍纳西接着说，"教士小房间的板壁是用杉木做的，那硬邦邦的床，那幽居的生活，这一切都合

---

① Fuge, late, tace, 拉丁文，意为：跑吧，躲起来吧，别做声吧。

214

我的心意。修士们都在小教堂里，我和他们一起做了祷告。在那里，我的决心化为乌有了。先生，我并不想裁判天主教会，我是个十足的正统派教徒，我相信它的事业和它的教规。但是，当我听见那班与世隔绝的老人们唱着他们祷文的时候，我分辨出在隐修院的深处有一股崇高的利己主义的味儿。这种幽居独处的生活只有利于一人，而且只是一种慢性的自杀；我不是在谴责这种生活，先生。如果教会开辟了这样的坟墓，毫无疑问，它们对于某些于世全无用处的基督教徒倒是需要的。我相信这么做会好一些：把我的后悔变为有利于人世。在归途中，我左思右想，在哪些情况下才能实现我的忍受的思想呢。我想象我已经过上了一个普通水兵的生活，在最低的位置上为祖国效劳，一则以此自谴，二则断绝我显露才能的念头；可是，尽管这是一种劳苦和献身的生活，我觉得它还不够有效。这不是违背了上帝的意旨吗？既然上帝赋予了我若干智力，我的职责难道不就是用它去为人类造福吗？其次，如果允许我说得坦率一点，我内心有一种无法形容的感觉，需要膨胀一下，使纯粹机械式的义务受到一点伤痛。在水手的生活中我看不到仁慈的精神食粮，仁慈是出于我的组织，有如每朵鲜花都散发出特殊的芳香一样。

　　"我刚才已经和你说过，我只好在这里过夜。那晚上，这个穷地方的情况引起了我的恻隐之心，这时候，我仿佛听见了上帝的指示。我已经尝过做母亲的那种痛苦和欢乐，我决心把我整个儿献给这个地方，我要在比母亲更广大的范围内饱尝这种感情，替地方上当一个仁慈的姐妹，孜孜不倦地为穷人包扎创伤。早在我的青年时代，我觉得上帝已经为我指明了我的命运，当时我的第一个郑重其事的想法就是立志当个医生，如今我决心在这儿实践我的夙愿。何况，我在我的信里已经写过：

对于伤痛的心儿，只有阴影和沉默；我对自己许诺的一切，都要付诸实现。我踏上了一条沉默、忍受的道路。修士的 F u g e, late, tace 是我在这里的座右铭，我的工作就等于积极的祷告，我精神上的自杀就等于在这个区里的生活，我爱这个区，我伸出我的手，播下幸福和欢乐，把我自己以前没有得到的都拿给了人家。我已经习惯于和农民生活在一起，我远隔尘世，我真正换了个人。我脸上的神态变了，脸被太阳晒得很坚硬，布满了皱纹。我已经有了乡下人的样子，衣着随随便便，说话不想装腔作势。我在巴黎的好友们或者那些我曾经阿谀奉承过的时髦女人们绝对认不出我以前是个出过风头的人，是一个看惯了巴黎的玩意儿，过惯了巴黎的豪华生活，吃惯了巴黎的山珍海味的骄奢淫逸的人了。如今，对于外界的一切事物我已经毫不关心，好像一个专心朝前赶路的人。除了离开外界生活以外，我在生活中别无其他的目的，我既不想过早离开生活，也不想加快结束生活；但是，总有一天，疾病袭来，我会毫无悲痛地躺下死去的。

"先生，我把来此落户前的一段沧桑推心置腹地全都告诉你了。我丝毫没有向你隐瞒我的过错，我的过错是大的，这是有些男人也会犯的。过去我十分苦恼，现在我天天苦恼；但是我在痛苦之中却看到了幸福的未来。然而，尽管我怎样忍受，我还有一些没有力量去反抗的痛苦。今天，在你面前，我差点儿忍受不住内心的剧痛，只是你没有发觉……"

叶纳斯塔从椅子上跳起来。

"是的，勃罗多上尉，你是在场的。当我们让雅克躺下的时候，你不是把高拉妈妈的床指给我看吗？如果我看见一个孩子而不去思念我那个已经失去了的天使，那是办不到的，那么，你设想一下吧，当我让一个已无生望的孩子躺下的时候，我是多么的心痛啊！我看见了一个孩子，总是不能漠然无动于衷的哪……"

叶纳斯塔脸色发白。

"是呀，我一看见孩子们漂亮的金黄色的头发，天真可爱的脸蛋，总会使我想起我的不幸，勾起我的剧痛。我在这里替人家做了一点点的好事，由于我的内疚而做的好事，多少人感谢了我；总之，我是想也不敢想的。上尉，只有你一个人知道我一生的秘密。如果我不是从认识自己的过错里汲取了勇气，而是从一种更加纯洁的感情里汲取了勇气，那么我多幸福啊！但是，如果真是这样，我自己就没有什么事可以给你讲了。"

挽歌

讲完故事，倍纳西发觉军官的脸上显出十分忧伤的神情，这倒使他惊讶起来。军官的同情使他深深感动，他有点儿后悔，不该害得客人伤了心，他说：

"可是，勃罗多上尉，我的不幸……"

"别叫我勃罗多上尉啦！"叶纳斯塔打断医生的话说，接着猛然跳了起来，仿佛表现出一种内心的不满。"勃罗多上尉是不存在的……我是个坏蛋！"

倍纳西非常吃惊地注视着叶纳斯塔，他在客厅里踱来踱去，好像一只不小心飞进了房间的土蜂，飞来飞去想找个出路飞出房间一样。

"那么，先生，你到底是谁呢？"倍纳西问。

"噢！是这么一回事！"军官答道，一面转了个身，立在医生的面前，医生不敢朝他看一眼。"我骗了你！"他继续说，声音变了样，"我生平第一次说了谎话，我已经受到了重重的惩罚，因为这么一来，我既不能把来访的目的对你说明，也不能把我可恶的间谍活动的目的告诉你。可以说，当我看清了你的心肠以后，我宁愿被你打耳光，也不愿听你叫我勃罗多！我骗了你，你会原谅我的；但是，我永远不能饶恕我自己，我，皮埃尔·约瑟夫·叶纳斯塔，以前，为了救我的性命，我即使站在军事法庭前面，也决不肯说谎的，我就是这么一个人！"

"你是叶纳斯塔指挥官吗？"倍纳西一面叫道，一面站了起来。

他拉起军官的手，十分亲热地握着它，说道："先生，正如你刚才说的，我们在没有相识之前已经是朋友了。我听格拉维埃先生谈起过你，那时我就很想见见你。他把你叫做'普吕塔克[①]的信徒'！"

"我根本不是普吕塔克，"叶纳斯塔答道，"我不值得你这么看重我，我得把自己揍上一顿。我本来应该把我的秘密老老实实地向你坦白的。但是没有！我真像戴上了一个假面具，装作亲自上这儿来打听关于你的消息。现在我知道我应该闭上我的嘴了。要是我老老实实地告诉你，那么我一定会叫你很难受的。上帝嘱咐我不能引起你一点点的悲伤！"

"我不懂你的意思，指挥官。"

"那么就不要再谈这个了。我没有生病，我度过了愉快的一天，我将在明天动身。改天你到格勒诺布尔去，你会在那儿看到你居然还有一个朋友，而且不是个酒肉朋友。皮埃尔·约瑟夫·叶纳斯塔那儿的一切——钱袋、军刀、鲜血都归你使用。总而言之，你已经把你的良言播在一块沃土上了。归隐以后，我要找一个穷乡僻壤，如果当一个市长的话，我一定竭力仿效你。我学问及不上你，但是我会学习的。"

"你说得对，先生，一个有土地的人，把他的时间花在改正一个村社的开发方面的小毛病时，他为他的国家做的好事也不比一个高明的医生小：后者减轻某些人的痛苦，前者包扎祖国的创伤。但是，你倒极大地引起了我的好奇心。我究竟能帮你什么忙呢？"

"帮忙？"指挥官用激动的声音说，"我的上帝！我亲爱的倍纳西先生，我求你帮助的那件事你恐怕是难以做到的。你

---

① 普吕塔克，希腊历史家，生于公元一世纪左右。

瞧，我一生杀了不少基督教徒，但是杀人的人也可以是一个心地善良的人；同样，我这个人看起来有点儿粗暴，但我还是通情达理的。"

"那就说吧！"

"不，我不愿引起你的痛苦。"

"噢！指挥官，我什么痛苦都受得了。"

"先生，"军官颤颤抖抖地说，"这是有关一个孩子的生命的问题。"

倍纳西突然皱起了眉头，但他做了一个手势，请叶纳斯塔继续说下去。

"一个孩子，"指挥官接着说，"我想，假如有人经常不断地、无微不至地关心他，他的性命是可以得救的。可是哪里去找一个能悉心服侍一个单独病人的医生呢？在城里当然找不到。我听人说你是位极好的人，但我又怕受窃取来的盛名之骗。后来，在我把我的小家伙托给倍纳西先生之前，我听人家讲了许多有关他的美事，所以我决定把他研究一下。现在……"

"别说这些吧，"医生说，"那么这个孩子必是你的了？"

"不是的，我亲爱的倍纳西先生，不是的。为了消释你的疑团，我只好向你讲一个故事了，我在这个故事里扮演了一个极不光彩的角色；既然你已经把秘密告诉我了，我也可以把我的秘密向你吐露。"

"等一等，指挥官，"医生一面说，一面唤约各蒂，她立刻来了。医生要她沏茶。"你可知道，指挥官，每天晚上，大家都入睡了，我，却睡不着！……我心里烦恼，为了忘却，我只好喝茶。茶能够麻痹人的神经，使人昏昏入睡。不睡觉，我是活不下去的。你不经常喝茶吗？"

"我呐，"叶纳斯塔说，"我喜欢喝你的'隐修庵'酒。"

"行，约各蒂，"倍纳西对女佣说，"拿酒和饼来。"

"我们吃点儿夜宵提提精神吧。"医生接着对他的客人说。

"喝茶恐怕对你身体很不好吧！"叶纳斯塔说。

"一喝茶，我的风湿痛就大发起来，可是我不愿戒掉这种嗜好，喝茶可舒服啦，每天晚上喝了茶，我可以逍遥片刻……来吧，我听你讲；也许你的故事会抹掉刚才还在我心头浮起的活生生的回忆中的印象的。"

"我的亲爱的先生，"叶纳斯塔说，一面把空杯往壁炉上一放，"我的联队撤离莫斯科以后，便在波兰一个小城市里休整。我们出了重金，重新购买了马匹，驻扎下来，等待皇帝回来。一切进行得很顺利。告诉你，那时候我交了一个朋友。撤退的时候，一位名叫勒耐尔的中士不止一次地多方照顾我，救了我的命，从此以后我们两人便结成了兄弟，这并不违反军纪。我们同住在一所木板房里，房间小得像个老鼠洞，那一家人全挤在里面，连放一匹马的地方都没有。这间破屋是几个犹太人的，在这儿，三十六行，他们样样在行，那个犹太老头，他的手指头触到黄金，是从来不会冻僵的，我们溃退时，他已经发了一大笔财了。这种人，就是生在垃圾堆里，死在金子堆里。他们在地窖上面搭起了木板房，没有疑问，他们把孩子都塞在地窖里面，其中有一个小姑娘，当她收拾得干干净净的时候，像一般犹太姑娘一样的漂亮，头发不是金黄色的。她十七岁，雪白的皮肤，水灵灵的一双眼睛，黑黑的眼睫毛像老鼠的尾巴，头发闪亮、浓密，叫人恨不得去摸摸它；真是个天生的尤物！

"先生，我是第一个发现地窖里这些特别的储藏品的。

一天晚上，他们以为我已经睡了，而我却咬着烟斗，悠闲自得地在街上溜达。孩子们乱七八糟地挤成一团，像一群小狗。看看真滑稽呀。不一会儿，他们的父母和孩子们一起吃晚饭了。父亲吸着烟，嘴里吐出一缕缕的青烟，透过烟雾，我一眼瞥见一个犹太小姑娘，她看上去像是一大堆铜币里的一枚崭新的拿破仑金币。我啊，亲爱的倍纳西，从前我哪有工夫去考虑爱情呢！但是现在，我一看到这个姑娘，我明白，事到如今，我只能向造物主屈服了；我把什么都交出来了，头儿、心儿、一切东西。我没命似的爱上了她，啊！太厉害了。我一动也不动地呆在那里，吸着烟，目不转睛地凝视着这个犹太姑娘，一直看到她吹熄了蜡烛睡觉去。真叫我难以合眼哪！整整一夜，我装上烟斗，吸着，在街上晃来晃去。我从来没有这么样过。我生平第一次想结婚了。天一亮，我装上马鞍，骑着马到乡下足足奔了两个钟头，好让我自己清醒清醒；我竟没有觉察，我的马已经累得几乎精疲力尽了……"

叶纳斯塔停住了话头，不安地注视着他的新朋友，又说："请原谅，倍纳西，我不是一个演说家，我只是想到什么就说什么；要是在沙龙里，我是很拘束的，不过现在是和你在一起，而且又是在乡下……"

"请说下去吧。"医生说。

"我回到房间里，发现勒耐尔忙得不可开交。他擦着手枪，以为我在决斗中被人杀死了，他打算同那个送我归天的人算一算账……噢，不过，这是生死之交的特征嘛。我把自己的爱情告诉了勒耐尔，一面把孩子的窝指给他看。因为勒耐尔听得懂犹太人的土话，我便请他帮我把我的建议转达给小姑娘的父母，并请他设法让我和朱迪特通通气。她名叫朱迪特。后来，先生，我做了半个月世上最幸福的人，因为天天晚上，犹太老头和他的妻子总是请我和朱迪特一起吃晚饭。这种事你是明白的，我不再说无聊话而使你感到厌烦了；不过，如果你不会抽板烟，那么你也不会理解一个老实人悠闲自得地吸着烟斗的妙处，和我的朋友勒耐尔、小姑娘的父亲待在一起，目不转睛地瞧着这位女王，太惬意啦！但我得告诉你，勒耐尔是个巴黎人，是个少爷。他的父亲是做杂货批发生意的，培养他准备做一个公证人，他多少也学到了一点东西；但是，征兵征到了他的头上，他不得不投笔从军。此外，他穿上了一套合身的军装，倒也显得小姑娘似的风姿绰约，而且也懂得把人迷得晕乎乎的一套手法。朱迪特就是吃了他这一套，爱上了他，于是她对我的关心好比一匹马关心烤小鸡一样。正当我瞧一眼朱迪特，灵魂儿就飞上九天，好像在月球上遨游的时候，我的勒耐尔（真是名不虚传，你听着！）却在地上暗度陈仓；这个背信弃义的家伙和姑娘说妥了，行啦，他们就按犹太人的风俗结了婚，因为要等到批准，时间不能拖得太长。但是万一婚姻受到攻击，他答应再按照法国的法律娶她。事实是，到了法国，勒耐尔太太又一变成为朱迪特小姐了。要是我早知道这一点，我啊，我一定把勒耐尔杀死，而且干干脆脆的，决不让他有一点喘息的时间；可是那爹，那娘，那姑娘，以及我的中士，大家都串通一气，像集市上的窃贼一样。在我抽着烟斗，把朱迪特崇拜得像神圣的圣礼的当儿，我的勒耐尔却和她约好幽会的事儿，而且把他的私事儿进行得妥妥帖帖的……

　　"这件事我只对你一个人说，我叫它是一件丑事；我常常问自己，为什么一个人偷了一块金币，他会羞得要死，而夺走了他朋友的女人、幸福和生命，却不受良心的谴责。结果，我那两个狗东西结了婚，而且过得很开心的，我哪，每天晚上，在吃夜饭的当儿，老是坐在那儿，像个呆子，馋涎欲滴地看着朱迪

223

特。为了封住我的眼睛，她送来了一个秋波，像听着男高音如雷贯耳似的，我真是望眼欲穿。你好好忖忖，为了他们的欺骗行为，他们付出了高得出奇的代价。好人自有好报！对于人世间的事情，上帝看得比我们想象的要仔细得多。俄国人从两翼包围我们。一八一三年的战役爆发了，我们的国土被侵占。一个晴朗的早晨，我们接到命令要在指定的时间立即到卢桑战场集中。皇帝清楚地知道命令我们立即撤离的目的。俄国人已经包抄我们。我们的上校糊涂透顶，去向一个住在离城半公里地方的波兰女人告别，结果哥萨克的先头部队正好把他抓住了，连同他的哨兵。我们几乎连上马的时间也没有，在城外整好队伍，准备好和俄国人打一场小小的遭遇战，击退他们，这样我们就能在夜间溜走了。我们冲杀了三个小时，显出了我们的真本领。在我们和敌人交战的当儿，军需和我们的装备抢先运走了。我们有一个场地，专放大炮和储藏大量的火药，这些都是皇帝迫切需要的，必须不惜任何代价运到他那里。我们向俄国人奋力回击，他们竟以为我们得到了一个兵团的增援呢。可是，由于间谍的通风报信，他们很快知道估计错误了，原来和他们交战的只有一支骑兵联队和后备步兵部队。那时候，先生，在傍晚时分，他们发动了毁灭性的进攻，战斗异常激烈，我们不少人在疆场上战死了。我们被围困了。我和勒耐尔都在最前一排，我看见勒耐尔像魔鬼似的冲杀着，因为他想念他的妻子。多亏他英勇奋战，我们又夺下了我们的病号曾经设过防的那个城市；但真是惨不忍睹！我和勒耐尔两个人回来得最迟！在路上我们发觉一支哥萨克骑兵的主力部队挡住了我们的去路，我们冲过去。一个哥萨克蛮子用长矛向我刺来，勒耐尔见势不妙，拍马赶来，夹在我们两个人的中间，挡住他的长矛；他的可怜的坐骑，不说一点假，一匹好马！吃着一枪，倒在地上，把勒耐尔和哥萨克兵都摔了下来。我杀死了这个哥萨克兵，抱起勒耐尔，把他横放在我坐骑的前面，像一袋麦子。

"'别了，我的上尉，我一切都完蛋了！……'勒耐尔对我说。

"'不，'我对他说，'还得瞧瞧。'

"后来我到了城里，下了马，在一所房子的墙角边铺了些草，让勒耐尔坐在草堆上。他头破血流，脑浆溅在头发上，可是他还说着话哩！……啊！真是个猛将。

"'我们两人的账结清了，'他说。'我为你献出了生命，我夺走了你的朱迪特。请你多照顾她，如果她有了孩子的话，请你也多加关心。还有，你和她结婚吧。'

"先生，起初我把他当条狗抛在一边；但是，当我余怒平息以后，我清醒了……他死了。哥萨克兵曾经放火烧城；这时候我想起了朱迪特：我于是跑去找她，让她坐在马背上，感谢我的马奔跑如飞，我终于赶上了联队，联队已经开始在撤退了。至于那个犹太人和他的家里人，一个也不见了！他们都像老鼠似的销声匿迹了。唯独朱迪特等待着勒耐尔；开始，你可知道，我什么也没告诉她。先生，在一八一三年战事倥偬之际，我还得替这个女人操心，安排她住的地方，使她过得舒适些，总而言之，还得照料她，我相信她大概还没有觉察我们的处境吧。当我们走向法国的时候，我总是留心把她安顿在离我们两公里半的地方，在我们前面；正当我们在哈瑙作战的时候，她生了一个男孩。在这一仗里，我负了伤，在施特拉斯堡赶上了朱迪特，后来我又回到了巴黎，因为正在法兰西战役进行之中，我不幸一直卧病在床。要是没有这桩倒霉的意外事，我早就当了警卫队的近卫兵了，从此皇帝还可以给我晋升。总之，先生，我不得不去照顾根本不属于我的一个女人和一个小孩，而且我还有三根折断的肋骨呢! 你知道, 我拿到的只是军饷, 不是法兰西啊。勒耐尔的父亲是个掉了牙的、贪得无厌的老头, 他不需要什么儿媳妇; 犹太老子已经影踪全无。朱迪特悲痛欲绝。一天早晨, 她替我包扎好了伤口, 哭泣起来。

"'朱迪特,' 我对她说, '你的孩子无依无靠的……'

"'我也这样!' 她说。

"'也罢!' 我说, '我们去把必要的证件弄来, 我娶你, 我认他做儿子, 那孩子, 那个……'

"我讲不下去了……啊! 亲爱的先生, 看到朱迪特那悲伤的一眼, 对我表示她的感激的时候, 什么事我都能做了; 我心里明白, 我一直是爱着她的, 而且, 从这天开始, 她的小孩儿进入了我的心里。正当证件和犹太爹娘还在中途的时候, 那可怜的女人已经奄奄一息了。临死前的一天, 她打起精神穿好衣服, 打扮一番, 行完所有惯常的礼仪, 在一堆证件上签了名; 继而, 等她的孩子有了名字和父亲, 她就回去睡了。我吻了吻她的双手和前额, 于是她就死了。这就是我的婚礼! 过了两天, 我买了数尺之地, 让可怜的姑娘安息在这儿; 我自己做了一个孤儿的父亲, 在一八一五年的战役期间, 我把孩子托给奶妈抚养。从此以后, 尽管没有一个人知道我的底细, 就是说出来吧, 也不是很光彩的, 我像关心自己的亲生儿子一样, 关心这个小家伙。他的祖父走投无路, 他已经破了产, 带了全家漂泊在波斯和俄国之间。他可能还有发财的机会, 因为看来他很精通买卖宝石的生意经。我送孩子进了中学; 但是, 不久以前, 我要他专心学习数学, 为了让他考进那所工科大学, 并且以优良的成绩在那儿毕业, 可是可怜的小家伙病了。他的肺虚弱。据巴黎的医生说, 他只要在山里跑跑步, 有一个好心的人经常给他必要的精心调理, 他还是有得治的。这样, 我就想到你, 来这儿听听你的意见，看看你的生活方式。听了你讲给我听的话以后，尽管我们已经是好朋友了，我实在不愿意勾起你的悲伤。"

"指挥官，"倍纳西沉默片刻之后说，"请把朱迪特的孩子带来吧。上帝一定要我经受一次最后的考验，我挺得住。我可以把痛苦交托给上帝，他的儿子就是死在十字架上的。而且，我听了你的故事，我的激动的心情变得平稳起来，这不是一个吉祥的预兆吗？"

叶纳斯塔紧紧握住倍纳西的双手，不禁热泪盈眶，泪珠沿着他黝黑的脸颊滚落下来。

"我们保守这个秘密吧。"他说。

"行，指挥官……你怎么不喝茶？"

"我不渴，也没有渴望，"叶纳斯塔回答说。"我完全不是个人。"

"那么，你什么时候带他来呢？"

"明天，行吗？他在格勒诺布尔已经待了两天了。"

"好！明天你一早动身，马上回来；我在拉·福绥斯家里等你，我们四个人一起在那儿吃中饭。"

"说定了。"叶纳斯塔说。

两个朋友互道晚安，各自去睡了。叶纳斯塔走到把他们的房间分隔开来的楼梯平台上，把烛火放在窗台上，朝倍纳西那边走去。

"我发誓！"他又热情又天真地说，"今晚我不告诉你这句话，我就不离开你：你是基督教徒里的第三个人，你教我相信高处还有物在呢！"

他指指天。

医生向他苦笑了一下，十分亲热地握着叶纳斯塔向他伸出的手。

次日，天未黎明，叶纳斯塔指挥官启程进城，中午时分，他已经走到了镇上通往格勒诺布尔的大路，向上折入直达拉·福绥斯家的小道。他乘坐着一辆单匹马拉的没篷的四轮车，这种轻便马车在这个山乡的各条公路上都是司空见惯的。叶纳斯塔有一个瘦弱的小伙子做他的旅伴，虽然他已经进入了他的第十六个年头，可是看上去只有十二岁的样子。军官下车之前，向四周看了一下，想在田野里找个农民，托他把马车送还给倍纳西，因为路很狭，马车无法驶到拉·福绥斯的屋边。突然路上冒出一个田园监护人，他帮助叶纳斯塔解决了难题，于是叶纳斯塔领着他的养子，穿过几条山间的小径，徒步走到约定的地方。

"阿德里安，一年里你在这个美丽的地方跑跑，学会打猎、骑马，不要捧住了书本，消瘦了身子，不是很幸福吗？喂，你瞧！"

阿德里安这个病孩子带着无力的目光瞥了山谷一眼；可是他像所有的年轻人一样，对大自然的美漠不关心，边走边说：

"爸爸，你真好！"

这副病态的漫不经心的样子使叶纳斯塔感到伤心，在抵达拉·福绥斯的屋子之前，他没有跟儿子讲一句话。

"指挥官，你倒准时啊！"倍纳西喊着，一面从他坐着的板凳上站起来。

但是他立即又坐到原位上，目不转睛地瞧着阿德里安，沉吟着；他不慌不忙地打量着那个又黄又累的脸，对那个神气的脸庞上非常显眼的漂亮的、鹅蛋似的轮廓，表示出不无赞赏的神情。孩子是他母亲的活肖像，生就像他母亲那样的橄榄绿的脸色和一双漂亮、乌黑、神采奕奕又忧郁伤感的眼睛。波兰犹太女人固有的美都集中在这个长发鬈鬈的头上，只是和他娇弱的身体一比，头是太健壮了一些。

"睡得好吗，我的小宝贝？"倍纳西问他。

"好的，先生。"

"让我看看你的膝盖，把裤脚管卷起来。"

阿德里安解开吊袜带，脸涨得绯红，露出了他的一只膝盖，医生小心地做着触诊。

"很好。说说话，喊一喊，喊得响一点！"

阿德里安喊了起来。

"行了！把手伸出来……"

小伙子伸出了女人样的布满青筋、柔软而雪白的双手。

"你在巴黎哪个中学里读书？"

"圣路易。"

"你们校长晚上读弥撒书吗？"

"读的，先生。"

"这么说，你不能马上去睡觉吧？"

阿德里安没有答话，叶纳斯塔对医生说：

"这位校长是个名副其实的神甫，因为孩子身体不好，他劝我的小兵退伍呢。"

"那么，"倍纳西说，他的光芒闪闪的一瞥正和阿德里安惴惴不安的目光相遇，"有办法。好，我们可以把这个孩子培养成人。""我们要像两个伙伴似的一起生活，我的小伙子！我们早睡早起。""我要教你儿子骑马，指挥官，规定给他吃乳制品，一两个月以内先把他的胃病治好，然后我给他申请一张狩猎证，允许他带上猎枪，把他托给菩提番，让他们两人一起去打羚羊。让你儿子过上四五个月的农村生活，到时候你就不认得他了。指挥官，菩提番会感到很高兴的！我认识那个朝山进香的人，我的小朋友，他会领你到瑞士，跨过阿尔卑斯山，你可

229

以爬到山顶上，六个月里你会长高六英寸①；两颊红润，神经坚强，你会把你中学里的坏习惯都抛在脑后。那时候，你可以继续攻读，成个人了。菩提番是个老实小伙子，我们会给他一笔必需的钱，作为支付你旅行和你狩猎的费用的；他身上负起了这个责任，这半年之内，他会听我话的，对他来说，得益也是不浅的。"

听着医生一句话一句话地说下去，叶纳斯塔的脸显得越来越亮堂起来。

"我们去吃饭吧，拉·福绥斯正急着见你呢。"倍纳西说着，轻轻地拍了拍阿德里安的脸颊。

"他有肺病吗？"叶纳斯塔挽着医生的胳膊，把他拉到一边问道。

"你不知道，我也不知道。"

"那么他得了什么病呢？"

"唉！"倍纳西说，"他有点儿毛病，就是这么回事。"

拉·福绥斯站在门槛上，叶纳斯塔见她打扮得既朴素又漂亮，不免觉得诧异。她不是昨天的农家女子了，而是巴黎的一位高雅优美的女人，他有点受不了她对他投来的频频秋波。军官把眼光移到一张胡桃木台子上，没有台布，但是蜡把它打得亮晶晶的，像上了漆似的，台子上放着鸡蛋、黄油、一盘肉馅饼，还有芳香扑鼻的山草莓。这位可怜的姑娘到处摆着花儿，显而易见，今天对她是一个节日。见了这副景象，指挥官不由得羡慕起这座朴素的房子和这块草坪了；他带着一种希望和疑虑交织在一起的神情注视着这位女农民；然后，他的目光又移到阿德里安的身上，拉·福绥斯正在劝孩子吃鸡蛋，只装作什

---

① 古长度名，一英寸等于 0.027 米。

么都没有看见。

"指挥官，"倍纳西说，"你得知道要付出怎样的代价才能在这儿受到这样的款待？你应该讲一点军队的事情给福绥斯听听呢。"

"先让先生安静地用饭吧，等他喝过咖啡……"

"当然，我乐意讲，"指挥官回答说，"不过，我讲故事要有个条件：你讲一件你过去生活中的奇遇行吗？"

"不过，先生，"她回答，脸涨得通红，"我从来没有碰到过什么值得讲的事情。"她见阿德里安的盆子空了，便对他说，"我的朋友，你再吃点肉饼，再加点饭好吗？"

"好的，小姐。"

"味道真好，这肉饼。"叶纳斯塔说。

"你喝了她的奶油咖啡，不知道会怎么说哩！"倍纳西大声地说。

"我更喜欢听咱们这位漂亮的女主人讲故事。"

"叶纳斯塔，你真是个包打听。"倍纳西说。

"听着，我的孩子，"医生握着拉·福绥斯的手，对她说，"你身边坐着的这位军官，外表很严肃，但心是顶好的，你可以跟他随便聊聊。讲也罢，不讲也罢，我们不想勉强你。可怜的孩子，肯仔细听你说的，而且能够理解你的，恐怕就是现在和你在一起的这三个人吧。你把你过去的恋爱讲给我们听听，我们倒并不想研究你眼下心里的秘密啊。"

"玛丽埃特给我们端咖啡来了，"她说，"等你们都用完了，我愿意把我的恋爱告诉你们。""不过，指挥官先生可别忘了自己的诺言呀！"她又加了一句，一面向叶纳斯塔投了既羞怯又挑衅的一眼。

"我不会的，小姐。"叶纳斯塔恭恭敬敬地回答。

　　"我十六岁时，"拉·福绥斯说，"尽管我体弱多病，我还得沿着萨瓦的大路讨饭。我睡在埃歇尔客栈铺满稻草的大马槽里。招留我住下的客栈老板是个好人，可是他的妻子却讨厌我，总是骂我。这真使我很难过，因为我不是个女恶丐；我早晚祷告上帝，我从来不偷，我按上天的戒律行事，靠人家的施舍度日，因为我什么事也不会做，因为我确确实实生着病，我连举锄头、纺线的力气都没有。嘿，为了一条狗，我被赶出了客栈老板的家门。没有父母，没有朋友，一生下来，没有人关心过我，让我得到一点温暖。抚养我长大的莫兰好妈妈去世了，她待我真好；但是我再也得不到她的爱抚了；而且，这位可怜的老人家干起田里活来像男人一样；她溺爱我，要是我在她的碟子里吃汤吃得太快，她便用匙子敲敲我的手指。可怜的老人家，我没有一天在祈祷里不提到她的！但愿慈悲的上帝让她在天上过得比在地上幸福，特别是赐给她一张舒适一点的床；她总是埋怨我们俩合睡的那张破榻。我亲爱的先生们，你们简直想象不出，要是你们只是挨骂，挨斥责，受人家穿胸透心的白眼，像吃了几刀似的，你们的心灵会受到多大的伤害啊。我常常和年老的穷苦人们来往，他们对于这些事情已经无所谓了；但是我不是生来就干这个行当的。我一听到'没有'，常常哭起来。每天晚上，我万分伤心地回去，只是做过祷告，我才宽慰一点。总之，在上帝的创造物中间，没有一颗和我心心相印的心！我只有蓝天做我的朋友。我一看到长天一碧，心里总是乐滋滋的。当狂风驱散了乌云，我就躺在悬崖的角落里，瞧着风云的变化。我于是做着梦，仿佛自己是个贵妇人了。瞧啊瞧的，我好像在一片蓝色里沐浴；我神游上空，觉得轻飘飘的，我飞升，飞升，我快活极了。话说回来，还是讲讲我的恋爱吧，我告诉你们，老板有一条母狗，生了只小狗，可爱得活像一个人，雪白雪白的，爪子上有黑的斑点；一闭眼，我就看见这个小天使！那时候，只有这个可怜的小东西是我的亲人，亲亲热热地瞧着我；我把我好吃的东西给它留下来，它认识我，天天晚上走到我跟前，不嫌我贫苦跳到我身上，舔舔我的脚；总之，它的眼睛里有那么一种善良的味儿，感激的味儿，一看见它我常常会掉眼泪。

"'不过疼爱我的就是你一个了！'我说。

"那年冬天，它一直睡在我的脚边。我看到它挨了打，心痛得很，我要它改掉跑到人家家里偷骨头的习惯，它呢，也乐意吃我的面包。如果我感到伤心的话，它就跑到我的跟前，盯着我的眼睛看，好像对我说：

"'你怎么不高兴啦，我可怜的福绥斯？'

"每当过路人扔给我几个苏，它便从灰尘堆里把钱捡起来，带给我，真是条好卷毛狗。自从我有了这个朋友以后，我不像从前那样的可怜。我每天放开几个苏，争取积满五十法郎，向芒索老爹把它买下来。有一天，他的妻子看见小狗爱我，竟然也迷恋起它来了。告诉你们，小狗受不了。连这样的畜生也嗅得出人的心肠！它们一下子就会看出谁是爱它们的。我积了一枚二十法郎的金币，把它缝在我衬裙的腰边；于是，我对芒索先生说：

"'我亲爱的先生，我打算把一年积蓄起来的钱买你的小狗；尽管你的妻子把它一点也不放在心上，却想把它留在她的身边呢，二十个法郎把它卖给我吧；瞧，钱在这儿。'

"'不，我的小丫头，'他对我说，'留着你的二十个法郎吧！上天不准我拿穷人的钱的！狗算是你的了！我的老婆要是大吵大闹，那你就离开这儿吧。'

"他的妻子果然为了这条狗跟他大闹一场……啊！我的上

233

帝，真像家里着了火！你们怎么也猜不着她肚子里想了些什么计策？她知道狗对我这么亲近，她永远弄不到手，她把它毒死了。我可怜的卷毛狗就死在我的怀里……我好像失去了自己的孩子似的，为它痛哭一场。我把它埋葬在一棵枞树底下。你们不会知道我在它的坟里放了些什么东西！我坐在那儿，自己对自己说，世界上我永远是一个人了，我是什么希望也没有了，我变得又像以前一样了，世界上我没有一个亲人，没有一个人会亲亲热热地看我一眼。结果我在那里露天整整待了一夜，我祈求上帝怜悯我。在回去的路上，我看见一个十岁模样没有双手的穷孩子。

"慈悲的上帝接受了我的恳求，我想，我从来没有像昨夜这样祈求过上帝。我要照顾好这个穷孩子，我们一块儿去讨饭，我做他的妈妈；两个人在一起，日子就会好过一点；为了他我也许会有更大的勇气，为了我自己，我就不会有这么大的勇气的！

"起初，小鬼看来很高兴，他也不可能不高兴，他要什么，我就照办，我把自己的好东西都给了他。总之，我是他的奴仆，他待我很凶；但是我总觉得这样总比独个儿好。罢啦！不久，这个小酒鬼知道我有二十个法郎藏在我裙子的腰边，他拆开了裙子，偷走了我的一块金币，我要买可怜的卷毛狗的钱！我想用这笔钱叫人来做弥撒的。一个没有手的孩子！真叫人浑身发抖。这次偷窃以后，我便失去了生活的勇气。这么说，我什么都不能爱了，无非是自作自受！有一天，我看见一辆华丽的法国式的四轮轻便马车驶过来，登上埃歇尔的山坡。车子里坐着一位像圣母玛利亚一样漂亮的小姐，还有一个跟她很相像的小伙子。

"'瞧，这姑娘多美！'这个年轻人对她说，一面扔给我一枚银币。

"倍纳西先生，只有你一个人能够理解我，我听了这番恭维话心里多快活，我从来没有听到过这样的话；但是，这位先生还是别把钱扔给我的好。我莫名其妙地一下子被搞得晕头转向，我沿着羊肠小径飞奔起来，抄一条近路；我到了埃歇尔山的悬崖之间，早已赶在马车的前面。马车还在缓慢地登上山哩。我又看见了这个小伙子；他感到奇怪，怎么又遇上了我，我呢，高兴极了，心好像跳到了喉咙口；不知什么样的一种本能把我吸引到了他的身边。他一认出我，我又跑开了，我料定他和小姐会停下来观赏一下库兹瀑布的；他们下了山，又发现我在路边的胡桃树下；他们似乎对我很感兴趣，向我问长问短的。我生平从没有听到过像这个漂亮小伙子和他姐姐那样的温柔的声音，我断定她是他的姐姐；他们走后，我足足想了他们一年，我总盼着他们再来。他看来多么和蔼呀！只要能再见到这位游客，我哪怕等上两年，也是心甘情愿的。这就是我在认识倍纳西先生之前，在我一生中发生的一些最重大的事情；因为，我穿了女主人那件该死的舞会衣服，我被赶出了大门。那时候，我却可怜她，原谅她；真的，如果你们允许我坦坦白白地说，尽管她是个伯爵夫人，我相信我要比她好多了。"

"嗯，"叶纳斯塔沉默了一会儿说，"你瞧，上帝还是爱怜你的；你在这儿真是如鱼得水啊。"

拉·福绥斯听他这么一说，两眼噙着感激之泪，注视着倍纳西。

"我真想做个有钱人！"军官说。

他感慨万分，接着沉默了好久。

"你还欠我一个故事哩。"接着，拉·福绥斯用温柔的口气说。

　　"我会讲给你听的，"叶纳斯塔答道。"弗里德兰①战斗的前夕，"他停了一下继续说，"我奉命到达武将军司令部去，在回宿营地的途中，在路的拐角处迎面碰见了皇帝。拿破仑朝我看了看：

　　"'你是叶纳斯塔上尉吗？'他问我。

　　"'是的，陛下。'

　　"'你去过埃及吗？'

　　"'去过，陛下。'

　　"'别再走这条路了，'他对我说，'往左拐弯，你很快就可以回师部。'

　　"你们简直想象不出皇帝说话的口气是多么慈祥，他还有更要紧的事要做，因为他要走遍每个地方去熟悉战场的地形。我讲这件事给你们听，是让你们知道他有多么惊人的记忆力，他认得每个人的脸，我只是其中之一罢了。一八一五年，我宣了誓。要是我不犯这个错误，我今天也许当了上校；但我决不想出卖波旁王朝；那时候，我认为法兰西必须保卫。我担任了皇帝警卫队中近卫兵的骑兵连连长，尽管我的伤口还在作痛，但我在滑铁卢一战中还是像风磨轮子那样地挥动着马刀。战斗完了以后，我伴拿破仑回到巴黎；后来，当他克服了罗什福尔②，我不听他的命令，继续跟随他前进；我感到很愉快的是，能够保护他在途中免遭不测。因此，每当他在海边散步的时候，他总看见我在离他十来步远的地方放哨。

　　"'哎，叶纳斯塔，'他走近我的身边，对我说，'那么我们还没有死吧？'

　　"这句话使我感到伤心。如果你们听到了这句话，也会像

----

①　在现今的西德。
②　在法国。

我一样浑身战栗的。他把一艘可恶的封锁着港口的英国船舰指给我看，说：

"'看见这个样子，我后悔我没有倒在我警卫队的血泊里面淹死！'"

"是的，"叶纳斯塔说，一面望望医生和拉·福绥斯，"这是他亲口说的话。"

"我对他说，'那班阻止你亲自冲锋，把你放在马车里的元帅们，他们并不是你的朋友。'

"'跟我去吧！'他高喊一声，'这一局还没有完呢。'

"'陛下，我愿意再随侍左右；但是，眼下我手上还有个没有母亲的孩子，我身不由己啊。'

"你们瞧，阿德里安就这样妨碍我去圣赫勒拿。

"'啊，'他对我说，'我什么东西也没送给过你，你不是那种常常一只手抓满另一只手摊开的人；这个是我在那最后的一次战役里还用过的鼻烟壶。你待在法国吧，总之，这里也需要勇敢的人！你要留在部队里，常常想起我。你是我在法国看到还活着的最后一个出征埃及的人。'

"说完，他便把一只小小的鼻烟壶给了我。

"'请在上面刻上：荣誉和祖国'，他对我说，'这是我们最后两次战役的历史。'

"后来护送他的人赶来了，整个上午我都和他们在一起。皇帝在海岸上徘徊着，他一直镇定自若，但有时候皱皱眉头。到了中午，估计他根本不可能上船了，英国人知道他在罗什福尔，如今他只有两条路可走：不是向英国人投降，便是再打回法国去。我们多焦急！几分钟像几个小时。拿破仑受到两面夹攻：一边是波旁人，他们是会把他枪毙的，另一边是英国人，他们根本不是讲信义的人。因为他们把一个要求他们接待的敌人扔进了万丈深渊，他们绝对洗刷不掉他们所蒙受的耻辱。正在惶惶不安之际，不知是哪一个随从人员向皇帝推荐了一位多雷中尉，他是个海员，他向皇帝提出前去美国的方法。实际上，港口已经停泊着一艘美国的双桅船和一艘商船。

"'船长，'皇帝对他说，'你准备怎么干呢？'

"'陛下，'这个人说，'你乘商船，我和一批忠于你的人一起乘那艘扯着白旗的双桅船，我们向那只英国船靠拢，放火烧它，我们跳上去，你走。'

"'我们跟你一起去！'我向船长喊道。

"拿破仑向我们看了一眼，说：

"'多雷船长，你们留在法国吧。'

"我第一次看到拿破仑这么感动。后来，他向我们挥一挥手，又进去了。当我看见他靠近那只英国船时，我走了。他很清楚，他已经无路可走了。港口上有个叛徒，他用暗号通知敌人，皇帝就在船上。因此拿破仑试一试采用最后的一个办法，在战场上他就是这样做的，他向他们走去，而不是让他们向他走来。你们都说了许多伤心事，可是对于那班爱戴他的人们的悲痛，你们是根本无法形容的。"

"那么他的鼻烟壶在哪儿啊？"拉·福绥斯问道。

"在格勒诺布尔，藏在一只盒子里。"指挥官回答说。

"如果你允许的话，我要看一看它。想不到你竟有一样他亲手用过的东西……他的手漂亮吗？"

"非常漂亮。"

"他真的死了吗？哎，你得向我讲一句真话。"

"真的，他死了，我的好姑娘。"

"一八一五年，我还是个小娃娃，我只够得着看见他的帽子呢，在格勒诺布尔我险些儿被人家压死。"

"奶油咖啡妙极了。"叶纳斯塔说。

"哎，阿德里安，你喜欢这个地方吗？你会来看看这位小姐吗？"

孩子没有回答，他好像怕向拉·福绥斯瞧上一眼。倍纳西目不转睛地打量着这个小伙子，孩子的内心他似乎看得一清二楚。

"当然，他会来看她的，"倍纳西说，"可是我们也该回去了，我得去备好一匹马，出一次远门。我不在家的时候，你们和约各蒂定会和睦相处的。"

"你同我们一起去吧。"叶纳斯塔对拉·福绥斯说。

"好的，"她答道，"我有好多事情要回复约各蒂太太呢。"

他们上路回医生的家，拉·福绥斯有这班人作陪，十分高兴，领他们沿着狭狭的小路穿过山间最荒僻的去处。

"军官先生，"沉默了一会儿，她说道，"关于你的事情你一点也没跟我讲呢，我很想听你讲讲打仗的事情。我很喜欢听你讲拿破仑，不过听了使我心里难受……如果你愿意的话……"

"她说得对，"倍纳西悄悄地嚷着，"我们走路的当儿，你该向我们讲一个好听的故事。讲吧，讲一件有趣的事情，譬如，在贝雷齐纳的你那个大梁的故事。"

"我值得回忆的事情很少，"叶纳斯塔说，"有的人什么事都会碰到，我呢，无论在哪个故事里都不是主角。噢，我只碰到过一件可笑的事情。那是在一八〇五年，我还不过是个少尉，我随大军到达了奥斯特利茨。在占领乌尔姆①之前，我们已经

————————

① 在现在的西德。

打了好几个硬仗，骑兵部队打得特别漂亮。那时，我受缪拉的指挥，他是个铁面无私的人。一开手，我们就夺取了一个地方，那里有许多美丽的庄园。晚上，我的联队在一个漂亮的别墅的花园里宿营，这里住着一位年轻貌美的女人，一个伯爵夫人；不消说，我将住在她的家里，于是我赶到那儿，为的是防止我的部下的抢掠。我一到客厅，只见我的一个中士把枪瞄准了伯爵夫人，强行无礼。她当然不肯，他太丑了！我用马刀把他的卡宾枪向上一抬，子弹飞进了镜子里；我向我的下属挥手一拳，把他打翻在地。屋里的人一听见伯爵夫人的叫喊声和一声枪声，纷纷赶来，我倒吃不住了。

　　"'住手，'伯爵夫人用德国话对那班正要用剑刺我的人说，'这位军官救了我的命！'

　　"他们退出去了。这位太太把她的一块手绢送给了我，一块漂亮的绣花手绢，我至今还保留着。她对我说，我有什么急难，可以随时到她的家里，还说，如果我碰到这样或那样不称心的事，她会像姐妹或者像忠诚的朋友一样帮助我的；总之，她愿意竭尽全力。这个女人漂亮得像个新嫁娘，可爱得像只小猫咪。我们一块儿吃饭。到了第二天，我把她爱得发了疯；但是，到了第二天，我必须上居茨布尔前线或者是什么地方，于是我带了那块手绢动身了。

　　"战斗打响了，我自己对自己说：

　　"'子弹打我吧！我的上帝，多少子弹飞过我的身边，难道没有一颗能够命中我吗？'

　　"不过，但愿子弹别打中我的大腿，否则我可回不了别墅了。我并不挑剔，我只希望手上受一点美美的伤，好让这位公主替我包扎，给我温存。我像一个疯子似的冲向敌人。真不走运，我安然无恙地离开了战场。我只好忘却伯爵夫人，继续行

240

军。就是这么回事……"

　　他们到了倍纳西家,他立刻骑马走了。女厨子约各蒂受叶纳斯塔的委托,要照管好他的儿子阿德里安,在医生回来的当儿,发现约各蒂把阿德里安服侍得称心如意。她要把他安顿在格拉维埃先生住过的出色的房间里。医生吩咐她在他自己的卧室里放一只普通的折叠床,让这个年轻人睡,而且完全出以命令的口气。约各蒂听了感到十分的惊奇,但是却没有半点话儿好说。吃过晚饭,倍纳西又向指挥官保证,孩子不久会恢复健康的,叶纳斯塔便高高兴兴地赶路回格勒诺布尔去了。

　　叶纳斯塔把孩子托给医生照管了八个月。十二月初,他被任命为驻普瓦蒂埃的联队的陆军中校。他收到了倍纳西的来信,信上说阿德里安已经完全康复。军官准备通知他的朋友,他即将动身到医生那儿去。

　　"孩子,"信里说,"已经长得又高大又结实,身体非常好。自从你离开以后,他在菩提番的教导之下,已经成了一个神枪手,可以与我们的走私贩媲美;而且他机灵敏捷,走起路来健步如飞,骑起马来逸若蛟龙。他完全变了个样。十六岁的孩子以前看上去只有十二岁,如今仿佛是二十岁的人了。他的目光坚定、勇敢。他已经成了人,现在你应该替他的未来考虑考虑了。"

　　"明天我一定去拜访倍纳西,我要和他商量商量,我应该替这位小伙计干些什么。"叶纳斯塔自言自语道,一面去赴军官们为他设的告别宴会,因为他在格勒诺布尔没几天好待了。

　　中校一回到家,他的仆人便递给他一封信,送信人为了等他的回信等了好久才走。虽然叶纳斯塔被军官们灌得神志昏迷,但他还认得出是儿子的笔迹,他以为儿子是请求他满足年轻人的某种怪想的,就把信往桌子上一撂,第二天,当香槟酒的酒意消失以后，才重新拿起这封信来。

"我亲爱的爸爸……"

"呀！小鬼，"他自言自语，"你要求我些什么，就不忘记奉承我了！"

于是，他又往下读，读到这些话：

"善良的倍纳西先生去世了……"

信从叶纳斯塔的手里掉了下来，过了好久，他才继续读下去。

"这件不幸的事情使当地的人们感到惊慌失措，我们更加震惊，因为倍纳西先生昨天还是好好的，一点疾病的征兆都没有。前天，好像知道自己就要离开人世似的，他走访了他所有的病人，甚至包括住得最远的病人。他逢人就说：'我的朋友们，再见了。'

"他回到家里，还是像平时一样，五时光景和我一起吃饭。约各蒂发觉他的脸色有一点儿红紫；因为天气冷，她也没给他用热水洗脚，往常她看见他脸上升火时，总要强迫他洗洗脚的。为此，这位可怜的姑娘两天来一直哭哭啼啼地说：

"'如果我给他洗了脚，他还活着的啦！'

"倍纳西先生饿了，他吃得很多，而且比平时更快活。我们一起笑得很痛快，我从来没有看见他笑得这么欢。吃过饭，七点光景，有一位从圣洛朗—杜邦来的人请他去看一次急症。他对我说：

"'我必须去；但是，吃的饭还没有消化，我不喜欢一吃完饭就骑马，特别是这么冷的天气；这真要把人折腾死了！'

"话虽这么说，他还是出发了。九点光景，古格拉，那个农村邮递员，给倍纳西先生捎来一封信。约各蒂洗了一天衣服，已经疲惫不堪，她把信交给我便去睡了，她还要我替倍纳西先生沏好茶，放在我们生了火的房间里，因为我还是睡在他旁边的折叠小床上。我把客厅里的灯熄了，便上楼等我的好朋友。我把信放在壁炉上，出于一种好奇的心理，我看了看邮戳和笔迹。这封信是从巴黎寄来的，我觉得那地址的字是一个女人的笔迹。我告诉你这件事，是因为这封信和这件事故有关。近十点钟，我听见马蹄声和倍纳西先生的脚步声，倍纳西先生对尼考尔说：

"'冷得要命，我觉得不太舒服。'

"'我去唤醒约各蒂好吗？'尼考尔问他。

"'不，不用了！'

"他便上楼了。

"'茶我替你准备好了，'我对他说。

"'谢谢，阿德里安。'他说着，向我微微笑了笑。这个你是熟悉的。

"这是他最后一次的微笑。他好像有点儿透不过气来，解开了领带。

"'这儿热！'他说。

"说完，他便倒在安乐椅里。

"'我的好朋友，你有一封信，就是这封。'我对他说。

"他拿起信，一看笔迹，便喊了起来：'啊！我的上帝，难道她自由了吗？'

"接着，他的头往后一仰，两只手抖抖索索的；于是，他把烛台放在桌上，拆开了信。他读信的时候，声音真是吓人，我一直瞧着他，只见他脸孔通红，泪如泉涌。后来，他的头突然往前一冲，摔倒在地，我把他扶了起来，看见他的脸色完全发了青。

"'我……我快死了，'他结结巴巴地说着，一面用尽全身

力气挣扎着站起来。'放血,给我放血!'他一面喊,一面紧紧地拉住我的手,'阿德里安,把这封信烧掉!'

"说着他把信递给我,我就把信烧了。我叫约各蒂和尼考尔来;但是只有尼考尔一个人听见;他上了楼,帮我把倍纳西先生扶到我的小折叠床上。他什么也听不见了,我们的好朋友!这时刻,他的眼睛睁得大大的,但是他什么也看不见。尼考尔立刻骑马去请外科医生博迪埃先生,这样全镇的人都知道了。不一会儿,全镇的人都赶来了。你认识的杨维埃先生和杜芳先生来得最早。倍纳西先生已经奄奄一息,我们一点办法也没有。博迪埃先生烧了他的脚底,但是回生乏术。他是因风湿痛和脑溢血并发而死的。我把事情的细节都原原本本告诉你了,因为我知道,亲爱的爸爸,你是多么爱倍纳西先生。至于我,我非常伤心,非常悲痛。我可以对你这样说,除了你以外,他是我最爱戴的人。每天晚上,我总是和这位善良的倍纳西先生谈谈,受益匪浅,我学到了在学校里学不到的东西。第二天早上,全镇人得悉倍纳西先生去世的消息后,悲痛之情,真是难以想象的。院子里,花园里,人山人海。真是挥泪成雨,哭声震天啊!大家都不干活了,每个人都回想倍纳西先生和自己的最后一次谈话;有的人诉说倍纳西先生生前做了多少好事;有些善于克制自己感情的人,代别的人讲着话;人越聚越多,每个人都想看看他。噩耗迅速地传开,区里和邻近的人们都是一样的心情:方圆四十公里,男女老少,从四面八方赶来。送殡的行列组成了,棺材由村社里四个最年长的人抬进教堂,但费了很大的力气,因为从倍纳西先生家到教堂,一路上聚集了约莫五千人,大多数人都像迎神似的跪在地上。教堂挤不下这么多人。葬礼开始了,大家虽然流着眼泪,却声息全无,只听见铃声和歌声一直传到大路的尽头。倍纳西先生的遗体必须运送到新的墓地,这个墓地是他生前为本镇修建的，他却没有想到，这位可怜的人啊，他将第一个被安葬在这块墓地上。这时候，就响起了一片哭声。杨维埃先生一面流泪，一面做着祷告，在场的人没有一个不噙着泪水的。他终于入土了。晚上，人散了，每个人戴着孝含着泪回到各自的家里。第二天清早，龚特伦、吉格拉、菩提番、田园看守人和许多人动手在倍纳西先生安息的地方筑起了一座高二十英尺的泥的金字塔，上面铺上草皮，人人都出了力。我的好爸爸，这些就是在这儿三天以内发生的事情。杜芳先生在倍纳西先生的台子上，看见摊着一份遗嘱。我们的好朋友嘱咐动用他的遗产，如果可能的话，那就将增加人们对他的爱慕和他的去世所引起的哀悼了。我亲爱的爸爸，此刻，我请菩提番给你送上这封信，我等着你的回信，替我指点指点，我该怎么做。你来看我呢还是我到格勒诺布尔和你见面？你要我怎么做，我就怎么做，请相信我是绝对听从你的。

再见，我的爸爸。

敬请金安。

男阿德里安·叶纳斯塔禀"

"走吧，非走不可！"这军人说。

他命令备马，立刻上路。这是十二月的一个早晨，天空蒙上了一张淡灰色的面纱，微风还无力把迷雾吹散，这儿那儿，瘦削的树木和潮湿的房屋都失去了它们平日的模样。一片寂静，黯淡无光，而往常却是一派明晃晃的寂静。每当风和日丽，有那么一点点儿的声音，它会使人心旷神怡；但是一逢到阴霾的日子，大自然却不是寂静无声，而是默不作声了。雾黏在树木上，凝成水滴，慢慢地落在叶上，宛如泪水。在这样的气氛中，所有的声音都消逝了。叶纳斯塔中校思念亡友，无限凄怆，他的心紧缩着，他和悲悲切切的大自然融为一体了。他情不自禁地联想起他第一次的旅行,那是一个春光明媚的日子,蔚蓝的天空,欢乐的山冈,如今呈现在他眼前的却是一幅令人伤感的图景:铅灰色的天空,群山卸掉了绿色的盛装,还没有来得及披上雪白的衣服,要是它一身素裹,那倒是美极了。对于一个走向坟墓的人,一片光秃秃的土地真是一种痛苦的景象;在他看来,仿佛遍地都是那坟墓。黑黢黢的纵树,这儿那儿,点缀在山顶上面,它们把悲伤的画面混合在抓住军官心灵的一切东西里面。因此,每当他极目远望一下山谷,便禁不住想到重压在镇上的不幸,想到由于一个人的去世而留下的虚空。叶纳斯塔不久走到了一间草屋前面,他第一次旅行时曾经到过这里,还喝过一杯牛奶。这儿还收养过孤儿院的几个孩子,他一看见炊香缭绕,就特别怀念倍纳西乐善好施的精神,为了纪念亡友,他想进去一下,施舍点钱给那个可怜的女人。他把马拴在树上,便径自推开了屋门。

一进门,他看见一位老太太坐在火炉旁边,孩子们蹲着围在四周;他便对那老妇人说:"老太太,你好!你还认识我吗?"

"哦,认识,我亲爱的先生。去年春天,多好的天气,你来过,到我们这儿来过,你还给过我两个埃居呢。"

"拿去吧,老太太,这点钱是给你和孩子们的。"

"我的好先生,谢谢你。但愿上天保佑你!"

"不用谢我,要感谢倍纳西老伯伯。"

老太太抬起了头,看着叶纳斯塔。

"啊!先生,尽管他把他的财产给了我们这块穷地方,我们都是他的继承人,但是我们毕竟失去了我们最巨大的财富,因为他尽了一切的力量,使我们这里的面貌大变样啦。"

叶纳斯塔用马鞭子在孩子们的身上轻轻地拍了几下,说:

"老太太，再见，为他祈祷吧！"

接着，孩子们和老太太送他出了门，他骑上马走了。在他沿着山路走去的当儿，他发现了一条通往福绥斯家的不算狭窄的小路。他登上斜坡，从这里远眺，可以望得见那座房子，但当他看到那里的大门和百叶窗都紧紧关着，禁不住心潮起伏；他于是回到大路上，路边的杨树，叶儿都落尽了。他刚踏上这条路，就迎面看见一个老农，一身几乎都是节日的打扮，没带工具，独自儿在路上慢吞吞地蹒跚着。

"莫罗老爹，你好！"

"呀！先生，你好……我认出你了，"老人想了一想补充说，"你是我们那位已故的市长的朋友吧！呀！先生，慈悲的上帝怎么不叫我这个可怜的生坐骨神经痛的人去替他死呢？我在这儿一无用处，可是他却是大家的喜神啊。"

"你知道吗，为什么福绥斯家里一个人也没有？"

老人望了望天。

"几点啦，先生？太阳看不见。"他说。

"十点。"

"哦！对了，她不是去做弥撒，就是到墓地去了。她天天到墓地上；她是倍纳西先生的继承人，她继承了五百里弗的终身年金和他的住房，让她居住一生一世，但是因为他的过世，她简直要发疯了……"

"老爹，你上哪儿去？"

"我去送可怜的小雅克下葬，他是我的侄儿。这个骨瘦如柴的孩子是昨天早上死的。他真像靠了亲爱的倍纳西先生才活着的，倍纳西先生一死，他也活不下去了。年轻人都死光啦！"莫罗半是悲伤、半是嘲笑地补充说。

叶纳斯塔一踏进市镇，便碰见了龚特伦和古格拉，两个人带着铲和镐，他便停下了马。

"哎，我的老兵，"他向他们叫着，"我们真不幸，倍纳西先生没了！……"

"得了，得了，我的军官！"龚特伦郁闷地说，"我们早就知道啦，我们刚刚替他的坟铺好草皮。"

"他的善良的一生不是值得你讲讲的吗？"叶纳斯塔说。

"是啊，"古格拉接口说，"除了打仗之外，他是我们山里的拿破仑。"

叶纳斯塔到达本堂神甫的住所时，看见菩提番、阿德里安和杨维埃先生交谈着，显然杨维埃先生刚做完弥撒回来。军官还没下马，菩提番立即把他的马缰绳一把拉住，阿德里安跳起来，抱住了他父亲的脖子，父亲被儿子的一片真情深深地感动了；但是军官克制住他的感情，对他说：

"你病好了，阿德里安！老天爷！多亏我们可怜的朋友，你差不多成了一个大人了！我永远忘不了菩提番师傅，你的老师。"

"呀！我的中校，"菩提番说，"带我到你们的联队去吧！市长去世以后，我替自己担心。他在世时不是希望我当一个兵么？那么，我一定要实现他的遗愿。我是怎样一个人，他早跟你说过，你开开恩收下我吧……"

"一言为定，我的勇士，"叶纳斯塔和他拍了一记手掌，说，"放心吧，我要给你弄一个美差。"

"那么，神甫先生？……"

"中校先生，我像全区的人一样的伤心，但是我比他们更感到难过，我们遭受了怎样一种无法弥补的损失。这个人是个天使！幸好他死得没有痛苦。他一生一直替我们做好事，上帝用一只慈悲的手替他解开了那根生命的纽带。"

　　"那么我可以冒昧要求你陪我到墓地去吗？我想也算是跟他告别一声吧。"

　　叶纳斯塔和神甫一路上边走边谈，菩提番和阿德里安离开他们几步，跟在他们后面。陆军中校走出市镇，到了一个小湖的边上，望见那山背后有一大块沙砾地，四周筑着围墙。

　　"这儿就是墓地，"神甫对他说，"三个月前，他第一个葬在这儿的人，来到此地，他认为墓地造在教堂附近不方便；法律规定建造墓地必须与居民点保持一定的距离，他遵守法律，亲自把这块土地划归了村社。今天我们要在这里安葬一个可怜的小孩：这样我们把纯洁和美德，放在这里，作为一个开头。所以，难道死亡不是一种酬报吗？上帝把两个尽善尽美的人召唤到他的身边，不是给了我们一个教训吗？当我们年轻时受尽肉体上痛苦的折磨，成年时又受尽精神上痛苦的折磨，我们不是一步步在向着上帝走去吗？瞧，这就是我们替他竖立的土碑。"

　　叶纳斯塔看见一座用泥堆起的金字塔，约莫二十尺高，没有树木，但是某些居民已经用勤劳的双手在边上开始铺上草皮。福绥斯泪如泉涌，两手捂着脸，坐在一个石堆上，石堆里插着一个巨型的十字架，它是用带皮的纵树做的。军官念着刻在树上的几个大字：

至善至尊之天主

善良的倍纳西先生

我们众人之父

长眠于此

为他祈祷吧！

　　"先生，这是你题的词……"叶纳斯塔说。

　　"不，不是我题的，"神甫回答说，"从上面山里一直到格勒诺布尔，人们都流传着这些话，我们就把它们刻在这里了。"

　　叶纳斯塔沉默了一会儿，便走到福绥斯的身旁，她没有觉察，叶纳斯塔对神甫说：

　　"我一退役，就到你们这里来度过我的晚年。"

1832年10月—1833年7月

译后记

译完了《乡村医生》，我还想说几句话。

此书写成于1833年，翌年九月出版。在《人间喜剧》里，巴尔扎克把它和《农民》、《乡村教士》一起，列入"风俗研究"的"乡村生活场景"里面。出版以后，它立刻受到巴黎舆论界猛烈地攻击。同一年在给韩斯迦夫人的一封信里，巴尔扎克写道："在这儿，所有的报刊对《乡村医生》都群起而攻之。这是因为它像一把匕首，戳伤了它们的缘故。使拜伦爵士感到伤心和愤怒的，对我来说，只是付之一笑而已。"

大家都能看到，这部小说除了写那位因地制宜、发展生产、提倡贸易、改善居民生活、一心一意为他们谋福利的倍纳西医生之外，还着重写了拿破仑对法兰西的丰功伟绩。本来，巴尔扎克对拿破仑是很倾心的。他曾经写下这样的句子："他用宝剑开创的，我将用笔杆来完成"，以此作为他的座右铭。我们可以找到种种的迹象，说明拿破仑的思想对巴尔扎克具有极大的影响。别的不说，即以宗教来论，拿破仑曾经说过："我深信（天主教）是能为一个有良好秩序的社会带来真正幸福，并能加强一个良好政府的基础的唯一宗教。"[①]而巴尔扎克在《乡村医生》中所发挥的恰恰就是这个思想。斯蒂芬·茨威格在《巴尔扎克》这本书中说得倒很辩证："由于这个人的性格中现实的意识很强，所以他看上去像是一个宗教的提倡者了。"这并不是一件什么稀奇的事情。

---

① 见拿破仑1800年6月5日《对米兰圣职人员的讲话》。

"在法兰西民族蒙受耻辱的年代里，拿破仑这个名字在人民的心目中与法兰西荣誉的概念是紧密相连的。"[①]他"是充分表现了1789年新形成的农民阶级的利益和幻想的唯一人物。"[②]而且，他已经成为法兰西民族的爱国主义的一面旗帜了。我们有句老话："文官不要钱，武人不怕死。"巴尔扎克在这里阐发的就是这么一个主题：如果文的都像倍纳西，武的都像拿破仑，那么法兰西就该有希望了。

实实在在，我是很喜欢这部小说的。它在巴尔扎克的其他作品中间，显得颇有它自己的特色。写人物，他用的是"白描"的手法，于轻淡中见精神；写景色，他用的是"泼墨"的技巧，于飘逸中着风致。别的不说，就看那位乡村姑娘拉·福绥斯吧，她被抒写得那么令人神往，在巴尔扎克的人物画廊里面，可以算得上是一幅杰作。这和欧也妮·葛朗台做一比较，就可以看得非常分明。写欧也妮虽刻意求工，终不成器，写福绥斯是无心插柳，而柳却成荫。说巴尔扎克"无心"也不正确，因为他自己曾经说过，他对农村中的人物，都抱有很深厚的感情的。在这部作品中，巴尔扎克写到工人、农民和士兵的时候，莫不如此。当然，他不可能用我们现在的眼光来看待他当时的工农兵，但是他对他们所显示的那种奔放的热情，在19世纪的欧洲作家里面，除他之外，盖无二人了。

巴尔扎克在叙事或描写之余，往往喜欢发一点议论，这是事实。在《乡村医生》里也是这样。法国的文艺评论家朗松对此就"颇有微词"。他在他的《法国文学史》里说："他思考、议论、阐述，用大块大块关于社会方面的或哲理性的论述打断他的故事，从而使他的那些精辟的看法大为逊色，显得冗长拖沓，其实正是在这些地方，小说本身的情节原已足以提供某种具体的描述了。"

---

① 《苏联大百科全书》《贝朗瑞》条，1950年，第4卷。
② 马克思：《1848年至1850年的法兰西阶级斗争》。

朗松的这个说法似乎带上点儿偏见。巴尔扎克自己说得好："女喜剧演员的一个绝招，就是当言辞足以表达的时候，就收起她们的做功，当说话无能为力的时候，就让她们的眼睛说话。"①写作品也是这样。当"小说本身的情节"无能为力的时候，就不得不用"思考、议论、阐述，用大块大块关于社会方面的或哲理性的论述来打断他的故事"了。譬如在《卡金尼扬王妃的秘密》里，当王妃和德·埃斯巴侯爵夫人谈论她过去的爱情生活的时候，巴尔扎克忽然笔锋一转，插进了这样的几句话："如果是一个谎言，可以马上用评论装点一番，用上好的作料调制一下，使它变得绝对可靠，像一枚可口的水果，给人家吞食下去；但是叫一个真理让人家相信呢！啊！许多最伟大的人物要为此而丧生。"这就说明"其实正是在这些地方，小说本身的情节"已经不"足以提供某种具体的描述"了。

　　《乡村医生》在新中国成立以前已有故黎烈文先生的译本，但流通不广，不少同事在教学的时候想读读这本小说，一时很难把它找到，因此就发愿把它重新翻译出来。是以法文原著为底本，再参照哈帕版的英译本。译已过半，忽撄大疾，乃倩黄慧珍同志共底于成。翻译时没有把黎译本放在手头，因为怕拘束我们自己的译笔，当然，这决不能解释为我们对自己的翻译功夫有怎样大的信心。

李金波

1982年1月

①　见中篇小说《卡金尼扬王妃的秘密》。

图书在版编目（ＣＩＰ）数据

乡村医生 /（法）巴尔扎克著；李金波，黄慧珍译. -- 南昌：
百花洲文艺出版社,2014.5
（外国文学经典阅读丛书.法国文学经典）
ISBN 978-7-5500-0921-9

Ⅰ.①乡… Ⅱ.①巴…②李…③黄… Ⅲ.①长篇小
说 – 法国 – 近代 Ⅳ.①I565.44

中国版本图书馆CIP数据核字(2014)第072425号

乡村医生

［法］巴尔扎克　著

李金波　黄慧珍　译

出 版 人	姚雪雪
责任编辑	王俊琴　龚晴瑜
美术编辑	彭 威
制　作	李晶晶
出版发行	百花洲文艺出版社
社　址	南昌市红谷滩世贸路898号博能中心A座9楼
邮　编	330038
经　销	全国新华书店
印　刷	江西千叶彩印有限公司
开　本	787mm×1092mm 1/16　印张 16.25
版　次	2014年9月第1版第1次印刷
字　数	190千字
书　号	ISBN 978-7-5500-0921-9
定　价	27.00元

赣版权登字　05-2014-114

邮购联系　0791-86895108
网　址　http://www.bhzwy.com
图书若有印装错误，影响阅读，可向承印厂联系调换。